어쩌면 가장 보통의 인간

어쩌면 ·················· 가장
보통의 인간

최의택 에세이

교양인
GYOYANGIN

차례

3장 SF라는 경이로운 세계

에필로그:

장애를 바로 본다는 것

"장애명이 뭔가요?"

《슈뢰딩거의 아이들》로 제1회 문윤성SF문학상 대상을 받고 2주쯤 지나 내가 사는 천안에서 진행된 인터뷰 때였다. 본격적인 인터뷰에 앞서 기자님이 그렇게 물었지만 나는 대답하지 못했다. 몰랐기 때문이다. 옆에서 엄마가 대신해 설명했지만, 늘 그래 왔듯 그 명칭은 북유럽 소설에 나오는 인명이나 지명처럼 자동으로 내 의식을 비껴 지나갔다. 인터뷰를 마친 뒤로 쏟아져 나오는 기사들에는 복사 붙여 넣기라도 한 듯 내 병에 대한 이야기가 쓰여 있었는데, 나는 태어나 처음으로 내 장애명을 수도 없이 마주할 수밖에 없었고, 결국 태어난 지 30년 만에 내 장애명을 확실하게 외울 수 있었다. 자고로 무언가 외우기 위해서는 생각을 비우고 반복해서 보는 방법이 최고다.

선천성 근위축증.

선천성 근위축증.

그래서 선천성 근위축증이 뭐냐 하면은… 선천적으로… 근육이… 위축되는 병?

구글에 '선천성 근위축증'을 검색하면 '한국근육장애인협회'라는 단체에서 이 병을 소개하는 페이지가 나오는데, 거기에는 또 다른 명칭이 튀어나와 나를 혼란스럽게 한다.

선천성 근이영양증(Congenital Muscular Dystrophy).

비단 명칭뿐만이 아니다. 협회 홈페이지에는 병원에 가서 검사를 받고 최종적으로 'CMD' 판정을 받을 수 있는 세부 유형 목록이 소개되어 있는데, 그 수가 무려 서른셋이나 된다. 참고로, 일부 기업에서 인재를 선발하기 위한 지표로도 사용하는 매우 공신력 있는 MBTI 성격 유형의 개수는 열여섯이다. 나는 MBTI 유형별 특징을 읽으며 내가 어느 타입에 가까운지 따져보듯 CMD 유형별 설명을 읽어보다가 포기했다. 그 느낌의 감이나마 잡아볼 수 있게 유형 중 일부를 소개해보겠다. 노파심에 밝히는데, 내가 느낀 막막함을 전가하려는 게 맞다.

내전된 (안쪽으로 굽은) 엄지손가락, 눈근육마비 (마비된 눈 근육)
및 지적장애가 있는 선천성 근디스트로피

- **설명**: 첫 해부터 쇠약; 운동 능력의 발달 지연; 천천히 진행됨, 청소년기에 달성된 걷기, 관절, 목 그리고 척추의 구축, 5~12세

부터 진행성 심장근육병증 (심장근육 결함) 심장리듬 비정상.

- **분자적 기초**: 인테그린 알파 9 유전자의 돌연변이로 인해 인테그린 알파 9 단백질이 결핍된 것으로 생각됨; 단백질은 일반적으로 세포가 서로 그리고 주변에 달라붙는 방식에 중요한 역할을 함.
- **유전 유형**: 알려지지 않음.[1]

믿을 수 없지만 이제 겨우 하나 소개했다. 이 밖에도 양성 메로신 선천성 근이영양증, 근비대증을 가진 선천성 근이영양증, 근비대 및 호흡부전이 있는 선천성 근이영양증, 중증 근무력증후군이 있는 선천성 근이영양증, 그리고 울리히 선천성 근이영양증, 워커-워버그 증후군 등등. 목록은 끝없이 이어진다. 그 가운데 나는 길을 잃고 방황한다. 컴퓨터 앞에서 잊고 있던 나의 '비정상적'인 특성이 자각되며, 가슴속에서 뭔가가 부글부글 끓어오른다. 대체 나는 지금 무엇을 하고 있는가…….

나 자신을 끊임없이 증명해내야 하는 이러한 고통은 꼭 장애인만 겪는 것은 아닐 것이다. '일반적'이지 않은 특성을 지닌 사람이라면 누구나 겪을 수 있는 문제다. 외국인 노동자나 난민이 대표적이고 성소수자 또한 경우에 따라 지극히 사적인 영역에 대해 이야기하고 증명해야 하는 상황에 놓이곤 한다. 중세 시대의 많은 여성들은 자신이 마녀가 아님을 '증명'하지 못해 화형에 처해졌다. 현대의 '특수한' 존재들 역시 자신의 특수성에도 불구하고 사회적으로 무해하다는 것을 끊임없이 증명해야 하는데, 그러지 못하면 화형을 당하는 건 아닐지라도 사회적 죽음에 처해질 수는 있다. 그런 삶을 살고 싶어 할 사람은 없으리라 믿는다. 하지만 세상에는 그렇게 살 수밖에 없는 사람들이 있다. 생각보다 많다. 장애가 있는 사람의 수만 헤아려봐도 전체 인구의 약 5퍼센트다. 거기에 나도 포함된다.

다시 말하지만 나는 위에 길게 늘어놓은 상황 자체가 싫다. 진짜 싫다. 너무너무 싫다. 그래서 외면하고 살았다. 다행이라고 해야 할지 나의 경우에는 그것이 가능했다. 학업을 중단하고 집에서만 살면서는 내 특이성에 대해 설명하고 증명해야 할 필요가 거의 없었기 때문이다.

노파심에 말하는 거지만 내가 장애인임을 부정하는 게 아니다. 나는 내가 기억도 하지 못할 만큼 어린 나이에 엄마 등에 업혀 대학병원에서 장애 판정을 받은, 국가가 공인한 장애인이다. 하지만 일상생활을 하는 동안 나는 그냥 걷지 않는 아이였고, 휠체어를 타고 등교하는 학생이었다. 그리고 수술 후유증으로 학교를 그만두고 집에서 지내는 동안에는, 무엇 하나 내 손으로 할 수 있는 것은 없었지만, 그래도 우리집 첫째 아들이자 소설가 지망생일 뿐이었다.

그렇게 15년이 넘는 시간을 보냈다. 그러다 문학상을 받으며 마침내 데뷔를 하게 된 상황에서 내 장애명이 뭐냐는 질문을 받았을 때, 나는 저 깊은 나락으로 떨어지는 기분에 빠졌다. 마치 그동안 대충 천으로 가려놓았던 싱크홀에 빠져버린 것 같았다. 나의 평범했던 일상이 한낱 위장에 불과했다는 사실이 턱밑까지 치고 들어와서 더는 모른 척할 수 없게 되어버린 것이다. 그 후로도 비슷한 상황에 처할 때마다 태연한 척, 쿨한 척 '나는 그런 거 몰라요, 관심 없어요' 했지만, 이제와 돌이켜보면 그보다 더 멍청할 수는 없지 않나 싶다. 그것은 절대 쿨한 게 아니었다.

생각해보면 자신의 장애를 외면하는 것은 (그것이 가능한지 여부는 차치하고) 스스로를 불완전한 존재로 생각하는 것과 다름없다. 사실 세상은 여전히 장애를 '결함'으로 바라보며 장애인을 불완전한 존재로 취급하기 때문에, 장애인이 자신의 장애를 외면하는 것이 스스로를 불완전하게 생각하는 것과 같다는 주장이 한번에 와닿지 않을 수 있다.

한번 이렇게 생각해보자. 당신에게 자동차가 있다. 그런데 그 자동차의 바퀴 중에서 오른쪽 앞바퀴와 뒷바퀴가 빠져 있는 것이다. 이 자동차가 자동차로서 기능, 다시 말해 탑승자를 이동시키는 일을 수행하려면 새로운 바퀴를 달든, 한쪽 열로도 달릴 수 있게 자동차를 개조하든, 레일을 설치해 보조를 받든 해야 한다. 하지만 그러는 대신 당신은 그 자동차의 왼쪽으로 가서 자동차의 바퀴가 없는 부분을 보지 않는 것을 택한다. 결국 당신은 바퀴가 두 개뿐인 당신의 자동차가 그럼에도 본래 역할을 수행할 여지 자체를 포기하는 것과 같다. 나의 현실 외면은 결국 나라는 존재 자체를 외면하는 것이며, 그것은 결국 나의 다른 가능성을 배제해버리는 결과로 이어졌을지도 모른다.

그렇게 정리를 하고 있는 지금 이 순간에도 여전히 '나의' 장애로부터 시선을 돌리고 싶은 게 솔직한 심정이다. 장애와 관련한 사회의 부조리를 바라보고 그것에 대한 나만의 생각을 나만의 방식으로, 즉 소설로 풀어내는 것은 재미있게 할 수 있지만, 그럼에도 여전히 나는 나의 장애명, 나의 장애 유형, 나의 장애 증상과 진행 양상(물론 그 끝도), 그리고 나의 장애를 치료할 수 있다는 25억 원짜리 치료제의 존재 같은 것을 대면하고 싶지는 않다. 객관적으로 보면 비겁한 행동이기는 하다.

그렇다면 어떻게 해야 하는 걸까? 나의 장애와 똑바로 마주한다 치자. 그다음은? 선천성 근이영양증(CMD)에 권장되는 생활 수칙을 따르고 새로운 치료법을 기다리며 관련 커뮤니티 활동을 해야 하나? 어렸을 때 멋모르고 했던 것처럼? 물론 나는 그냥 부모님이 하는 대로 복지관에 다녔던 것일 뿐이지만.

어렸을 때 얘기가 나왔으니 말인데, 나의 과거, 그러니까 장애가 배제된 나의 과거에 도로 장애라는 퍼즐 조각을 끼워 넣어보면 전체적인 그림이 다르게 보일까? 내가 여태까지 별 생각 없이 지나쳐 온 나의 불완전한 과거가 나름의 완결성을 지니게 될까? 이 글을 쓰는 지금으로선 약간 회의적이다. 그럼에도 이러한 작업을 하는 까닭은 아마 내가 그동안 나의 장애를 외면하면서 함께 놓친 무언가가 있지는 않을까 하는 우려 때문일 것이다. 나의 회피로 인해 이가 빠진 나의 인생을 더 완전하게 하고 싶기 때문일 것이다. 결국 나는 부족하다 못해 마이너스 수준인 자존감을 회복하고 싶어 하는 것일지도 모른다.

그럼에도 여전히 나의 마음 한구석에는 두려움 같은 게 웅크리고 있다. 나의 장애를 똑바로 응시함으로써 알게 되는 현실의 무게에 짓눌려버리는 건 아닐까 싶어서. 삶의 의욕 자체를 잃어버리게 되는 상황이 두렵긴 하다. 하지만 이제 와 멈출 수도 없다. 그러니 너무 무겁게 생각하지 않고 여행하는 것처럼 가볍게 가보려 한다.

1장 ·················· 따옴표 안의 '장애'

진짜
'장애인'이 되던 날

어린 시절을 돌아보면 의문이 들지 않을 수 없는데, 과연 무엇이 최선이었을까 하는 것이다. 결론은 이렇다. 없음. 아니, 모든 것이 최선이었다. 포장하는 것으로 보일 수도 있지만, 나는 계속 같은 결론에 도달할 수밖에 없다.

내가 처음 휠체어를 탄 것은 초등학교 입학을 앞두고였고, 그 전까진 유아차를 타거나 아이들이 많이 타고 노는 자동차, 세발자전거 등을 탔다(요즘엔 전동 자동차를 몰고 다니는 아이들이 있던데 솔직히 부럽다). 중학교 1학년을 마칠 즈음 내게 본격적인 변화가 생겼다. 그동안 타고 다니던 수동 휠체어 대신 전동 휠체어를 타고 등교하기 시작한 것이다.

집에서는 진작부터 전동 휠체어를 타고 생활했다. 아이러니하게도 나는 좀처럼 가만히 있지 못하는 성격이다. 내 모습과는 다소 연결 짓기 어려울 수 있지만 사실이다. 수동 휠체어를 탈 때에도 누구든 들들 볶아서 돌아다녔는데, 전동 휠체어를 타자 그야말로 미쳐 날뛰었다. 소동여지도를 만들기라도 할 기세로 아파트 단지를 들쑤시고 다니느라 집에 붙어 있지 않았다. 다행히 살던 곳이 신축 아파트여서 최소한 단지 내에서는 이동이 원활했다. 사실 원활하지 않아도 상관없었을 것이다.

그런 내가 전동 휠체어를 타고 학교에 갔다! '미쳐 날뛴다'는 말이 그보다 더 사실화할 수는 없지 싶다. 폭주 기관차처럼 돌아다니는 나를 아이들은 재밌어 했다. 전동 휠체어를 타고 달리는 나를 본 애들은 약속이라도 한 듯이 당시 유행하던 레이싱 게임 '카트라이더' 배경음악을 흥얼거렸는데, 나를 일종의 게임 캐릭터쯤으로 여긴 게 아닌가 싶다. 내가 아는 애들이 그러는 건 나를 고양시켰지만, 내가 모르는 애들이 그러는 건 나를 위축시켰다.

수동 휠체어의 뒷바퀴에 달린 림을 밀기에는 힘이 부족해 누군가의 도움이 아니면 1센티미터도 움직일 수 없던 나는 전동 휠체어를 타고는 혼자서도 잘 다녔다. 그래서일까. 왠지 나는 곧잘 혼자가 된 느낌이었다.

오해의 소지가 있다. 전동 휠체어를 탔기 때문에 혼자가 된 건 아니다. 적어도 인과관계는 아니다. 그보다는 상관관계에 가깝다. 내가 친구에게 의지하는 대신 전동 휠체어를 타고 내 의지대로 움직이게 되면서 변화된 무언가가 분명 없긴 않았을 것이다. 거기다 사춘기가 덮쳐 오는 시기였고, 나를 비롯한 모두가 전과는 다르게 세계를 인식하게 되는 때였다. 말하자면 어른의 눈으로 세상을 보게 되면서 바퀴 달린 의자를 타고 다니는 내가 전과는 달리 '특수하게' 보였던 것이다. 그리고 그건 나라고 다르지 않았다. 100킬로그램에 달하는 중장비를 타고 다니는 나는 확실히 다른 애들과는 다르게 느껴졌다. 그것을 내가 느끼지 않는다면 느끼게 해주겠다는 듯 나를 압박하는 아이도 있었다. 나 말고도 많은 아이들의 남다른 점을 약점 삼아 놀리고 조롱하고 심하게는 폭력까지 행사하는 아이였다. 나를 때리기에는 여러모로 심리적 부담을 느꼈을 그 애는 아쉬운 대로 내 주변을 알짱거리며 나의 불가능함을 비웃어댔다. 나라고 질 수는 없어서 그 애한테 욕을 퍼부었는데 그래 봐야 그 애를 재밌게 해주는 꼴이었다. 하지만 그 애는 알지 못했다. 내가 얼마나 '또라이'인지.

어김없이 날 조롱하기 위해 그 애가 다가왔다. 나는 모른 척 필기를 이어 갔다. 새로 산 1밀리미터 샤프가 아주 마음에 들었다. 공부에 흥미는 없었지만, 이 샤프만 있으면 백일장 수상은 따놓은 당상이지 싶었다. 그 애는 어떻게든 내가 발끈하길 바라며 아예 내 책상 위에 걸터앉아 나를 놀렸다. 나는 가만히 필기를 이어 가다 냅다 그 애 손등에 샤프를 찍어버렸다. 그 애는 벌에 쏘이기라도 한 것처럼 놀라 제 손등을 문지르며 애써 웃었는데, 내가 자의적으로 해석한 게 아니라면 그 애는 분명 날 이렇게 쳐다봤다. '요것 봐라?' 그 일 때문이었는지는 알 수 없으나 그 애는 더는 날 놀리지 않았다(써놓고 보니 나야말로 가해자 같다).

한편, 내가 다른 애들과 같지 않다는 것을 뼈저리게 실감한 계기는 따로 있었다. 연애 문제였다. 중학교 2학년 때 내가 어울리던 무리의 아이들이 경쟁이라도 하듯 연애를 시작하면서 모습을 보기가 어려워졌다. 보이더라도 쌍쌍바처럼 연인과 붙어 있어 그 옆에서 나는 그냥 사물이 된 기분이었다. 나는 그동안 애써 외면하던 사실이 마음속에서 폭탄처럼 터지는 것을 느꼈다. 하지만 진짜 폭탄은 따로 있었다. 그것도 내 몸속에.

선천성 근이영양증(CMD)을 비롯해 근육이 제 기능을 발휘하지 못해 어렸을 때부터 걷지 못하는 경우에 흔히 뒤따르는 문제가 있는데, 바로 척추측만이다. 이 용어가 아마 낯설지는 않을 텐데, 생활 습관이 좋지 않거나 앉아서 생활하는 시간이 긴 사람들은 장애 여부를 떠나 척추가 휘는 문제로 외과적 수술이 필요할 수 있다. 그리고 근육이 약한 나 같은 사람에게는 그 문제가 더더욱 도드라진다. 앉아 있는 시간이 길기도 하거니와 척추를 받쳐줄 근육이 제 기능을 하지 못하고 사실상 보이콧하기 때문이다. 그래서 한창 뼈가 자라나며 유연할 시기에 제대로 뻗어 나가지 않고 장미 넝쿨처럼 제멋대로 휘어 있다가 그대로 굳어버린다. 운이 나쁘면 그렇게 굳어진 척추가 장기를 눌러 위험한 상태가 될 수도 있는데, 그럼 아프다.

누군가에게 업혀 몸을 움직이거나 눕거나 할 때마다 가슴께가 푹푹 쑤셨다. 처음에는 갈비뼈에 금이라도 간 줄 알았다. 초등학교 5학년 때 의자에서 나 혼자 내려가보겠다고 용쓰다가 무릎에 금이 가 병원 신세를 졌던 이력이 있는 나였다. 근육 못지않게 약한 뼈가 활동 중에 금이 가는 것은 조금도 이상한 일이 아니었다. 하지만 엑스레이 사진 속 갈비뼈는 말짱했다. 단지 척추가 심각하게 굽어 있을 뿐. 결국, 척추측만 수술로 유명한 교수가 있는 대학병원을 찾았고, 수술 날짜를 잡았다.

2006 독일 월드컵과 함께 내 병원 생활이 시작됐다. 수술이 가능한지 확인하기 위해 온갖 검사를 받았다. 그중에서 CT와 MRI 검사는 정말이지 최악이었다. 촬영을 위해 투여하는 조영제가 주는 감각과 기계를 관리하기 위해 낮춰놓은 온도, 그리고 SF 영화에나 나올 법한 거대한 기계의 생김새와 소음까지. 그 원통 안에 들어가 오열을 하면서도 의사가 경고한 대로 움직이지 않으려고 애쓰는 건 정말 기운 빠지는 일이었다. 그러고 병실로 돌아왔을 땐 늦은 저녁이었고, 병실 사람들은 축구 경기를 보고 있었다. 내가 좀처럼 울음을 그치지 못하자 감사하게도 간호사가 병원 카페에서 조각 케이크를 사다주었다. 그날은 내 생일이었다.

수술은 두 번에 걸쳐 진행됐다. 먼저 복부를 째 그 안에 작은 지지대를 심는 사전 작업을 진행했다. 수술실로 옮겨지는 동안 겁도 났지만 좀 신기했다. 드라마에서만 보던 공간에 내가 들어와 있다니! 하지만 실제로 본 수술실은 솔직히 별로 볼 게 없었다. 뭐, 누워서 거의 천장만 봤지만 아무튼 기대만 못했다. 수술 방에 옮겨진 지 얼마나 됐을까, 누군가 옆에서 뭔가를 했다. 나는 특유의 호기심을 주체하지 못하고 물었다.

"수술 언제 해요?"

내 물음에 하던 일을 멈추고 내게로 다가온 의사가 명랑한 목소리로 대답했다.

"곧 할 거예요."

그리고 잠시 뒤 다시 다가온 의사가 말했다.

"숨 들이마시면 돼요."

그러고는 삼각형 모양의 튜브를 내 얼굴에 댔다. 나는 시키는 대로 흡, 숨을 들이마시며 뭔가 오묘한 기분에 휩싸이고는……

깨어났을 땐 신생아들이 지내는 곳처럼 새하얀 공간에 있었다. 뭐지? 엄마가 나타났고, 병실로 옮겨졌다. 나는 말을 할 수가 없었다. 이상하게 목소리가 나오지 않았다. 하지만 엄마는 다 알아들었다.

1차 수술은 사실상 실패였다. 막상 배를 째 보니 뭔가를 집어넣을 수가 없었던 것이다. 그걸 미리 확인하려고 조영제를 맞고 냉장고 괴물 같은 기계 속에 들어갔다 나오라고 한 게 아닌가 싶었지만, 기술적인 문제는 내 몫이 아니었다. 아무튼, 2차 수술 때 좀 더 '확실히' 하는 것으로 하고, 나는 괜히 배만 째여서 빈둥거렸다.

2차 수술은 분명 확실했다. 오전 5시쯤 병실로 들이닥친 사람들이 나를 끌고 수술실로 갔다. 자다 깬 나는 왠지 1차 수술 때와는 다르게 잔뜩 겁을 집어먹고 울기 시작했는데, 뭘 알고 그랬는지는 모르겠다. 다시 오묘한 기분에 취해 잠에 빠졌다. 깨어나 보니 주변에 사람들이 가득했다. 누군가가 내게 무엇을 시켰던 것 같다. 이내 이런 소리가 들렸다.

"교수님 호출해."

그리고 설핏 잠이 들었다가 다시 깨어났다. 호출받은 교수가 수술용 가운을 앞쪽에 대강 걸친 모습으로 눈앞에 있었다. 아침마다 보는 낯익은 얼굴에 나는 인사하려 했지만 목소리가 나오지 않았다. 입 속을 뭔가가 꽉 막고 있었다. 내 의도를 알아챘는지 교수가 알았다는 듯 고개를 끄덕이고는 내 허리를 보더니 웃으며 말했다.

"어휴, 많이 폈네."

그걸 편 본인이 보일 법한 반응은 아니라는 생각에 나는 좀 불안해졌다. 교수가 다시 말했다.

"손가락 움직여볼까?"

나한테 손가락이 있는지도 모르고 있던 나는 아무튼 시키는 대로 했지만, 반응이 썩 좋지 않아서 불안감은 한층 더 커졌다. 하지만 궁금증을 해소할 수단이 없었고, 다시 얼굴 위로 삼각형 모양의 튜브가… 아…….

깨어났을 땐 10시였다. 오전 아니고 오후 10시. 중환자실로 옮겨지는 중간에 엄마와 아빠, 고모가 보였다. 모두 나를 보더니 할 말을 잃은 것 같았다. 엄마가 얼른 상황을 설명했다. 수술은 끝났다. 인공호흡기를 끼고 있어 말을 할 수 없다. 그리고 손가락 좀 움직여보라고 엄마는 끊임없이 말했다.

나는 그런 말이 귀에 들어오지 않았고, 다만 말하려 했다. 추워! 얼어 죽을 것 같아!

하지만 입 밖으로는 아무 소리도 나오지 않았고, 엄마 입장에서도 그 상황에 내가 춥다는 말이나 할 줄은 미처 몰랐을 것이다. 사실 엄마는 그때 제정신이 아니었다. 내가 수술 도중 깨어난 것과 관련이 있었다.

나는 손가락을 까딱거리지 못했다. 봉합과 뒤처리를 담당한 주치의는 사태의 심각성을 깨닫고 교수를 다시 호출했다. 부랴부랴 달려온 교수 역시 내가 꼼짝도 하지 않는 것을 두 눈으로 확인했다. 그들은 보호자를 불러 상황을 설명했다. 수술은 '성공적'으로 끝났지만, 몸을 움직이지 못하고 있다. 척추를 지지하는 특수 합금이 신경을 누르고 있어서일 수 있다. 다시 수술을 해서 지지대를 제거해야 할 수 있다. 수 있다, 수 있다……. 부모님은 망연자실했다.

늘 그렇듯 전문가들에겐 플랜 B가 있었다. 이대로 조금 더 상황을 지켜본 다음, 어떤 약물을 투여해 지지대에 모종의 조치를 취해볼 수도 있다는 것이었다. 하지만 그 약물은 부작용이 있을 '수 있는데', 최악의 경우 마비될 수 있다. 전신 마비를 말하는 거였다. 대다수의 사람들에 비하면 선천성 근이영양증을 앓는 내가 전신 마비가 되는 상황의 심각성이 다소 떨어질 것 같아 강조해봤다.

상황이 그러했으니 그때 부모님에게 무슨 정신이 있었을까. 게다가 십여 시간 만에 마주한 자식의 얼굴이 말이 아니었던 것도 충격에 한몫 단단히 했는데, 내 얼굴이 꼭 두꺼비 같아 보였다고 한다. 그도 그럴 것이, 사람을 뒤집어놓고 목에서부터 엉덩이 위까지 쭉 째서 벌려놓고 최소한 열 시간을 두었으니 얼굴이 퉁퉁 붓다 못해 터질 지경이었을 것이다. 어쩌면 그래서 엄마가 내 비언어적 표현을 평소처럼 이해하지 못했는지도 모를 일이다.

내 생각을 읽어준 것은 중환자실 간호사였다. 필시 한두 번 해본 게 아닌 어조로 새로운 의사소통 매뉴얼을 설명해줬다. 맞으면 눈을 길게 깜빡, 틀리면 짧게 두 번 깜빡. 그러고는 몇 번 만에 내가 춥다는 사실을 알아냈다.

중환자실에서도 누워서 천장을 보는 게 다였던 터라 잠을 자지 않는 시간은 너무 따분해서 좀이 쑤셨다. 나는 최대한 눈을 내리깔고 간호사들이 바쁘게 움직이는 모습을 관찰하며 인공호흡기가 산소를 내 폐로 들여보내고 내보내는 타이밍에 맞춰 호흡하는 데 적응해 갔다. 나중에는 아예 기계에 몸을 맡기는 경지에 이르렀는데, 진짜 편했다.

다행히 손가락은 움직였다. 엄마가 의사한테 말한 대로 나는 원래 좀 둔한 편이라 회복에 시간이 더 필요했던 거였다. 인공호흡기는 되레 예정보다 빨리 뗐는데, 그건 좀 애매했다. 진짜 편했기 때문이다.

이후의 회복도 순조로웠다. 무통 주사도 필요없었고, 몸속 불순물을 제거하기 위해 몸 곳곳에 꽂혀 있던 튜브들은 있는 줄도 몰랐다. 목이나 발에 굵직한 바늘을 꽂는 건 좀 아팠다.

슬슬 운동을 할 시기가 되자 나는 마침내 침상에서 내려와 휠체어에 앉았다. 척추가 펴져 달라진 눈높이에 현기증을 느꼈다. 그리고 산책을 나가기 위해 엘리베이터 앞에 섰다(그러니까 휠체어가).

엘리베이터 문에 내 모습이 비쳤다. 정말이지 아무런 전조도 없이 눈물이 쏟아져 나왔다. 엄마가 놀라서 왜 그러냐고 물었지만, 나도 내가 왜 우는지 이해할 수 없었다. 그리고 엘리베이터 문에 비친 내 곧은 자세도 이해할 수 없었다. 아닌 게 아니라 그런 내 모습을 보는 건 태어나 처음이었다.

척추를 교정하는 수술로 내가 얻은 것은 그때의 경이감 딱 하나였다. 물론 수술 전에 느꼈던 통증이 없어지기는 했지만, 그 대가로 잃은 것에 비하면 다른 것들은 무시해도 좋을 정도였다.

비단 수술로 인한 후유증만을 이야기하는 것은 아니다. 사춘기를 겪으면서 달라진 나와 아이들의 인식, 그러니까 세계와 나에 대한 인식이 이때의 수술을 계기로 완전히 새롭게 변화한 것이다.

이때를 기점으로 나는 '장애인'이 됐다. '진짜' 장애인이.

실격하는
삶

한 달로 예정된 입원은 꼬박 두 달이 돼서야 끝났다. 그것도 부모님이 퇴원을 고집한 덕에 그 정도로 그칠 수 있었다.

열이 내려가지 않았다. 염증 수치가 좀처럼 잡히지 않았다. 매주 퇴원 일정이 미뤄졌다. 한 달을 아무것도 하지 않고 특진비만 냈다. 의사들은 척추 지지대 근처의 염증을 의심했고, 그래서 내 등을 다시 째고 염증을 긁어낼 생각을 했다. 그 말을 들은 엄마는 기겁을 했다.

엄마는 엄마로서 가능한 초인적인 직관을 발휘했다. 내 열의 정체를 간파한 것이다. 엄마는 나의 퇴원을 강력하게 요구했고, 집으로 돌아가자 거짓말처럼 열이 내렸다. 비상용으로 챙겨 온 약은 그대로 약 상자에 들어갔다.

다시 생각해보아도 그 상황이 잘 이해가 되지 않는다. 마치 인공지능 의사를 비판하기 위해 쓴 초보적인 SF 소설 같기도 하다. 의사들은, 특히 외과의는 환자 상태를 기술적인 관점 이외로는 볼 생각을 안 하는 것 같다. 모두 그렇지는 않겠지만 대개는 그러하며, 또 어느 정도는 그럴 수밖에 없으리라는 생각도 든다. 나도 내가 쓴 소설을 다각도로 보기 어려운 것처럼 말이다.

나는 다시 학교에 갔다. 이미 개학을 한 뒤였고, 등교 시간이 지난 학교는 제법 적막했다. 엄마와 둘이서 교정을 지나 복도를 가로질렀다. 내가 속한 반까지 가면서 나는 무언가 달라진 것을 느꼈다. 아이들이 날 보고 술렁였다. 처음에는 쟤들도 내 허리를 보고 놀랐나 싶었지만, 곧 그게 아니라는 생각이 들었다. 그렇게 단순한 것이 절대 아니었다.

우리 반 애들도, 심지어는 내리 3년을 함께했던 아이마저 전처럼 날 대하지 않았다. 내가 기대한 반응은 이런 거였다.

'아씨, 혼자 처노니까 좋았냐? 근데 꼴은 왜 그 모양이냐? 몸속에 뭘 넣었다고? 이 새끼 사이보그네!'

하지만 변성기가 와 어딘가 불편하게 느껴지는 목소리로 그 애는 그저 엄마한테 인사를 할 뿐이었다. 도대체 뭐가 문제인지 알 수 없었다. 어쩌면 조금 적응할 시간이 필요한 일이었을 수도 있다. 시간이 있었다면 다시 예전처럼 돌아갈 수도 있었겠지만 그럴 수 없었다. 며칠 지나지 않아 다시 학교에 갈 수 없게 되었기 때문이다.

수술 후유증이라 해야 할지, 입맛이 통 없었다. 그렇게 먹고 싶었던 라면이 크레파스를 끓인 물처럼 쓰디썼다. 하루 종일 밥 세 숟가락을 겨우 먹었다. 조금의 과장도 없다. 아니, 세 숟가락만큼도 먹지 못하는 날이 허다했다. 살이 빠지고, 배변 활동을 제대로 하지 못했다. 밥이라도 먹기 위해 일어나 앉으면 지구의 자전이 느껴지는 듯했다.

중학교 출석일을 겨우 채우고 졸업했다. 초등학교 입학을 앞두고 그랬듯 우리 가족은 고등학교 진학 자체를 고민했다. 하지만 초등학교 6년 중학교 3년의 관성은 상당했다. 결국 가장 걸렸던 야간 '자율' 학습을 자율적으로 선택할 수 있는 실업계 고등학교에 진학했다. 그곳에는 장애 학생의 활동을 보조하는 공익근무 요원이 있었는데 모두 그를 '보조 선생님'이라고 불렀다. 나는 그 보조 선생님의 도움을 받아 학교 생활을 했다. 성인 남성이 곁에 붙어 있는 휠체어 탄 아이는 자연스럽게 아이들로부터 유리되었다.

그때쯤 내게는 치명적인 매력이 아닌 치명적인 불편함이 있었다. 수술 이후 좀처럼 먹지 않아 체력이 완전히 바닥을 기는 중에 폐가 끊임없이 가래를 배출했던 것이다. 내 미약한 힘으로는 제면기에서 뽑아져 나오듯 쉴 새 없이 생성되는 가래를 토해낼 수가 없었다. 그럴 힘이 있었다면 애초에 생기지 않았을 가래가 하루에도 48번씩 내 숨통을 조였다. 가래 끓는 소리가 나면 되도록 빨리 누군가가 내 복부를 압박해 그 힘으로 가래를 토해내야 했다. 나는 혼자서는 최소한의 연명도 불가능한 상태였다.

　당연히 교실보다는 교사 휴게실에 머무는 시간이 많았고, 보조 선생님과 이런저런 이야기를 하며 자연스럽게 고등학교 이후의 상황에 대해 생각해보게 됐다.

　실업계 고등학교의 느슨한 학업조차 제대로 참여할 수 없는 내가 대학교에 다닌다면? 잘 그려지지 않았다. 보조 선생님과 담임 선생님을 비롯해 대부분의 사람들은 내가 마치 '인서울' 합격증을 따놓기라도 한 것처럼 말하곤 했는데, 내 성적이면 장애인 특별 전형으로 얼마든지 인서울이 가능하다는 거였다. 나는 들으면서 속으로 생각했다. 그럼 나는 대학교 휴게실에서 누군가의 도움으로 가래를 빼고 있겠구나. 그리고 누군가에게 이런 소리를 들을지도 모르지. '기균충.'

　나는 공무원 시험을 준비하기로 했다. 수업을 듣다가 컨디션이 안 좋으면 교사 휴게실에서 공무원 시험 공부를 하는 식이었다. 그러면서도 내심 몸 상태가 호전되면 달라질 나의 이십 대를 그려보았다.

　나는 어렸을 때부터 미래의 내 모습을 곧잘 상상해보곤 했다. 초등학생 때는 막연하게 친구들과 함께 축구를 하는 내 모습을 그렸다. 중학생이 될 즈음 그건 현실적인 그림이 아니라는 것을 깨닫고 스케치북 찢어버리듯 폐기했다. 그 대신 대학생이 되면 목발을 짚고 학교에 다닐 수 있지 않을까 생각했다. 그러나 수술 이후 그 또한 지나치게 꿈 같은 그림이라는 것을 알게 되었다. 고등학교 1학년 때에는 그나마 현실적인 그림을 그리는 것 같았다. 그래, 나는 앞으로도 걷지 못할 거야. 목발 같은 걸로 흉내 내는 것도 어려울 거고. 다만 이 상태에서 조금이라도 개선되는 건 가능할 거야. 그러니까 이 상태에서 할 수 있는 거, 이를테면 사무실에 앉아 일하는 거, 그걸 할 수 있도록 준비하는 거야. 나 좀 천재인 듯?

나는 천재가 아니었다. 내 몸 상태는 한 달이 다르게 나빠졌다. 펜을 쥐거나 책장을 넘기는 일이 불편해졌고, 폐는 아예 사보타주를 선언하고 날 죽이려 들었다. 가래 때문에 숨만 겨우 쉬며 방 안 침대에 누워 생각했다. 이대로 죽으면 어떨까. 편하기는 할 것 같았다. 병원에 가보자는 엄마 말에 나는 대학병원부터 떠올리고 진저리를 쳤다(수술 이후 일종의 트라우마가 생겨 대학병원은 특유의 냄새만 맡아도 숨 쉬기가 어려웠다). 그러고는 엄마한테 해서는 안 될 말까지 했다. 차라리 죽는 게 낫겠다는 말을 들은 엄마는 아빠한테 얘 말하는 것 좀 보라며 불같이 화를 냈다.

하지만 사람이란, 아니 동물이란 생각보다 훨씬 간사한 존재라, 정말 죽음의 문턱까지 가니까 생각이 확 달라졌다. 나는 결국 말했다.

"살고 싶어."

폐렴이었다. 너무도 간단한 이 병명을 알아내는 일은 사실 전혀 간단하지 않았다. 부모님은 날 어디로 데려가야 할지를 고민하다 결국 내가 싫어하는 곳으로 갔다. 척추 수술을 한 대학병원

말이다. 수술 당시 나는 호흡기내과의 아주 유명한 교수의 특진을 받으며 상당한 액수의 특진비를 '선택'적으로 지불했는데, 얼굴도 몇 번 제대로 보지 못한 그에게 다시 갔던 건 아무래도 내 의료 기록이 그 병원에 고스란히 있기에 두 번 세 번 일을 하지 않아도 될 거라 기대했기 때문이다. 오판이었다. 낯익은 병원 복도에서 공포에 덜덜 떨다가(비유가 아니다) 겨우 얼굴을 본 자타 공인 호흡기 명의가 내게 처방한 건 타이레놀이었다. 아프지 않게 (저세상으로) 잘 가라는 뜻이 아니라면 상식적으로 납득하기 어려운 처방이었다. 당연한 말이지만 타이레놀로는 낫지 않았고 부모님은 다시 나를 다른 대학병원 호흡기내과로 데려갔다. 내 몸에 청진기를 대자마자 의사는 말했다.

"폐렴이네요. 왜 이제야 오셨어요."

엄마는 타이레놀 처방 건을 토로했다. 대번에 누구 얘기인지 알아차린 의사는 난처한 웃음을 지었다.

"아이고, 그분이 왜 그러셨지."

사실상 아플 만큼 아파서야 병원에 입원한 나는 거의 '나이롱 환자'나 다름없었는데, 그 김에 수액과 영양제를 맞으며 2주를 지내고 집에 돌아오니 아주 오랜만에 식욕이 돌았다. 그래서 그때부터 잘 먹고 체력을 회복했다…면 지금 이 글을 쓰고 있지는 않을 것이다. 어느 공기업 사무실 안에 있었을까. 모를 일이다.

이미 완전히 바닥을 친 체력은 밥 좀 더 먹는다고 돌아올 수 있는 상태가 아니었다. 오히려 밑 빠진 독처럼 체력은 끝없이 떨어졌다. 바닥의 정의를 나날이 갱신하던 중에 나는 다시 한번 내 미래를 뜯어고쳐야 했다. 그리고 새 그림을 완성한 날 아침, 부모님에게 말했다.

"오늘 자퇴할 거야."

'오늘'에 따옴표를 쳐주자. 그날 내가 결정한 건 날짜였다. 음, 사실 부모님과 대화를 나누며 부모님의 만류에 하는 수 없이 자퇴 결심을 재고해보기로 했다가 결국 저렇게 말한 거니 자퇴도 그날 최종 통보한 것은 맞지만, 아마 부모님도 내가 마음을 바꾸리라고는 생각하지 않았을 것이다. 하지만 이 몸으로 꾸역꾸역 고등학교 졸업장을 받은들 그걸 가지고 대체 뭘 하겠는가.

나는 담임 선생님한테 자퇴를 하겠다고 말했다. 선생님이야말로 이게 무슨 말인가 했을 것이다. 나는 마지막으로 펜을 손가락 사이에 끼워 단단히 고정한 다음 자퇴서에 서명했다.

그리고 보조 선생님과 함께 엄마가 기다리고 있는 2층 교사 휴게실로 갔다. 2층 복도 저 끝에 가방을 들고 있는 인영이 보였다. 눈이 빛에 적응하자 엄마 얼굴이 보였는데 그 순간 나도 모르게 울음을 터뜨리고 말았다. 나는 온몸을 들썩이며 대성통곡을 했다. 엄마는 물론 보조 선생님까지 눈물을 보였다. 지금도 그때를 떠올리면 눈앞이 뿌예진다. 하지만 그 이유가 뭔지는 잘 모르겠다. 억억억 하면서 엄마랑 학교를 나서면서 그때 막연하게나마 느꼈던 건 딱 하나였다.

모든 것이 끝났다는 허망함.

그 허망함을 자초한 건 분명 나였다. 지금도 그 선택을 후회하지 않으며, 내가 살면서 내린 선택 중 가장 현명한 것이었다고 생각한다.

그러나 돌이켜보면 아쉬운 부분이 있는 것도 사실이다. 왜 어떤 사람의 인생은 스스로 내리치는 철퇴로 산산조각 내는 것이 최선일 수밖에 없을까. 물론 나의 경우는 악화된 건강 때문에 그나마 진보된 사회의 보조조차 의미가 없어진 경우이긴 하다. 그러나 스스로에게 철퇴를 가하는 사람은 나뿐만이 아니다. 그리고 이것이 꼭 장애인에게만 해당하는 이야기도 아니다. 사회의 틀 바깥으로 떠밀리다 못해 끝내 스스로 뛰어내리는 사람들은 지금도 존재한다.

아임 소 소리,
존

"각각 개성을 지니고 살아 있는 듯 생생하게 행동하고 말하며, 다양한 정체성을 지니면서도 정체성만으로 환원되지 않는 입체적인 인물 조형이 매우 인상적이었다."

"섬세하게 세공된 글을 삼키고 씹어보는 원초적인 소설의 맛과 함께 SF가 그려주는 새로운 세계의 묘한 멋이 이음선 없이 속 깊이 포개져 있었다. 인물들의 성별, 말과 행동 모두 사려 깊게 골라져 있어 상당히 올바르다는 인상을 주는데, 반면 교조적인 강박은 전혀 보이지 않았다."

"매력적인 캐릭터들의 조화를 통해 표현해낸 작품으로 심사위원들의 고른 호평을 받았다."

"이야기는 끝나도 이 세계 속의 인물들은 어딘가에서 계속 살아 가고 있을 것 같은 그 생동감이, 《슈뢰딩거의 아이들》을 대상작으로 선정하는 데 가장 중요한 역할을 했다."

제1회 문윤성SF문학상 심사평이 공개되었을 때 나는 이런 생 각을 했다. '내 글 얘기 맞지?'

이후로 운 좋게 《슈뢰딩거의 아이들》에 대해 공식적으로 이야 기를 나눌 기회가 몇 번 있었는데 사람들은 마치 입을 맞추기라 도 한 것처럼 내가 쓴 글의 인물과 그들의 말에 대한 칭찬을 아끼 지 않았다. 나는 생각했다. '내 글 얘기 맞지?'

2021년에 데뷔를 한 것으로 알려진 나는 습작 기간이 유독 길 었다. 너무 오래돼서 정확히는 모르겠는데 햇수로 13년 정도 된 것 같다.

고등학교를 중퇴하고 할 만한 일을 찾던 나는 엉뚱하게도 드 라마 속 작가라는 인물을 보고서야 나도 최소한 글을 쓰는 일 자 체는 할 수 있겠구나 했다. 뭐랄까, 작가라는 직업은 내게는 너 무나도 멀어서, 책상 앞에 앉아 컴퓨터로 글을 쓰는 일이라는 생 각조차 하지 못했던 것 같다. 드라마에 나오는 작가란 물론 판타 지가 담뿍 가미된 인물일 확률이 높지만, 어쨌거나 그들이 하는 일은 현실과 다르지 않다. 책상 앞에 앉는다, 컴퓨터로 글을 쓴 다(물론 워낙 판타지가 강하다 보니 책상 앞, 컴퓨터가 아닌 경우도 있 다). 내가 할 수 있는 일이었다. 문득 자퇴를 고민하던 내게 글쓰기를 권유했던 국어 선생님이 떠오르자 뭔가 기분이 묘했다. 내가, 글을? 글이 나를 쓴다고 해도 더 이상할 것 같진 않은데?

그렇기는 해도 어쨌든 글을 쓰는 것 자체가 낯설지는 않았다. 누구처럼 문학 소년은 아니었고, 다른 애들이 책상 서랍에 꼭 가지고 있던 무협 소설이나 판타지 소설에 관심도 없었지만(시도는 해봤지만, 그냥 국어책에 실린 조각 글이 더 와닿았다), 학교에서 내주는 각종 글쓰기 과제를 어렵게만 느꼈던 적은 없었다. 초등학교 시절부터 나는 일기나 독후감 쓰는 일을 제법 즐겼다. 특히 담임 선생님이 '참 잘했어요' 도장과 함께 남겨주는 피드백을 보는 것이 낙이었다. 거의 편지를 주고받는 것처럼 대화를 나눈 선생님도 있었다.

그 밖에도 그림 독후감이나 동시 짓기, 교내 백일장 등은 대세를 따라 싫어하는 내색을 하고는(진심도 섞여 있었다) 어찌 됐든 마감(?)을 어긴 적 없이 해냈고, 그중 운이 좋으면 상도 타고 칭찬도 받고 부러움도 받곤 했다. 그래서 글쓰기 자체에는 문턱을 느끼지 않을 수 있었다.

다만, 무엇을 써야 하는지는 고민이었다. 내가 가장 좋아하는 것을 쓰면 될 것 같았지만, 문제는 내가 경찰과 범죄자가 벌이는 두뇌 싸움을 좋아한다는 것이었다. 단적으로, 내가 《데스노트》 같은 이야기를 쓸 수 있을까? 당장 나는 경찰 계급에 대해서도 모르는데? 그래서 정말이지 아무것도 몰랐던 나는 판타지 소설을 써야겠다고 생각했다. 판타지 소설을 써본 사람이라면 누구나 입에 거품을 물 생각이었다.

천사가 실은 인류 문명의 흑막이었다는 설정으로, 존(…)이라는 주인공을 이리저리 휘두르며 나는 소설 쓰기를 익혀 갔다. 작법서 무용론을 주장하는 일부 작가들의 말을 신봉해서는 아니고 원래 대책 없이 몸으로 부딪혀 가며 학습하는 무식한 스타일이어서 그렇다.

1년이 지나자 경장편 분량의 판타지 소설이 완성됐다. 때마침 TV에서 광고하는 문학상에 응모했고 당연히 떨어졌다. 그러고 나서는 대체 이 문제적 작품을 어떻게 해야 할지 알 수 없었는데, 인터넷에 검색해보니 세상에, 소설을 연재하는 공간이 있었다! 나는 나의 문제작을 쪼개 인터넷에 뿌리면서 존(…)의 또 다른 이야기를 썼다.

그때나 데뷔하기 직전이나 나는 연재를 하면서 이렇다 할 반응을 얻지 못했다. 조금 아쉽기는 했지만 나한테는 존이 있었다(작명에 이렇게 후회한 적이 없다). 이 문제작이 다 연재될 즈음에는 그 다음 문제작이 완성되었고 그것을 연재하면서 나는 존과 또 다른 이야기를 찾아 나섰다.

좀 딱할 만큼 무식했지 싶다.(지금이라고 다를까?) 분명히 더 효율적인 길이 있었을 텐데 나는 무서우리만큼 앞만 보고 나아갔다. 어쩌면 그때 나한테는 직업이 필요한 게 아니었을지도 모르겠다. 그저 내가 처한 현실(장애는 부차적이고 그로 인한 사회적 단절)에서 눈을 뗄 집중할 무언가가 필요했던 것 같다. 그 무언가가 처음에는 게임이었지만, 이내 질리자 나는 글 쓰는 일에 내 자신을 던져버렸다. 그러니 기껏해야 조회수 수십에도 연재를, 아니 글쓰기를 이어 갈 수 있었던 게 아닐까. 그렇지, 존?

그렇게 3년이 지났다. 작은 연재 사이트에서 어쩌다 보니 '네임드(고인물)'가 된 나는 나와 같은 고인물들이 모인 소모임에 합류하게 되었다. 그리고 격주에 한 번씩, 특정 키워드로 단편을 써서 서로 자웅을 겨루며 순위를 매기고 코멘트를 했다.

"너님도 알겠지만, 문장이 아름답거나 하지는 않아. 그럼에도 매우 흡인력 있는 글이었어. 어떻게 이렇게까지 주제에 집중할 수 있지? 소름."

"이 글 보고 울었어. 내 얘기 같아서. 솔직히 평가를 못 하겠다. 너님도 이런 경험 있었지?"

뭐지, 진짜. 여전히 존은 내 계정 방 안에서 홀로 고독을 씹고 있었다. 역시 처음부터 리얼리즘 소설을 쓸 걸 그랬나? 아무튼 나는 그때를 기점으로 해서 마침내 고개를 들어 내 앞에 있는 세상을 기웃거리기 시작했다. 그리고 이런 생각을 했다.

소설가라는 직업이란 이런 느낌일까?

그때부터 나는 작법에 대한 고민을 시작했다. 작법서를 찾아보고 전에 쓰지 않았던 방식으로 글을 써봤다. 그리고 당시 연재 사이트에서 종종 출몰해 사람들을 놀라게 했던 '진짜' 작가한테 용기 내 쪽지를 보냈다.

"작가님, 피드백 좀요."

실제로 저렇게 말한 건 아니지만 어쨌든 그 작가님은 흔쾌히 내 글을 읽고 피드백을 주었다. 그러고는 자신이 운영하는 인터넷카페(커뮤니티)에 들어와 다른 사람들과 함께 수련해보지 않겠느냐고 제안했다. 한창 의욕 넘칠 때였고, 대놓고 거절도 못 하는 성격이라 그분이 운영하는 카페에 가입했다. 그곳에는 다양한 배경과 관심사를 지닌 사람들이 있었다. 나처럼 습작생들도 있었지만 웹소설이나 칼럼 등을 쓰는 작가들도 적지 않았다. 나는 그곳에서 글을 써 올리며 피투성이가 됐다.

"문장이 그게 뭡니까. 그놈의 번역투. 당신 지금 한글로 한국어 소설 쓰고 있는 거예요. 그리고 존이 뭡니까, 존이."

"대사가 그게 뭡니까. 말을 해야죠. 말할 줄 몰라요? 사람이랑 대화 안 해요? 그리고 존이 뭡니까, 존이."

"인물이 그게 뭡니까. 종이 인형도 그것보단 입체적이겠네. 주변에 사람 없어요? 그리고 존이 뭡니까, 존이."

뭐지. 뭐 아닌 게 있기는 한 건가.

다행히도 나는 무식하게 견디는 데 이골이 난 사람이었다. 내 코피를 터뜨리곤 빨간약을 던져주듯 작가님이 해주는 조언과 나 나름의 민간요법을 더해 별의별 짓을 다했다. 사실 지금 돌이켜보면 무작정 글만 쓰던 때나 이때나 무식하고 비효율적이긴 마찬가지였던 것 같은데, 대략 소개를 해보면 이렇다.

랩을 따라 불렀다. 웃기려고 하는 말이 아니다. 앞서 지적받은 점들을 종합해보면 결국 나의 폐쇄적 삶이 가장 큰 원인이라고도 할 수 있었다. 사회적으로 스스로를 자가 격리한 나는 하루 종일 말을 거의 하지 않았다. 수행을 하기 위해서는 아니었고 딱히 해야 할 필요가 없었다. 어쩌다 하더라도 완전한 문장을 구사하는 것이 아닌, 그야말로 신호로 표현을 하는 데 그쳤다. 그래서인지 내가 쓰는 문장은 대체로 어색했다. 문장을 위한 문장의 연속이었다.

노래를 따라 부르며 우리말 리듬을 익히는 게 중요하다는 피드백을 받고서, 나는 동생이 틀어놓은 플레이 리스트의 곡들을 따라 불러보곤 했다. 그때가 하필이면 '쇼미더머니' 열풍으로 대한민국이 힙했던 때라 본의 아니게 나도 힙할 수밖에 없었다.

노래에 관심이 있지도 않았고(뭔들 관심이 있었겠어) 듣더라도 멜로디나 흥얼거리는 편이라 한 번에 따라 부를 수는 없었지만, 세 번 네 번 해보자 어느새 특유의 리듬이 느껴졌고, 적어도 따라 부르는 건 할 수 있게 됐다. 재밌었다.

글적으로는 설정 놀이에 빠져 있었는데, 상황과 인물을 설정하고 시나리오 대본을 쓰듯 대화만으로 장면을 써서 카페에 올렸다. 당연히 피투성이가 됐다. 내 어린 시절을 써보기도 했는데 일기 쓰기와 크게 다르지는 않았지만 그래도 일기로는 들어갈 수 없는 깊이까지 나 자신을 돌아볼 수 있었다. 그렇다고 지금 쓰고 있는 에세이 수준은 아니었던 그것을 쓰면서도 이게 무슨 에너지 낭비인가 싶었다. 그렇기는 해도 완전히 무의미하지는 않았을 것이다. 그랬기를 바란다. 아니어도 별수는 없고.

　그렇게 쓴 글이 쌓여 갈 즈음 '브릿G'라는 연재 사이트에 그동안 쓴 습작을 올리며 또 글을 썼다. 그곳에서도 그렇게 막 반응이 뜨겁지는 않았지만, 가끔씩 좋은 말을 해주는 사람들이 있어 내 노력이 헛되지 않았다는 것을 확인할 수 있었다. 특히나 문장이나 대화, 인물에 대한 칭찬은 나를 일어나 춤추게 했다(말이 그렇다는 거다). 그래서 《슈뢰딩거의 아이들》에 사람들이 해주는 칭찬들, 특히 내가 앞서 인용한 종류의 칭찬을 받으면 나도 모르게 존과 보낸 시간들이 떠오르곤 한다.

　존, 보고 있어? 너무 빨리 만나서 내가 많이 미안해. 그리고 이름 그렇게 지은 것도 미안하고. 전 세계의 존, 아임 소 소리.

소설 쓰기와
책상 정리의 관계

내가 중졸인 이유는 나의 체력이 더는 학교 생활을 감당할 수 없었기 때문이다. 내가 이야기 속 슈퍼 장애인이었다면 아마도 천재적인 두뇌 덕에 또 한 명의 호킹이 되었을지도 모르지만 내가 제일 잘 알듯 나는 평범하다. 그래서 나의 중졸에는 최소한의 능력주의적 판타지가 끼어들 틈이 조금도 없다. 나는 그냥 중졸이다.

그게 뭐 어떻다는 거지? 소설가가 되고자 했던 초창기에는 소설과 학력이 그다지 상관이 없을 거라고 기대했다. 하지만 그 당시 뭣도 모르고 판타지를 쓰기 시작한 것과 마찬가지로 내 생각은 너무나 단순했다.

이런 문제는 나 같은 위치에 있는 사람이 결론 내릴 수 있는 문제는 아니다. 그렇지만 소설과 학력은, 적어도 관계가 없지는 않아 보인다.(관계가 있는지, 있다면 얼마나 있는지는 나로서는 알 수 없는 문제다. 상관이 있다 한들 나한테는 다른 길도 없었고.)

소설의 장면을 쓰다 보면 내가 모르는 것이 정말이지 쌔고 쌨다. 경찰이 주인공인 소설을 쓰고 싶은데. 물음표만 계속 떠오른다. 경찰 계급은 어떻게 되지? 경찰대는 뭐야? 거기 나온 사람과 아닌 사람은 뭐가 다르지? 경찰대도 대학인가? 졸업은 언제 하지? 졸업하면 바로 경찰이 되는 거고? 시보는 또 뭐야? 내근직이 따로 있어? 경찰대 졸업생은 형사 같은 외근직은 기피한다고? 형사가 되려면 시험을 봐야 해? 도대체 범인은 언제 잡을 수 있는 건데?

물론 문창과 전공이라고 해서 위에 나열한 것 하나하나에 대한 지식을 가지고 있는 것은 아니겠지만(그래도 경찰대도 대학인지 따위를 궁금해하지는 않겠지), 최소한 소설 쓰는 일이라는 게 끝없는 공부의 연속이라는 사실은 알지 않을까? 내가 이것을 알게 된 건 비교적 최근 일이다.

내가 중퇴한 고등학교는 야간 자율 학습이 없는 실업계였다. 1학년은 통합 과정이었기 때문에 인문계와 같은 교과서로 수업을 진행했지만, 2학년이 되자마자 과학 과목이 없어지고 수학은 반토막 났다. 정보고등학교라는 이름에 걸맞게 수업 시간의 거의 반 이상을 컴퓨터실에서 보냈다. 일러스트레이션과 포토샵, 엑셀과 파워포인트, 비주얼 C#, 회계에 대한 기초적인 지식이 미적분과 상대성 이론을 덮어버린 살벌한 시간이었다. 그조차도 다 마치지 못하고 대한민국의 교육 체계에서 튕겨 나온 나는 그야말로 아무것도 몰랐다. 아무튼 판타지가 가미된 경찰 수사물을 쓰고 싶었던 나는 경찰이라는 생소한 조직에 대해 알아 가는 한편, 또 다른 세계에 발을 들이려 하고 있었다. 겁도 없이 말이다.

나는 사실 판타지를 좋아하는 편은 아니다. 내가 사는 세계와 연결 지어볼 만한 게 인간 관계에 대한 은유뿐인 하이 판타지는 좀처럼 공감이 안 됐다. 그래서 사람들이 그토록 열광하는《반지의 제왕》이나《왕좌의 게임》같은 것에 흥미를 느끼지 못한다. 그래서일지 모른다. 학창 시절 누구나 서랍 속에 고이 품고 있던 무협 소설이나 판타지 소설이 내 서랍에는 없었던 것은. 하다못해《해리포터》처럼 우리네 세계와 조금이라도 관련이 있어야 읽을 수 있었던 나는 내가 쓰는 판타지도 현실과 밀접한 관계가 있기를 바랐다. 그래서 처음 쓴 소설도 음모론으로 도배된 내용이었다. 새로 쓸 소설도 그래야 했다. 그래야 쓰는 내가 몰입할 수 있으니까.

새 소설의 발단은 놀랍게도 꿈이었다(내 경우에 꿈이 영감이 되는 일은 매우 드물다).

웬 고등학생 여자아이가 요요를 하며 뭔가를 '보고' 있다. 그 애가 보는 것이 귀신은 아닐까. 그것도 아빠의 영혼 말이다. 자살을 했다고 결론 내려진 아빠가 귀신이 되어 딸에게 보여준다. 자신이 죽어

가는 장면. 아이는 경찰서에 가 자신이 본 것을 이야기하지만 아무도 들어주지 않는다. 결국 이 아이가 찾아가는 곳은 심부름센터이고, 여차여차해서 아빠를 죽게 한 진범을 잡는다.

당장 해결해야 할 문제가 산더미였지만 그중에서도 가장 중요한 건 이거였다.

이 아이는 귀신을 본다. 하지만 어떻게? 그리고 왜? 이 질문에 나 스스로 고개를 끄덕일 수 있는 최소한의 그럴듯한 '뻥'이 있어야 했다. 그렇지 않으면 난 이 글을 끝낼 수 없을 터였다. 나는 그런 놈이니까.

그래서 고민을 하던 나는 아이가 들고 있던 요요에 집중했다. 거기에 힌트가 있지 않을까? 요요는 아빠가 직접 만들어준 것이다. 왜지? 그냥 파는 물건을 사주면 안 되나? 필요한 기능이 없기 때문이다. 어떤 기능이 필요하길래? 당연히 귀신을 보는 것과 관련된 기능이다. 요요처럼 순환하는 운동에는 사람의 마음을 진정시키는 효과가 있는 경우가 있다(키네틱 소품들을 떠올려보라). 그 요요도 필시 아이의 상태를 진정시키려는 목적으로 아빠가 만들지 않았을까? 마음… 정신… 뇌?

아이의 아빠가 뇌과학자가 되자 나는 그 즉시 뇌에 대해 검색했다. 그리고 눈에 들어오는 키워드로 다시 검색을 반복하며 관련 책들 중 전자책으로 출간된 것들을 쓸어 담았다(지금에 비하면 불과 5년 전만 해도 전자책이 없는 경우가 꽤 많았다). 읽을 수 있든

없든 개의치 않았다. 이게 어려우면 저걸 읽고 그것도 어려우면 또 다른 걸 읽었다. 그러다 보니 어느새 단어들이 눈에 들어왔고 처음에 어려웠던 내용이 이해되기 시작했다.

그 결과 알게 된 것을 바탕으로 해서 (앞에 쓴 것과 같은) 소설 일지를 다시 들여다보니 아이가 귀신을 보는 것을 뇌의 신호 체계가 일으킨 이상 현상으로 볼 수 있을 것 같았다. 뇌의 신호 체계는 기본적으로 컴퓨터 회로와 다를 게 없고 그렇다면 결국 전자기 현상이 귀신의 정체라고 우겨볼 여지가 생긴 것이었다. 그 다음은? 빤했다. 전자기에 대해 검색하고 관련 책 사서 읽기.

전자기는 뇌와는 또 조금 달랐다. 전자기 역사서이자 전자기장을 발견한 이들의 전기인 《패러데이와 맥스웰》을 떠듬대며 읽었는데, 책 후반부에 나오는 맥스웰 방정식은 내 눈에 그냥 그림처럼 보였다(지금도 그렇긴 하지만). 다른 책에 그 방정식들의 인문학적 의미가 설명되어 있기는 했지만 나는 왠지 욕심이 생겼다. 최소한 저 방정식들이 왜 저렇게 생겨 먹었는지 알게 되면 소설을 더 잘 쓸 수 있을지 모른다고 생각했는데, 책상을 정리하면 글이 더 잘 써지리란 기대와 완벽하게 동일한 착각이었다. 그런 종류의 착각이 그렇듯 하지 않고서는 못 배기기 때문에 나는 그날부터 당장 수학 공부를 시작했다.

도대체 소설은 언제 쓰냐고? 내가 하고 싶었던 말이다! 실제로 이렇게 쓰게 된 나의 비공식 데뷔작 《방황하는 메아리》는 내가 쓴 소설 중 가장 오래 걸린 작품이다(전자책으로만 출간되었다가 데뷔 이후 계약 만료되었다. 다행히도).

하지만 수학이라니. 국어 시간 다음으로 싫어했던 게 수학 시간이었는데(뭔들 안 싫어했겠어) 그걸 이제 와서? 나는 스스로 독려했다. 어차피 책을 볼 수도, 펜을 쥘 수도 없잖아. 그냥 미적분이 뭔지 감만 잡는 거라고. 그리고 대한민국 고등학생이면 다 배우는 거야. 할 수 있어. 막말로 문제 풀 것도 아니잖아.

그래서 나는 아주 오랜만에 EBS에 접속했다. 미적분을 바로 보기엔 아무래도 무리가 있을 것 같아 마음 크게 먹고 고등학교 1학년 과정부터 시작했다. 오리엔테이션 회차를 본 나는 울면서 EBS 중학으로 도망쳤다(정말 울었던 건 아니다).

사실 내가 한 거라곤 그저 눈으로 강좌를 본 것뿐이다. 강좌를 진행하는 교사가 틈틈이 주지시키듯 눈으로만 보고 내가 갑자기 머릿속으로 미분 방정식을 풀 수 있을 리는 없었다. 단지 미분과 적분이란 무엇인지, 그 둘의 관계가 어떻게 되는지 등을 조금이라도 이해할 수 있게 되었을 뿐이다. 내가 특히 재밌게 생각한 부분이 있는데, 중학교 과학 시간에 아무 생각 없이 외웠던 물리 공식들이 비슷비슷한 꼴을 하고 있는 이유가 다름 아닌 그 공식들의 기원이 대체로 미분 방정식이기 때문이라는 점이었다.

한참을 딴짓을 하고 돌아와 다시 소설 일지를 마주했다. 설정을 새롭게 다듬었다.

아이가 보는 귀신의 정체는 인간이 죽음을 앞두고 느끼는 극심한 스트레스를 기반으로 한 뇌의 잡음이 그 사람이 소지하고 있거나 근처에 있는 금속 물질에 남기는 자기 기록이다. 그리고 아이의 아빠는 이에 대해 알아 가는 과정에서 모종의 사건에 휘말려 목숨을 잃은 것이다.

대체 이 설정과 미적분이 무슨 관계가 있느냐 묻는다면 나로서는 이 말밖에 할 수가 없다. 책상을 정리하는 것과 글 쓰는 일의 관계와 다르지 않다고.

고등 교육을 받지 않은 나는 특히 SF 소설의 과학적 정합성에 좀 더 조심스럽게 접근하는 편이다. 화학이나 물리학을 전공한 이공계 출신 작가님들이 내 글을 읽다가 건강을 해치는 일이 내게는 가장 두려운 일이다. 심지어 그런 분들과 한 책에 이름이 실리기라도 하면 나는 그분들에게 폐를 끼치게 되는 상황들을 떠올리지 않으려 애써야만 한다. 그리고 많이 늦었지만 가능한 한 배움을 게을리하지 않기 위해 노력한다.

다행히 고등 교육을 받지 않아도 배움이 가능한 세상이다. 심지어 프로그래밍 같은 것은 돈을 들이지 않고도 학습하는 데 큰 어려움이 없다. 다만, 요즘 들어 아쉽게 생각하는 점이 있다면 지식의 조직화가 되어 있지 않다 보니 그때그때 필요한 정보가 인출이 잘 안 된다는 점이다. 그래서 오래전에 읽은 책의 내용을 잊어버리는 것은 두말할 것도 없고 꼭 필요한 지식, 정보가 내가 사 놓은 책에 들어 있다는 사실 자체를 잊기도 해서 허투루 쓰는 시간이 적지 않은 것은 분명 아쉽다.

그래서인지 몰라도 나는 특히 빅 히스토리류 책들이 반갑다. 유발 하라리의 《사피엔스》나 빌 브라이슨의 《거의 모든 것의 역사》 같은 책들은 읽는 동안 내가 지금까지 중구난방으로 접했던 지식의 단편들이 '조각 모음' 되는 것이 피부에 와닿을 정도인데, 나는 그런 느낌이 정말 좋다. 새로운 앎을 얻는 것도 좋지만, 이미 알고 있는 것들이 합쳐져 더 큰 의미를 지니게 되는 과정은 그 자체로 짜릿함을 선사한다.

그러고 나면 내가 사는 세상이 조금은 다르게 느껴진다. 내가 살면서 별 생각 없이 지나친 것들이 빛을 발하며 의미를 띤다. 그리고 그것들이 모여 거대한 맥락을 이루는 듯한 느낌을 받으면, 그 순간 경이감을 느낀다. 칼 세이건의 《코스모스》 같은 책이 주는 감동처럼 말이다.

이쯤에서 《코스모스》의 한 대목을 인용해야 할 것 같지만 좀 낯간지러워서 생략한다. 각자가 품고 있는 대목으로 이 장의 끝을 매듭짓길 바란다.

한 번에
한 자모씩

나에 대해 처음 알게 되는 사람은 대체로 뭔가를 궁금해하는 편이다. 초등학교 1학년 때는 첩보 영화라도 찍듯 사람들이 없는 이른 새벽에 수동 휠체어를 타고 교실까지 가 의자에 옮겨 앉은 채로 생활했는데, 같은 반 아이들은 내가 왜 좀처럼 의자에서 일어나 자기들과 어울려 놀지 않는지 궁금해했다. 그중 몇 명은 내게 직접 물었다.

"너는 왜 걷지 않아?"

아이임을 감안하더라도 꽤 당돌한 질문이 아닐 수 없는데 돌이켜보면 그런 질문을 하는 아이들과 가장 빨리 친구가 되었다.

학년이 오르고 더는 팔걸이가 없는 교실 의자로 감당할 수 없을 만큼 몸이 약해져(겨우 초등학교 2학년일 뿐이었다) 결국 수동 휠체어를 타고 책상 앞에 자리를 잡고 있는 내 모습을 본 아이들이 어떤 반응을 보였을지는 설명이 불필요할 것이다. 그 시절엔 그런 게 없었지만 요즘 아이들에게 유행하는 변신 로봇이 등장한다고 해도 아마 그 정도 반응은 아니었을 거라고, 약간의 과장을 보태 말해보겠다. 아이들은 자기들만 한 크기의 바퀴가 달린 의자에 왕성한 호기심을 보였고 자기들끼리 앞다퉈 싸우며 휠체어를 밀었다.

어느새 휠체어는 내 몸의 연장이 됐다. 꼭 장애학이나 철학, 심리학을 배우지 않았어도 모두가 그걸 알았다. 그렇게 나에 대해 궁금해하는 사람은 점점 줄어 갔다. 학업을 중단하고 집에서만 지내게 되면서는 나라는 존재 자체가 대상으로 인식조차 되지 않았는데 그리 특기할 일은 아니다.

그러다 느닷없이 문학상을 수상하게 되면서 상황은 급변했다. 수상작 《슈뢰딩거의 아이들》은 장애나 다른 소수자성을 안고 살아가는 아이들이 세상에 대고 소리쳐 자신들의 존재를 증명하는 투쟁을 다루는 이야기인데, 사실은 그냥 (어른들의 관점에서 보자면) 청소년 범죄 소설이다. 하지만 이 소설을 읽고 남긴 후기를 보면 왠지 모두가 반성 같은 걸 하는 듯하다. 그리고 나를 마치 사회운동을 하는 사람처럼 생각하는 것 같다. 나는 그냥 10여 년 동안 집에서 해 온 일을 했을 뿐인데. 글을 쓰는 일 말이다.

나에게 글을 쓰는 일이란, 사소하게 말하면 시간 때우기고, 거창하게 말하면 내가 왜 사는지를 내 자신에게 설득하기 위한 일이다. 사회운동이라고 생각한 적은 결코 없다. 휠체어를 타는 장애인 유튜버(지나치게 비장애인 관점의 수식어지만 이 글을 읽을 대부분의 사람이 비장애인일 테니 순전히 효율적인 측면에서 이러한 수식어를 사용하는 것에 양해를 구한다) '구르님'이 언젠가 SNS에서 했던 약간은 자조적인 말에 나는 깊이 공감할 수밖에 없는데, 휠체어를 타는 그가 음식점 투어를 하는 영상은 단순히 휠체어를 타고 이용할 수 있는 음식점을 가리는 일일 뿐이지만 왜인지 세상은 일종의 사회운동으로 받아들인다는 것이다.

내가 상을 받고 소감을 말하는 사진을 보고 사람들이 가장 먼저 궁금해했던 것은 아무래도 어떻게 글을 쓰는지였다. 실제로 이제는 나에 대해 가족, 친척 다음으로 잘 아는 황모과 작가님은, 옆에서 엄마가 들어주는 마이크에 대고 수상 소감을 말하는 내 모습을 보고 나의 글쓰기 방식에 대해 생각해보게 되었다고 말했다. 수상 이후 하게 된 몇 차례의 인터뷰에서도 글을 (도대체) 어떻게 쓰는지 묻는 질문은 거의 공식처럼 언제나 포함돼 있었다.

일단 나는 글을 컴퓨터로 쓴다. 미안하다. 유감스럽게도 한순간이라도 장난을 치지 않으면 입에 가시가 돋는 병이 있다. 이해는 바라지 않는다.

다시, 나는 화상 키보드를 사용해 글을 쓴다. 예전과 달리 요즘은 스마트폰을 사용하지 않는 사람이 드물기 때문에 설명을 하기가 많이 수월해졌다. 스마트폰을 통해 글 쓰는 방법을 아는가? 글을 입력할 수 있는 곳을 누르면 화면 아래쪽에 키보드가 나타나는데, 그것을 컴퓨터에서 구현해놓은 프로그램이 바로 화상 키보드다(최근에는 가상 키보드라고도 부른다). 마이크로소프트의 윈도나 애플의 맥OS 같은 컴퓨터 운영체제는 장애인을 비롯해 컴퓨터를 사용하는 데 어려움이 있는 사람들을 위해 '접근성 기능'이라는 것을 지원하는데 화상 키보드가 그중 하나다.

그 밖에도 정말이지 많은 기능이 있는데, 화면 속 콘텐츠를 읽어준다거나 특정 부분을 확대해준다거나 좀 더 보기 쉽게 색을 조정해준다거나, 이런 기능들을 하나하나 들여다보고 있으면 이게 다 SF적 가능성이 아닐까 하는 생각이 든다. 윈도와 맥을 모두 써본 입장에서는 그래도 맥 쪽이 접근성 향상을 위해 더 노력하고 있다는 인상을 받는다. 최근에는 아이패드를 함께 사용하고 있는데, 역시나 다른 시스템에서는 제공하지 않는 접근성 기능 때문이다.

화상 키보드도 맥 쪽이 월등히 좋다. 스마트폰으로 글을 쓰다 보면 키보드 상단에 추천 단어 목록이 뜬다. 윈도의 경우 한글은 이 단어 추천(자동 완성) 기능을 지원하지 않는다. 그러나 맥에서는 꽤 오래전부터 한글의 단어 추천을 지원했다. 나처럼 마우스 커서를 움직여 화상 키보드 버튼을 눌러 글을 쓰는 입장에서는 그 기능이 있고 없고의 차이가 엄청나다. 적게는 두 배에서, 많게는 네 배까지 더 빠르게 글을 쓸 수가 있다. 순전히 이 기능 때문에 맥을 쓴다고 해도 과언이 아닐 정도다. 다만, 스마트폰처럼 사용자의 패턴을 저장하는 기능까지는 없고, 아마도 서버에서 단어 목록을 가져와 띄우기 때문인지 간혹 당혹스러운 단어가 추천돼 한숨짓게 만든다. 가령, 내 이름을 '최으'까지 치면 나오는 약물이나, '엄마를' 다음에 뜨는 요상한 동사들……. 욕심일 수 있겠지만 맥에서도 사용자 패턴을 학습해주었으면 한다.

자, 이제 머릿속에 이미지가 떠오르는지? 컴퓨터 화면에 화상 키보드를 띄워놓고 마우스를 움직여 커서를 원하는 버튼 위에 올려놓는다. 그다음에는? 클릭을 해야 한다.

유감이지만 여기서 끝이 아니다. 내 오른손은 엄지손가락을 제외한 대부분이 거의 힘을 쓰지 못한다. 그래서 누군가가 마우스 위에 손을 올려주어야 하는데 매우 정교한 위치 선정이 필요한 일이라 아무나 할 수 없다(심지어 아빠도 엄마의 숙련도를 따라갈 수 없다). 그렇게 마우스 위에 손이 올라가면 그나마 좀 움직일 수 있는 엄지손가락을 꼼지락거려 마우스를 밀어내는 방식으로 커서를 조작한다. 짐작 가능하겠지만 정밀하고 빠른 조작은 어려워서 좋아하는 액션 게임을 즐기기엔 턱없이 부족하다. 결정적으로 클릭을 할 수가 없다.

다행히 방법은 많다. 수 년에 걸쳐 수많은 방법을 거치면서 일종의 궁극기와 같은 방법을 찾을 수 있었다. 다름 아닌 '아두이노(Arduino)'라는 초소형 컴퓨터를 이용하는 방법이다. 아두이노란, 이탈리아의 배고픈 뮤지션들이 조금이라도 저렴한 가격으로 악기용 키보드를 만들기 위해 제작한 초소형 컴퓨터다. 신시사이저 같은 전자 악기를 만들 생각으로 제작했는데 만들어놓고 보니 이것으로 할 수 있는 일이 너무 많았다. 그래서 이들은 아예 아두이노를 만들어 팔기 시작했다. 가장 기본형인 '우노', 기능도 크기도 어마어마한 '두에', 마우스나 키보드 같은 입력 장치로 사용할 수 있는 '레오나르도' 등등. 이들이 지금도 뮤지션의 길을 걷고 있는지는 모르겠다.

내가 쓰는 모델은 레오나르도다. 레오나르도를 컴퓨터에 연결하고 약간의 프로그래밍을 해주면 컴퓨터에서는 이것을 키보드나 마우스 같은 입력 장치로 인식한다. 그리고 레오나르도가 보내는 신호대로 마우스 커서를 움직이거나 키보드 키 입력 이벤트를 실행한다. 프로그래밍을 어떻게 하느냐에 따라 단순히 a를 입력하는 것에서 무한 루프 매크로를 실행하는 것까지 상상할 수 있는 모든 일이 가능하다. 한때 이것을 이용해 '디아블로3'나 '히어로즈 오브 더 스톰' 같은 게임을 즐기기도 했다.

모든 아두이노에는 호환 가능한 실드가 있다. 블루투스나 와이파이 기능이 필요한가? 관련 모듈이 탑재된 실드를 연결하면 된다. 터치패드 실드를 연결하면 노트북처럼 마우스를 조작할 수도 있다. 내가 필요한 건 키보드나 숫자 키패드의 스위치를 누르면 그 신호를 매개로 내가 원하는 동작을 컴퓨터에 전달하는 것이다. USB호스트 실드를 이용하면 숫자 키패드(키보드는 쓸데없이 너무 크기 때문에) 같은 USB 장치를 아두이노에 직접 연결할수 있다. 그리고 아두이노를 컴퓨터에 연결한다. 컴퓨터의 전력으로 아두이노의 램프에 불이 들어오고, 이어서 키패드의 램프에 불이 들어오면 모든 준비는 끝났다.

C 언어를 기반으로 하는 코드를 작성한다. 키패드의 스위치 신호를 변수에 담고, 그것을 조건 삼아 마우스 클릭 이벤트를 발생시킨다.

오른손과 전신의 힘을 이용해 마우스 커서를 화상 키보드의 'ㄱ' 키 위로 옮기고, 왼손으로 체중을 싣듯이 키패드 스위치를 눌러 'ㄱ' 자를 입력한다.

다시 오른손과 전신의 힘을 이용해 마우스 커서를 화상 키보드의 'ㅜ' 키 위로 옮기고, 왼손으로 체중을 싣듯이 키패드 스위치를 눌러 'ㅜ' 자를 입력한다.

오른손과 전신의 힘을 이용해 마우스 커서를 화상 키보드의 'ㅣ' 키 위로 옮기고, 왼손으로 체중을 싣듯이 키패드 스위치를 눌러 'ㅣ' 자를 입력한다.

또 오른손과 전신의 힘을 이용해 마우스 커서를 화상 키보드의 'ㅊ' 키 위로 옮기고, 왼손으로 체중을 싣듯이 키패드 스위치를 눌러 'ㅊ' 자를 입력한다.

오, 이제야 내가 쓰려고 하는 단어가 화상 키보드의 추천 단어 목록에 뜬다. 그것을 다시 위와 같은 방식으로 누르면,

귀찮다

마침표는 별도다.

뭐, 논리적으로는 이런 식으로 글을 쓴다. 스티븐 킹이 "한 번에 한 단어씩" 쓴다고 하면, 나는 "한 번에 한 자모씩" 쓰는 셈인가? 결국은 같은 방식이기는 하지만, 속도 차원에서는 많은 차이가 나는 것이 사실이다. 호기심에 타자 연습 프로그램으로 속도를 측정해본 적이 있는데 분당 50타가 최대였다. 당연히 늘 그 속도로는 쓰지 못한다.

분당 타자 속도를 비교하면 비장애인 작가에 비해 내가 독보적으로 느릴 수밖에 없다. 한 문장 또는 한 문단을 쓰는 데 걸리는 시간의 차이가 문체나 글 자체에 영향을 끼칠 수도 있을까? 니체와 타자기에 대한 이야기가 유명한데, 반원구형 타자기를 사용해 글을 쓰면서 스타일이 바뀌었다는 내용이다. 나의 경우에도 적용해볼 수 있을지 모르겠다.

그렇다면 이쯤에서 쓰기에 대한 얘기를 마치고 읽기에 대한 이야기를 해보겠다.

마우스 클릭도 불가능한 손으로 책을 들고 볼 수 있을 리 없다. 요즘에는 그래도 전자책이 보편화돼 데스크톱 컴퓨터나 태블릿을 통해 책을 읽으면 된다. 하지만 불과 몇 년 전까지만 해도 상황이 지금과는 사뭇 달랐다.

나는 스티븐 킹을 좋아한다. 스티븐 킹을 좋아하며 소설가를 꿈꾸는 사람들에게 그가 쓴 에세이인 《유혹하는 글쓰기》는 바이블이나 다름없다. 하지만 놀랍게도 2002년 한국어판이 출간된

후 15년이 지난 2017년에 개정판이 나오면서야 전자책이 함께 출간됐다. 다른 책은 까짓것 포기한다 쳐도 이 책만큼은 읽어야 할 것 같았던 나는 일단 종이책을 주문했다. 그리고 아빠한테 특명을 내렸다. 전자책 만들어줘.

아빠는 《유혹하는 글쓰기》를 회사로 가져가 쇠를 자르는 기계로 책등을 쳐내고 한 장 한 장을 사무실에 있는 복합기로 스캔해서 내게 하루에 몇십 페이지씩 보냈다. 나는 그걸 모아서 방향과 각도를 맞추고 하나의 파일로 합쳐서 세상에 단 하나뿐인 전자책을 만들어 읽었다. 막상 읽어보니 천재의 대책 없는 방법론이어서 좀 웃겼지만 어쨌든 나도 이 책을 읽었다는 뿌듯함을 가지고 습작에 더욱더 박차를 가할 수 있었다.

내가 종이책을 읽지 못하게 된 건 대략 학업을 중단한 시기와 겹친다. 일반적으로 많이 쓰이는 책 거치대를 사용하면 읽기 자체는 문제가 없지만 누군가가 계속 책장을 넘겨줘야만 한다는 건 분명 커다란 장애였다. 책장을 자동으로 넘겨주는 장비는 예나 지금이나 비싸고 불편하다. 보통 독서를 가장 능동적인 문화 생활이라고 하는데 문자 그대로 사실이다. 특히 근육병을 앓는 나 같은 사람한테 독서는 분명 쉽지 않은 일이다.

학교를 그만두고 집에서만 지내면서 내가 결국 글을 쓰게 된 건 글쓰기가 물리적으로 가장 만만하기 때문이었다. 앞에 늘어놓은 우여곡절에도 불구하고 선천성 근이영양증을 앓는 내겐 읽고 쓰는 일이 할 수 있는 거의 유일한 일이다. 나는 읽고 쓰며 시간을 죽이고 살아 있는 날 스스로에게 정당화한다. 이것이 사회 운동인지는 여전히 회의적이지만, 사람들이 그렇게 생각한다면, 그래서 나에게 그런 일을 할 기회를 준다면 나는 기꺼이, 감사한 마음으로 할 것이다. 그것이 내가 할 수 있는 거의 유일한 일이기 때문이다.

'슈뢰딩거의 아이들'을
만나기까지

처음으로 청탁이란 걸 받고 얼마 지나지 않아서 웹진 '이음'이라는 곳에서 인터뷰 제의가 왔다. '한국장애인문화예술원'에서 발행하는 웹진 '이음'에는 매달 장애 예술인의 인터뷰가 올라오는데, 소설가는 내가 처음이라며 약간 열의에 찬 이야기를 했던 것 같다. 동영상 촬영을 위해 집을 방문하겠다는 얘기를 듣고 나는 당황하지 않을 수 없었다. 요즘에는 사람들 앞에서도 휠체어 등받이를 눕혀 누워 있거나 아예 내가 휠체어 탄 모습을 SNS에 올릴 정도로 뻔뻔함을 되찾았지만, 데뷔 후로도 약 1년은 타인과 대면하는 것이 불편했다. 불행인지 다행인지, 이사를 하면서 바뀐 생활 습관이 반년 넘게 쌓이면서 다리가 심하게 붓는 바람에 결국 간 기능을 확인하기 위해 병원에 다녀온 직후였다. 나는 그 핑계를 대고 서면 인터뷰를 요청했다. 지금이라면 그냥 했을 텐데 너무 죄송하다.

아무튼 그때 인터뷰어는 《슈뢰딩거의 아이들》에 나오는 아이들의 똥꼬발랄한 모습에 깊은 인상을 받은 듯 이런 질문을 했다.

"이 소설에서 뚜렷한 존재감을 지닌 화자 온시현의 말투도 그렇고 학당 친구들의 말투가 유별나게 발랄하다는 느낌을 받습니다. 한편으로는 작가님 학창 시절에 유행했을 법한 말장난이나 유행어도 시대착오적인 느낌으로 톡톡 튀고요. 작가님의 학창 시절 교우 관계가 투영된 건가요? 작가님의 단편 〈나비가 되어〉도 읽어봤는데, 십 대 여성 화자가 너무 생동감 있어서 작가님의 지정 성별이 91년생 남성인 걸 알고 살짝 놀랐습니다. 이 소설도 그렇고, 청소년 화자에 특화된 페르소나를 갖고 있는 건가요?"

나는 답했다.

"사실 이 소설의 발랄함은 저조차도 감당하기가 버거운 면이 있습니다. 도대체 이런 발랄함이 저의 어디서 나왔는지 지금 생각해봐도 잘 모르겠습니다. 학창 시절이 좀 정신없기는 했는데 아무래도 그 영향이 있는 것 같고요. 그렇다고 온라인에서 친구를 사귀거나 채팅을 즐겨하는 편도 아닙니다. 그러고 보니 대체로 청소년이 이야기를 이끌어 가는 글을 많이 쓰는 것 같은데, 저의 단절된 학력이 작용하는 건 아닐까 생각합니다. 중학교 3학년 여름에 척추를 교정하는 수술을 받고 그 후유증 때문에 고등학교를 겨우 다니다 자퇴했거든요. 그래서 청소년들의 이야기가 저에게는 가장 자연스러운 게 아닐까……. 그렇다면 좀 슬프네요.

다양한 글을 쓰고 싶은데 말이죠."

　사실 내 입장에서 대학원생이나 회사원의 삶을 하이퍼리얼리즘적으로 쓰기란 쉽지 않은 일이다. 그에 대해 모르기 때문이다. 그렇다고 쓰면 안 되는 건 아니겠지만, 읽고 있으면 '미쳤다'는 말밖에는 안 나오는 글을 쓰는 작가가 한두 명이 아닌데 굳이 내가 그런 얘기를 쓸 필요는 없지 않나. 아마 믿기 어렵겠지만 나는 꽤 전략적이다. 흠.

　내가 잘 알지 못하는 것에 대해 쓰다 보면 자칫 글쓰기 자체에 회의를 품게 될지도 모른다. 정유정 작가님의 경우 자료 조사에 굉장히 품을 많이 들이는 것으로 유명한데, 만약 나 같은 사람이 《7년의 밤》을 쓴다고 가정할 때 과연 그런 디테일을 살릴 수 있을까. 아무리 인터넷을 통해 초연결이 가능한 시대지만 물리적인 한계는 어떤 식으로든 티가 날 수밖에 없다. 나는 그 점을 이해하고 있으며 그것을 극복할 대안을 꾸준히 찾고 있다.

　그렇다면 《슈뢰딩거의 아이들》도 그러한 대안의 일환일까? 사실 《슈뢰딩거의 아이들》이 처음부터 청소년 소설이었던 건 아니다.(앞에서 내가 이래 봬도 전략적인 사람이라고 한 건 거짓이 아니다. 왜냐하면 그 문장으로 인해 이 서술의 뒤통수 치는 효과가 극대화될 테니까 말이다. 이 얼마나 전략적인가. 흠.)

　당시 나는 공모전 정보가 올라오는 사이트에서 '고여' 있는 입장이었는데, '브릿G'나 '안전가옥' 같은 곳에서 주최하는 공모전 공고가 뜨면 일단 주어진 테마를 제목 삼아 단편소설을 썼다. 그 중 좀비를 테마로 한 공모전에 응모하기 위해 썼던 〈저의 아내는 좀비입니다〉는 엉뚱하게도 2019년도 하반기 예술세계 신인상 소설 부문에 당선돼 날 등단 작가로 만들었다. 그리고 '안전가옥'의 공모전에 응모하려고 시작한 구상은 결국 《슈뢰딩거의 아이들》이 돼버렸다. 그때 테마가 무엇이었는지는 굳이 밝히지 않겠다. 밝혀도 아무 의미가 없다. 관련성이라곤 개미 똥구멍만큼도 없기 때문이다.

테마에 맞춰 떠올려본 줄거리는 그다지 흥미를 유발하지 못했다. 대략적인 윤곽은 이랬다.

어린이집 역할을 하는 가상현실 게임이 있는데, 그곳에서 아이를 놀게 하고 자신도 다른 부모와 시간을 보내는 '나'한테 어느 날 아이가 말한다. 자기한테 친구가 생겼다고. 그 친구라는 존재는 '나'나 다른 어른들에겐 보이지 않는다. 처음에는 오류라고 생각하지만 점점 더 많은 아이들이 점점 더 많은 아이들을 보게 된다.

어른들에겐 존재하지 않는 무언가와 유대감을 쌓아 가는 아이들을 어른들의 시선에서 그려보려 했다. 그런데 그때는 이 이상 떠오르지 않았다. 그래서 포기하려고 했는데 그 순간 이런 생각이 들었다.

어, 애네들, '슈뢰딩거의 아이들' 아니야?

나는 얼른 메모장을 뒤졌다. '슈뢰딩거의 아이들'이라는 제목의 메모가 있었다. 하지만 내용이 없었다. 다행히 그걸 메모한 맥락은 기억하고 있었다. 그해 초에 탈고한 장편소설을 쓰면서 갈무리한 기사 중, 길거리에서 장애인을 볼 수 없는 대한민국의 현실을 다룬 기사를 읽고 직관적으로 떠올린 제목이었다. 어쩌자고 그러한 맥락을 자세히 기록하지 않았는지는 모르겠다. 일단은 습관이다. 지금도 내 메모장엔 탈맥락화된 한 줄짜리 메모들이 몇 개 있는데, 그것들은 다른 아이디어에 치는 조미료처럼 쓰고 있다.

가상현실 속 보이지 않는 아이들의 정체가 다름 아닌 '슈뢰딩거의 아이들'이라는 생각은 그 자체로 내게 경이였다. 나는 그 즉시 시현과 하랑의 원형을 떠올릴 수 있었다. 그리고 이 이야기가 어른들의 관점으로는 다룰 수 없는, 다루면 안 되는 이야기임을 깨달았다. 그 당시 내가 장애인들의 유명 캐치프레이즈("우리를 빼고 우리에 대해 말하지 말라")에 대해 알고 있었던 건 아니지만, 너무나 당연하고 자연스러운 생각이었다.

단순히 미스터리한 감성에 호소하는 동화적인 이야기가 한순간에 사회 문제를 뒤집어썼다. SF보다는 미스터리, 추리, 스릴러 문법에 익숙한 나로서는 사회파 미스터리 장르부터 떠올리지 않을 수 없었고, 비로소 심장이 반응했다.

관점과 장르가 바뀌면서 자연스럽게 주인공들의 연령도 조정

되었다. 거기에 '아이 vs 어른' 구도가 잡히고 대한민국이라는 배경이 깔리자 사건의 주무대로 학교 이외의 다른 무엇을 떠올릴 수가 없었다. 이처럼 소설을 구상하다 보면 아이디어가 연결되며 점점 선택의 폭이 좁아지는 느낌을 받는데, 개인적으로는 이 느낌을 긍정적인 신호로 해석한다. 외길에서는 길을 잃을 수 없다. 달리기만 하면 된다. 신나지 않나?

마찬가지 이유로 학교 자체가 아이들의 적대자가 되니까 아이들이 해야 할 일도 하나밖에 없었다. 바로 학교와 어른들을 상대로 저항하는 것이다. 보통 사회파 미스터리의 경우 사건이 발생한 후 범인의 정체가 비교적 빨리 드러난다. '누가' 범죄를 저질렀는지보단 '왜' 그랬는지에 초점을 맞추는 경향이 있다. 그리고 대개 그 '왜'는 한 때문이다. 분하고 억울하고 속상한 마음이 곪아 문드러진 끝에 복수심이 되어 범죄로 화하는 거다. 혹은 범죄의 문턱에서 멈추는 경우도 있는데, 어쨌든 목적은 하나다. 세상을 향해 외치는 거다. 나와 나의 억울함을 알아 달라고.

그러나 현실은 억울함을 호소하는 데도 능력과 자격을 요구한다. 힘이 없고, 이상하고, 소수인 사람들에겐 그렇게 목소리를 낼 기회도 쉽게 허락되지 않는다. 그래서 때로는 그저 살기 위해 제 몸에 불을 지르는 극단적인 행동도 마다하지 않는다. 더더군다나 아이들, 그것도 장애가 있는 아이들은 오죽할까.

나는 학창 시절에 사고를 몰고 다니는 편이었다. 물론 내가 저항의 의도로 사고를 쳤던 건 아니다. 다만 그 나이의 나는, 우리는 걸핏하면 꾸중을 들었고 벌을 섰으며 매를 맞았다. 수업 시간에 떠들거나 숙제를 하지 않아서일 때도 있었지만, 그저 '목소리를 냈기' 때문일 때도 있었다. 무언가 부당한 일을 겪었을 때 단지 이에 대해 말하는 것만으로도 어른들은 우릴 문제아로 낙인찍었다. 그들에겐 그만한 일도 범죄라는 듯 말이다.

체제에 반하는 것은 그 자체로 범죄가 된다. 학생들이 학교에 저항한다고 해서 감옥에 가게 되는 건 아니지만 전학, 정학, 퇴학 등 소위 사회적 살인이라고 부르는 상황에 처하는 일은 여전히 가능하다.

내가 《슈뢰딩거의 아이들》을 청소년 범죄 소설이라고 생각하는 데는 이런 이유도 있다. 다른 이유는, 그냥 이 소설이 사회적으로 거창하게 포장되는 게 불편하기 때문이다.

이런 발상에서 시작해놓고 왜 지금의 《슈뢰딩거의 아이들》이 되었나. 나는 어째서 아이들의 '범죄'를 겨우 지금의 수준으로 그려낸 걸까. 나도 모르게 어른의 잣대로 그 아이들을 제한한 건 아닐까. 아니면 반대로 그 아이들에게 너무 감정 이입을 한 나머지 최대한 좋은 엔딩을 맞게 하고 싶어서였을까. 어쩌면 그 모두일지도 모른다. 물론 가장 단순한 결론은 이렇다. 그냥 그렇게 써졌다. 늘 그렇듯이 말이다.

나는 《헝거게임》 시리즈 같은 영 어덜트(young adult) 소설을 좋아하는 편이다. 꼭 SF가 아니더라도 《위저드 베이커리》《아가미》《완득이》《아몬드》《내 심장을 쏴라》《리버보이》《잘못은 우리 별에 있어》 등등. 장르를 가리지 않고 푹 빠져든다. 소설을 읽으며 푹 빠지는 데는 다양한 이유가 있겠지만 일단 나는 주인공에게 공감할 수 있어야 한다. 주인공 자체, 주인공이 처한 상황, 주인공이 하는 고민, 주인공이 품고 있는 욕망, 주인공이 내리는 선택. 아무래도 내 입장에서는, 고등학교를 중퇴하고 10여 년을 사회적으로 유리된 채 산 나로서는, 장애인이라는 소수자 정체성을 가지고 살아온 나로서는, 대학원생이나 회사원보다는 사회적으로 주변부에 위치한 어린이, 경계에 선 청소년 쪽에 마음이 더 갈 수밖에 없다. 그래서 나는 일단 아이디어가 떠오르면 그것을 청소년의 관점에서 들여다보게 된다. 그런데 정말 그저 그 관점이 좋아서일까, 아니면 내 관점 자체가 그 상태에 머물러 있는 걸까.

냉정하게 말해 대한민국의 91년생 남성이 아직도 청소년의 관점에 머물러 있다는 것은 문제적이다. 실제로 문제가 있든, 아니면 그냥 문제를 야기하든 말이다. 아마 내가 비장애인이고 사회생활을 지속하면서도 지금과 같은 이야기를 한다면 그것을 그렇구나 하고 자연스럽게 받아들일 사람이 몇이나 될까. 사실 지금도 이런 얘기를 하는 게 좀 민망하긴 하다.

하지만 SF 소설을 쓰는 사람으로서 이러한 '문제적' 특성은 나의 소수자 정체성 못지않게 꽤 좋은 무기가 되어준다고 생각한다. 일단 청소년 소설은 잘 팔린다!

농담이다(《슈뢰딩거의 아이들》은 그렇게 많이 팔리지 않았다).

대한민국의 SF는 소위 캠벨(John Campbell)식 SF라고도 불리는 주류 SF와는 다른 길로 나아가고 있다(고 한다). 주류 SF의 역사를 보면 대충 영국에서 태어나 미국에서 아메리칸 드림을 이뤄낸 뭔가를 보는 느낌인데, 우리나라 SF 소설 리뷰에 빠지지 않고 언급되는 "이것은 진정한 SF가 아니다"의 진정한 SF가 바로 그것이다. 이 주류와 다른 길로 나아가는 우리나라 SF는 그 자체가 메타 SF로 기능한다는 생각마저 든다.

이미 나 있는 길에서 벗어난다는 건 분명 쉬운 일이 아니다. 개척 정신으로 용기 있게 벗어나는 사람도 일부 있지만 대개는 자의와는 무관하게 밀려난다. 약해서, 이상해서, 소수라서 그들은 자의가 아닌 타의로 길에서 벗어나고 만다. 그들에겐 그러한 불합리를 바로잡을 힘은커녕 그에 대해 이야기할 목소리조차 주어지지 않는다.

그러나 아이러니하게도 길에서 밀려난 사람들은 새로운 시좌에서 목격한다. 자신들이 있던 길이 사실은 망가질 대로 망가져 있다는 것을. 그렇게 타의로라도 밀려나지 않으면 절대로 볼 수 없는 균열이 점점 더 많은 사람들을 길 밖으로 밀어내고 있다. 결국 길 자체가 완전히 부서져 모두가 돌이킬 수 없는 퇴행의 늪에 빠지지 않으려면 소리쳐 알려야 한다. 누가? 길에서 밀려난 이들이.

우리나라 SF 소설가들이 길에서 밀려난 사람들이라는 얘기를 하려는 건 아니다. 하지만 나를 포함해서 일부는 객관적으로 볼 때 확실하게 밀려난 입장이다. 그런 사람들이 SF를 통해 망가진 길을 설정하고 그로부터 밀려난 인물의 관점을 빌려 비판적인 이야기를 쓰는 일은 어떻게 보면 당연하고, 또 전략적인 선택일 것이다.

그리고 청소년은 그를 위한 최적의 눈높이라고 나는 생각한다. 변화를 앞둔, 혹은 변화가 필요한 세계에서 살아남기 위해서는 일단 유연해야 한다. 특히 가치관의 경우 사십 대 군필자보단 십 대 청소년이 유연하게 받아들일 수밖에 없다. 그렇다고 유연하기만 해서는 마찰이 빚어지지 않는다. 다시 말해 사건이 생기지 않아 장면을 쓸 수가 없다. 마찰이 빚어지기 위해서는 갈등이 필요하고, 이 역시 질풍노도의 시기라고도 불리는 청소년기의 인물이 잘 들어맞는다(기술적인 측면에서 좀 더 쉽다). 어떻게 보면 최근 SF 청소년 소설이 특히 많이 보이는 것도 당연한 일이지 싶다.

나한테 있어 청소년 화자는 어떤 의미인지 생각해보니 약간 조삼모사 같은 얘기를 하게 됐다. 안타깝지만 이 또한 나의 미성숙 탓이다. 내가 10년 뒤에도 글을 쓰고 있다면 좀 더 체계적이면서도 직관적인 이야기를 할 수 있을까. 그러길 바란다.

나의
탈출 계획

세계적인 경제 침체의 여파로 하루아침에 직업을 잃은 여성과 기업 사냥꾼으로 살다가 불의의 사고로 사지마비 환자가 된 남성이 한 공간에 있게 될 확률은 얼마나 될까. 더더군다나 그 둘이 사랑에 빠지게 될 확률은? 모르긴 몰라도 극히 희박할 것이다.

조조 모예스를 세계적인 작가로 만든 《미 비포 유》는 이 어려운 일이 정말로 벌어지는 이야기를 다룬다. 사실 두 인물의 구도는 문제적이다. 오래된 동화에서 몇 걸음 나아가지 않았다.

일단 남자 주인공은 돈이 많다. 익스트림 스포츠를 즐기며 사업가로서 능력도 출중하다. 무엇보다 잘생겼다(동명의 영화에서 샘 클라플린이 연기했다).

그리고 여자 주인공은 돈이 없다. 6년 동안 일해 온 동네 일자리를 하루아침에 잃고 말았다. 당장 먹고 살 걱정을 할 정도는 아니지만(그랬다면 문제적인 수준에서 그치지는 않았을 것이다), 가족과의, 애인과의 미묘하게 달라진 관계를 복구하기 원한다. 그러려면 다시 돈을 벌어야 하고, 하필이면 돈 많은 사지마비 환자를 돌보는 일이 눈앞에 놓인다. 선택의 여지는 없는 듯하다. 무엇보다 이 여성은 잘생겼고(동명의 영화에서 에밀리아 클라크가 연기했다) 남성보다 어리다.

어쩌면 이 전형적이고 문제적인 구도가 대중의 마음을 흔드는 데 유리한 고지를 점했을지도 모른다. 가장 위험한 맛은 다름 아닌 아는 맛이라 했나. 작가가 게으르든(그건 아닐 것이다) 영악하든 간에 《미 비포 유》는 떴다. 그래서 나도 이 소설을 보게 되었다.

그렇다면 지금 나는 소중한 지면과 한정적인 체력과 시간을 들여 왜 《미 비포 유》 얘기를 하고 있는 걸까? 소설을 너무 좋아해서? 좋아하는 소설이기는 하다. 하지만 이렇게 에세이에 쓸 정도는 아니다. 그럼 소설의 문제적인 구도를 비판하기 위해? 비판하려면 얼마든지 할 수 있지만 굳이 이 시점에 내가 다시 할 이유가 있을까? 그럼 뭔데!

내가 하려는 이야기는 《미 비포 유》를 읽고 나서 품기 시작한 꿈에 대해서다.

괜히 무게 잡는 것 같아서 실없는 농담을 하나 던지자면 내가 품기 시작했다는 꿈이 돈을 많이 벌어서 성을 사는 것은 아니다(동명의 영화에서 샘 클라플린이 탄 퍼모빌 전동 휠체어는 솔직히 탐난다).

내 메모장에는 '15Y/50M'이라는 명칭의 일기처럼 쓰는 일지가 있었다. 짐작할 수 있듯 앞에 있는 '15Y'는 15년을 뜻한다. 그리고 '50M'은 50Millions, 즉 5천만 원이다. 굳이 저런 식으로 써놓은 까닭은 혹시라도 누군가가 내 컴퓨터를 봤을 때 그 의미를 쉽게 짐작하지 못하게 하기 위해선데, 사실 괜한 짓이긴 하다. 아무튼, 나는 계획했다. 앞으로 15년 동안 5천만 원을 모으겠다고.

알다시피 나는 중증의 장애가 있어 일을 할 수가 없다. 장애인 전용 아르바이트 중개 서비스가 있기는 하지만, 누군가의 도움 없이는 물 한 방울 못 마시는 나도 장애인이고 소년공 시절 팔을 다친 어느 정치인도 장애인이다. 내가 고용주래도 나보다는 저쪽을 고용하게 되지 않을까 싶다. 한동안 중개 사이트에서 상주하고 있던 나는 결국 단념했다. 그보다는 글쓰기에 집중하는 게 빠르지 싶었다(10년도 더 걸릴 줄은 몰랐지만 그래도 이 편이 빠를 것이다).

그래서 내 수입은 내 몫으로 나오는 장애 연금뿐이었다. 그것으로 나는 책을 샀다. 우리 집 형편이 책 사는 데 드는 돈이 아쉬울 만큼 어려운 것은 아니지만, 나란 인간이 속이 꼬여 있다 보니 웬만하면 내 개인 지출은 없었으면 하던 차에 장애 연금은 내 갈증을 해소해주었다. 책이란 게 사자 하면 끝이 없기 때문에 나름의 기준을 세워 책을 사는 예산을 제한하고는 나머지를 저축했는데, 그즈음 《미 비포 유》를 읽고 새로운 계획이 생겼던 것이다.

자꾸 이야기가 빙빙 도는 것 같다고 느낀다면 그게 맞다. 솔직히 나도 이 얘기를 어떻게 해야 할지 모르겠다. 사람들이, 비장애인들이 내가 15년쯤 뒤에 존엄사로 생을 마감할 꿈을 꾸고 있다고 하면 과연 이해할까? 아니, 최소한 수긍은 할 수 있을까? 아마 웬만한 장애인들도 화를 낼지 모르는데? 너한테는 삶이 장난이냐고.

방금 뭔가 지나간 것 같다면 그냥 그대로 지나쳐도 좋다.

2022년 5월 출간된 테마 앤솔러지 《우리의 신호가 닿지 않는 곳으로》는 국산 로켓 누리호 발사를 기념해 전혜진 작가님이 제안했고 그린북 에이전시와 요다 출판사가 쏘아 올린 SF 단편집이다. 전해인 2021년 겨울, 에이전시로부터 이 같은 내용과 참가 모집 공고 메일을 받았을 때 나는 심장이 두근거렸다.

어느 습작생인들 안 그렇겠냐마는 독자로서 봐 온 이름들 사이에 내 이름이 들어갈 수 있다는 것만으로도 너무나 아찔한 일이 아닐 수 없었다. 하지만 그만큼 부담도 컸다. 과연 나 따위의 이름이 저들과 함께해도 괜찮을까. 정작 아무도 신경 쓰지 않는데도 내게는 충분히 고민되는 상황이었다.

그리고 테마 자체도 살짝 걸렸다. 로켓 발사 기념이라니. 대번에 머릿속에 떠오르는 레퍼런스는 톰 고드윈의 〈차가운 방정식〉이나 아서 C. 클라크의 《라마와의 랑데부》 같은 본격 하드 SF였다. 꼭 하드하게 쓸 필요는 없겠지만 최소한 로켓의 역학적인 요소가 중요하지 않겠나 하는 생각이 드는 한편, 무의식의 경계에서 돌연 돌 하나가 튀어나왔다. 그것은 무의식이 둔 신의 한 수였다. 정소연 작가님의 〈우주류〉가 떠올랐던 것이다.

우주 비행을 앞두고 사고로 휠체어 신세를 지게 된 주인공이 결국 우주선에 오르는 이야긴데, 나는 특히 이 이야기의 감성이 너무 좋았고, 그래서 나도 비슷한 느낌의 소설을 쓰고 싶다는 생각을 하던 차였다. 정말 할 수 있는가는 차치하고, 쓰고 싶은 것이 생겼으니 저지르기로 했다. 정신을 차려보니 내 이름이 다른 작가님들의 이름 사이에 껴 있는 것이 보였다. 막상 상상만 하던 일이 실제로 벌어지자 이런 생각이 들었다. 망했다.

망한 건 망한 거고, 나는 메모장을 뒤져 방금 건져 올린 것에 붙일 살을 찾았다. 곧 가제만 딸랑 남긴 메모를 발견했다. 같은 해 초, 천안에서 고독을 씹으며 쓴 거였다.

'나의 탈출을 너와의 시간으로 미분하면'.

이 민망하기 짝이 없는 제목은 어슐러 K. 르 귄 전집을 읽다가 떠올린 건데, 도대체 구체적으로 어디의 무엇을 봤기에 저런 블랙홀 같은 제목을 떠올렸느냐 묻는다면, 죄송합니다. 나는 다만 르 귄의 세계를 탐험하다, 우주 여행에 필연적으로 따르는 아인슈타인의 상대성 이론에 의한 시간 지연효과를 극적으로 그리는 서간체 소설을 쓰고 싶어졌을 뿐이다. 그리고 이때 쓴 장편소설의 세계관이 잘 어울릴 것 같아서 바로 대강의 윤곽을 그려본 게 그대로 앤솔러지에 실리게 됐다. 제목은 중간에 이래저래 바뀌어서 최종적으로는 다음과 같이 됐다.

'나의 탈출을 우리의 순간들로 미분하면'

모종의 사건을 계기로 설계된 가상 세계 '밸리'에서 사는 사강이라는
인물은 의도적으로 퇴출을 유도하여 바깥세상으로, 즉 황폐해진 지
구로 나가게 되면서, 밸리에 있는 사랑하는 이에게 편지로 추태(?)를
부린다. 그리고 지구에 남아 있는 사람들과 만남을 통해 사강은 자
신이 정말로 원했던 것이 무엇이었는지 확인하고 다시 한번 지구에
서 우주로 탈출한다.

다소 꿰맞추는 느낌이 없지 않아 있지만, 나에게 로켓이란, 중
력으로부터 벗어나기 위한 탈출 속도 그 자체였다. 그리고 내게
있어 중력이란 나의 몸, 선천성 근이영양증으로 인해 경직되고
무기력한 나의 신체를 의미하기도 하다. 그런 내 몸으로부터 벗
어날 방법은 당장 특이점이 도래해 의식을 서버에 업로드하는 것
외에는 하나밖에 없다.
　죽음.
　그렇다고 지금 내가 자살 충동을 느끼는 것은 아니니 너무 심
각하게 받아들이지는 않았으면 좋겠지만 이 또한 내 욕심일지 모
른다. 아닌 게 아니라 자살은 자기 살해로 중죄로 여겨지기도 하
고 종교적으로나 도덕적으로 받아들여지기 어려운 일이기 때문
이다. 오죽하면 자살방조죄라는 게 있겠는가. 《미 비포 유》에서
장애인 남성은 결국 조력 자살을 감행하고 그것을 곁에서 지켜본

가족과 연인인 비장애인 여성은 경찰 조사를 받는다. 남겨진 사람들은 애도를 할 겨를도 없이 이 일이 살인이 아니라는 것을 증명해야 한다.

〈나의 탈출을 우리의 순간들로 미분하면〉의 초고를 쓴 시기에 나는 동료 작가님들과 합평을 진행 중이었고 이 소설도 그들의 조언을 통해 더 나아질 수 있었다. 합평을 마무리하면서 나는 넌지시 물어보았다. 이 글이 자살로 읽히지는 않는지. 내가 너무 세계관에 집중을 했기 때문인지 모두가 아니라고 답했다. 오히려 모두들 당황했다. 이 이야기가 우주로의 모험 이야기가 아니라 자살에 대한 은유라니? 아니, 왜?

아니, 왜? 모험이라고? 그래서 나는 조금 더 과감해지기로 했다. 엔딩에 조금 더 웅차, 해서 출판사에 보냈다.

"주인공이 굉장히 무모해 보이기도 하고, 죽음을 택한 건가 싶기도 하고 여러 생각이 드는 결론이라서 독자들에게 다가가는 바가 여러 갈래일 것 같은 좋은 작품입니다."

사람들이 소설이나 이야기를 즐기는 이유는 말 그대로 즐기기 위해서다. 물론 카타르시스를 느끼기 위해 무섭거나 슬프고 아픈 이야기를 찾기도 하지만 아무래도 그 수요가 많지는 않은, 어디까지나 마니아적 장르다. 그래서 나는 내가 쓰는 우울한 이야기를 사람들이 어떻게 받아들일까 하는 걱정이 조금이지만 있다. 특히나 그 기반이 자살이니 말이다.

'15Y/50M'은 본격적인 계획을 세운 지 얼마 안 돼 문윤성SF문학상 상금으로 사실상 의미가 없어졌다. 하루아침에 나는 직업인이 됐고 감사하게도 아직까지는 그 상태를 유지하고 있다. 아마도 15년 뒤엔 무리 없이 계획을 시도할 수 있을 것이다.

이에 대한 이야기를 최근 우연한 계기로 가족 술자리에서 하게 됐다. 엄마는 대번 이렇게 말했다. 그래서 당신에게도 《미 비포 유》를 읽혔냐고(전략적이라니깐). 그뿐이었다. 구체적인 계획은 몰랐던 엄마는 약간 체념한 듯이 물었다.

"그래서, 그게 언젠데?"

"둘 중 하나. 내가 몸이 너무 안 좋아지거나, 엄마 아빠가 더는 날 돌볼 수 없을 때. 내 생각엔 늦어도 20년쯤 뒤. 그때 온 가족이 해외여행 한다 생각했으면 좋겠어."

"넌 그렇게 하고, 우린?"

"뭔 소리야, 돌아와야지."

부모님과 어떻게 저런 대화를 할 수 있나 싶어 경악하는 사람들이 있을지 모르겠다. 하지만 우리는 한다. 해야만 한다. 이것은 결코 우울증으로 인한 자살 충동과는 관련이 없으며 최소한 나의 경우에는 생각해 두지 않으면 안 되는 현실적인 문제다. 이 책이 출간될 때에는 엄마도 예순을 앞둔 나이가 된다. 내가 비록 몸무게가 31킬로밖에 안 된다지만 아침 저녁으로 들기 만만한 무게는 결코 아니다. 꼭 그것뿐만이 아니더라도, 부모님이 돌아가신 뒤의 나를, 나는 상상할 수가 없다. 장애가 있는 자식을 둔 부모가 약속이라도 한 듯이 하는 말이 있다. "내 자식보다 하루만 더 살고 싶다." 나도 비슷한 바람을 가지고 있다.

나는 내 부모님보다 덜 살고 싶다. 강제로라도.

물론 사람 일이라는 게 어떻게 될지는 아무도 모르기에 이른 미래에 정말로 기술적 특이점이 도래할지도 모르고 아니면 그 전에 뭔가 근본적인 변화가 일어날지도 모를 일이다. 나는 다만 지금 시점에서 가능한 선택지에 투자를 하고 있는 것뿐이다. 스위스로의 가족 여행. 예상 비용, 넉넉하게 5천만 원.

이 글은 미래에 나의 가족을 위한 증거로써 기능하게 될 수도 있고, 아니면 영원히 내 흑역사로 기능할 수도 있겠지만 원래 투자에는 리스크가 따르는 법이다.

하지만 이런 나의 욕심 때문에 장애인이 쓴 똥꼬발랄한 글을 기대했다가 폭탄을 맞을 분들에게는 심심한 위로의 뜻을 전한다.

2장 .... 처음인 건
나뿐이
아니었을지도

'장애인'이 아닙니다, '장애 경험자'입니다

《슈뢰딩거의 아이들》로 문학상을 받으며 10여 년 만에 작가로 인정받은 나는 수상과 출간 그리고 인터뷰 같은 일련의 상황에 좀처럼 적응하지 못했다. 문윤성SF문학상에 상당한 지분이 있는 인터넷서점 '알라딘'에서 마련해준 책 출간 기념 페이지에는 수백 명의 사람들이 댓글로 응원과 격려를 아끼지 않았는데, 머리로는 감사한 일이라는 걸 알면서도 왠지 나를 향한 얘기로는 와닿지 않았다.

사람들이 작가라고 부르는 인터넷 페이지 속 최의택은 장애인으로서 투쟁적인 삶을 살아온 끝에 결정처럼 토해낸 소설로 울림을 선사한 모양인데, 그걸 방 안에서 훔쳐보고 있는 나는 대체 뭔가 싶었다. 그 괴리감과 이질감이 손톱 밑 가시처럼 끊임없이 날 거슬리게 했다. 그런 내 모습을 옆에서 지켜보던 엄마는 알라딘

페이지에 이런 댓글을 남겼다.

"엄만 늘 미안한 마음으로 널 지켜보지만, 넌 매 순간 당당했고, 이번 계기로 난 또 한 번 반성을 한다. 편한 마음으로 받아들이고 모든 것을 즐겼으면 좋겠어. 네가 이룬 거야."

그리고 클릭 두어 번을 하면 이런 댓글들이 있었다.

"주제만 보고 뽑냐."

"심사위원이 평소 관심 있는 기술발전과 장애인의 소외라는 주제 땜에 뽑았을까. 독자가 읽고 싶은 걸 뽑았어야지 않았을까?"

도저히 심사위원분들을 볼 낯이 없었다. 화도 났다. 하지만 한편으로는 이런 생각이 하수구 괴물처럼 빼꼼히 고개를 쳐들었다.

과연 나는 정말로 '내 힘'으로 이뤄낸 게 맞나? 내가 이 주제로 글을 쓰지 않았다면 과연 수상할 가능성이 있었을까?

10여 년을 습작하면서 내 글을 읽어준 사람을 다 합해도 아마 알라딘 페이지에 댓글을 단 사람 수에는 못 미칠 것이다. 수상작을 쓰기 직전에 쓴 작품도 상황은 마찬가지였다. 그런데 정말이지 하루아침에 뒤바뀐 상황 속에서 어리둥절해하지 않을 수가 있나? 적어도 나는 아니었다.

무엇보다 내가 꼭 사기꾼이 된 것 같았다. 사실 소설가란 사기를 잘 치는 부류라고 작법서에도 나올뿐더러 작가들의 SNS를 팔로우하면 필시 타임라인이 사기꾼들 전성시대가 되어 있는 것을 직접 확인해볼 수 있을 것이다. 하지만 그런 것과는 다른, 진짜 사기를 친 느낌에 나는 시달렸다. 마치 내가 장애인인 척하며 장애인이 겪는 어려움을 팔아먹는 장사꾼이 된 기분이었다. 정작 나는 안락한 집 안에서 부모님의 보살핌을 받으며 장애인이라는 의식조차 하지 않고 10여 년을 온실 속 화초로 살아왔는데 말이다. 당연히 환경이 갖춰져 있어 가능한 일이었다.

뒤늦게 장애에 대한 책을 찾아 읽었다. 최소한 장애인인 '척'이라도 해야 할 것 같아서. 평소 장애인이 나오는 다큐멘터리는 쳐다보지도 않던 나로서는 꽤 용기가 필요한 일이었다. 하지만 한 권 두 권 읽으면서 나는 뭔지 모를 개운함을 느꼈다. 그동안 SF를 통해 접했던 '특수한' 서사들이 마침내 내 이야기가 되었다. 내가 여태까지 써 왔던 것도 사실은 그런 내용이었음을 알게 됐다. 그리고 나라는 존재가 비로소 제대로 보였다. 페미니즘을 알게 된 '소수' 사람들이 느끼는 해방감과 비슷한 것이 아닐까 감히 짐작해본다.

나는 나에 앞서 장애인으로 살면서 장애를 경험한 사람들이 몸으로, 정신으로 다져 온 길을 굴러가며 나 자신을 있는 그대로 감각해볼 수 있었다. 그렇게 거울 속의 나를 면밀히 검토해본 결과, 나는 확실히 '정상'은 아니었다. 나는 진짜 또라이 같다.

그렇다면 나는 선천성 또라이일까, 아니면 장애인으로서 장애를 경험하며 후천적으로 또라이가 된 걸까?

"장애인과 비장애인 모두에게 필요한 저서임에도 불구하고,

판매 수익 우선순위에 밀려 국내에 소개되지 않은 해외의 우수 서적을 발굴 및 번역하여 기획총서로 제작, 발간하고 있는" 한국장애인재단의 열 번째 결실인 《우리에 관하여: 장애를 가지고 산다는 것》은 제목 그대로 '우리'의 이야기가 담긴 책이다(현실적인 어려움이 있다는 것은 알지만 '한국장애인재단'에서 전자책 좀 빨리, 많이 내줬으면 좋겠다). 미국의 〈뉴욕타임스〉 논평 시리즈 '장애'에 소개되었던 장애인 당사자의 에세이 60편을 엮은 이 책을 읽다 보면 어쩐지 기시감 같은 것을 느끼게 된다. 저자들의 면면이 그야말로 다종다양한데, 나와 같은 휠체어 장애인의 경우가 상대적으로 '평범하게' 느껴질 정도로 희귀하고 특별한 사람들이 하는 이야기는 물론 각각의 색깔로 차이가 있음에도 희한하리만치 유사한 인상을 남긴다.

목차나마 간단하게 소개하면 다음과 같다. "나는 '영감을 주는' 사람이 되고 싶지 않다", "네, 저 휠체어 탑니다. 맞아요, 당신의 담당 의사예요", "우리는 생활을 더 편리하게 해주는 원조 라이프해커다", "장애에 관한 이야기가 슬퍼야 할 이유는 없다" 등등. 제목만 보더라도 이 에세이와 결이 같은 이야기가 그려질 텐데 실제로 많이 비슷하다. 각각의 저자는 장애 유형뿐만 아니라 나이, 성별, 고향, 학력, 직업, 정치 성향, 생활 습관을 비롯해 그야말로 하나부터 열까지 모든 것이 다르다. 그런데도 그들은 약속이라도 한 것처럼 유사한 형태의 외피를 두른 채 살아왔고 살아가고 있다. 이는 마치 문명 발전의 타임라인을 보는 듯한 느낌을 준다. 지구 곳곳에서 독립적으로 발생한 서로 다른 문명들이 동시대에 놀랍도록 유사한 발전 양상을 보이는 것을 보고 있자면 절대적인 보이지 않는 손을 상정하고 싶은 유혹을 느끼듯이, '장애인'이라는 꼬리표를 제외하면 정말이지 너무나도 다른 사람들에게서 보이는 의외의 유사성은 자연스럽게 이런 생각을 하게 한다.

우리가 '장애인'으로 분류되는 이유가 정말 우리에게 장애가 있기 때문일까? 혹시 우리가 장애인이 되게 하는 데 모종의 동일한 압력이 가해진 건 아닐까? 그래서 불가피하게 유사한 환경에서 유사한 경험을 하게 된 결과 이 모든 개별자가 '장애인'이라는 분류로 수렴된 건 아닐까? 최소한 이 '장애인'이라는 꼬리표를 우리 손으로 만들어 단 것은 아닐 테니 말이다.

이 같은 유사성은 국내 장애 당사자의 이야기에서 더 확연히 드러난다. 사실 이런 식으로 결론을 내리기에는 당장 제시할 근거가 그리 많지 않은 것이 현실이다. 하지만 우연히 접하게 되는 SNS 인기 글이나 유명인의 인터뷰를 보면 공감하지 않을 수 없는 지점이 반드시 있는데, 당연한 말이지만 비슷한 경험을 했기 때문이다. 일명 장애 경험이라는 것을.

유명인이라는 말이 나온 김에 잠시 샛길로 빠져보자. 유명인이란 무엇인가? 나 같은 경우에는 내가 특별히 관심을 가지고 찾아보지 않아도 알게 되는 사람들이 유명인이 아닐까 한다. 한동안은 내가 좋아하지 않는 정치인들에 대해 알게 됐는데 거의 폭력에 가까운 정도였다. 그와는 반대로, 운동에 관심이 없는 내가 예능 프로그램에 나오는 스포츠 스타들을 통해 간접적으로 쌓게 되는 관련 지식은 제법 유용하게 쓰인다. 최근에는 SF는커녕 소설과 접점이 거의 없는 내 친척들이 정보라 작가님에 대해 이야기하는 것을 들으며 괜히 내가 흐뭇해했는데, 또 몇 년 전에는 알파고가 그렇게 유명했다. 퀴어 연예인 홍석천도 내가 말하는 유명인에 속한다고 할 수 있다. 그렇다면 휠체어를 탄 유명인은 누가 있을까. 당장 떠오르는 건 역시 스티븐 호킹이다. 하지만 국내에는?

2020년 백상예술대상에서 휠체어 탄 유명인을 보았다. 작가이자 연극 무대에도 오르는 김원영 변호사이다. 그는 그날 배우로서 시상식에 참석했다. 내가 특별히 관심 갖고 찾아보지 않고도 알게 되었으니 그를 유명인이라고 하겠다.

사실 백상예술대상에서 본 그가 김초엽 작가님과 함께 《사이보그가 되다》라는 논픽션을 쓴 작가라는 걸 나는 그 책에 소개된 시상식 이야기를 보고서야 알고 괜히 반가운 마음이 들었다. 하지만 알고 보니 그는 작가로서도 이미 진작에 유명했다. 내가 나의 장애를 외면하지 않았다면 더 빨리 알게 됐을 것이다. 그는 '실격당한 자들을 위한 변론'이라는 제목에 걸맞게 매우 예리한 검 같은 에세이를 쓴 바 있다.

《실격당한 자들을 위한 변론》은 내게 충격 그 자체였다. 크게 두 가지인데, 먼저 제목에 쓰인 '변론'이라는 단어와 글의 구조,

그리고 작가가 변호사라는 점이 소름 끼치게 어우러지는 데에서 오는 일종의 질투였다. 나는 일단 변호사가 아니고, 설사 그랬더라도 내 스타일상 과연 이 정도로 직업적인 특색을 살려 글을 쓸 수 있었을 것 같지 않다는 생각에서 오는 질투. 물론 이는 다른 소설을 읽으면서도 종종 느끼는 감정이다.

또 다른 충격은 개인적으로 이 책에서 가장 치명적으로 다가온 '장애를 수용한다는 것'과 관련된 내용을 읽으면서 느꼈다.

장애를 수용한다는 건 무엇일까? 일단 나처럼 나의 장애를 외면하는 것은 분명 아닐 것이다.

그렇다면 반대로, 장애가 있음에도 불구하고 있는 그대로 세상에 내 모습을 드러내며 나의 장애를 긍정하는 걸까? 나는 장애인이다! 나는 나의 장애에 자부심을 느낀다! 나의 장애는 특별하며 의미 있다! 나는 나의 장애를 사랑한다! 그러므로 나는 나의 장애를 수용했다! 나 좀 짱인 듯!

음, 이것도 좀 아닌 것 같다.

물론 장애 자부심 운동 같은 것이 실제로 있기는 하다. 특히 청각장애가 있는, 바꿔 말해 농인 같은 경우에는 단순히 자신들의 농을 자부하는 수준이 아니라 농문화라는 고유의 문화를 능동적이고 적극적으로 공유하는 것으로 유명하다. 꼭 장애에 국한하지 않더라도 사람은 스스로 자부심을 갖는 편이 반대의 경우보다 낫다는 것을 부정할 수는 없을 것이다. 자존감이 낮으면 인생이 고된 법이니까.

하지만 이미 자체적인 문화를 형성하고 있는 장애가 아닌, 질환으로서 장애에 대해서도 같은 주장을 적용할 수 있을까? 나의 경우로 예를 들어보자. 선천성 근이영양증을 앓는 나는 내 장애에 어떤 자부심을 가질 수 있을까? 그리고 꼭 가져야만 하는 걸까?

아마 혹자는 내가 자꾸만 '앓는다'는 표현을 쓰는 게 거슬릴지도 모른다. 장애에 대한 사회적 인식이 달라지면서 사람들은 기존의 혐오적이고 차별적인 용어를 바꾸는 것에 신경을 많이 쓴다. 가령, 장애자라는 표현을 지양하고 불구라는 말을 치우는 식이다. 특히 장애를 치료해야 할 결함으로 보는 과거의 '의료 모형'에서 탈피해 사회와 환경의 문제로 접근하는 '사회 모형'이 대세가 돼 가는 마당에 '앓는다'니? 무엄하다!

질문 하나. 휠체어 이용자인 나의 장애란 무엇인가? 휠체어를 탐으로써 이동권이 침해되는 것? 내가 원하는 대답이다. 나의 장애는 유아차를 타는 아이가 겪는 이동권 침해에 따른 장애와 마찬가지로 치료의 대상이 될 수 없다. 따라서 '앓는다'는 표현은 적절하지 않다.

하지만 나의 경우에는 거기서 끝나지 않는다. 선천성 근이영양증으로 인해 나는 누군가의 도움 없이는 물 한 방울 넘길 수 없으며 완벽에 가까운 보조가 지원되더라도 근육 소실에 따른 단명의 위험에 늘 놓여 있는데, 이것도 결국 장애다. 장밋빛 미래에 바퀴 달린 탈것을 타고도 이동권이 침해되지 않는다 해도 선천성 근이영양증을 앓는 누군가는, 나는 질환으로서 장애를 '앓을' 것이다. 사실 장애와 질병(근육병)을 구분해서 쓰면 되는 간단한 문제지만 아직은 혼용해서 쓰이는 경향이 강하다 보니 꼬장 좀 부려봤다.(솔직히 말하면 이러한 지점에서 어딘가 개운치 않은 것을 느꼈는데, 최근 번역된 장애학 책들을 읽다 보니 우리나라에서는 최근에야 대두된 사회 모형에도 한계가 있다는 지적이 나온다. 정말 갈 길이 멀다.)

그렇다면 나의 경우처럼 특수한 장애를 수용한다는 건 대체 어떤 의미일까.《실격당한 자들을 위한 변론》은 말한다.

어떤 사람이 자신의 장애가 있는 몸, 미적 기준에서 벗어난다고 여겨지는 신체를 수용했다고 말하는 것은 다음과 같은 의미이다. 그는 자기 자신을 혐오나 피해의식에 기초하여 받아들이지 않고, 이 세상이 구축해놓은 외모의 위계질서에 종속되지 않으며, 앞으로의 삶을 외모에 대한 사회적 차별이나 억압, 혹은 피억압자로서의 의식과 트라우마에 짓눌리지 않은 채 살아가겠다는, 삶에 대한 '근본적인 태도(입장)'를 수용한 것이다. ……

정체성의 수용에 성공한다면, 그는 장애와 질병으로 인한 정신적, 신체적 특질을 가지고 살아갈 자기 삶에 대한 책임을 부담할 것이다. 여기서의 책임이란 걷지 못하는데도 억지로 걸으려고 하는 것이 아니다. 걸을 수 없다고 해서 자신이 부자유하고, 가치 없고, 존엄하지 않은 존재로 여겨지는 상황에 책임감을 느끼는 것이다. 그는 스스로의 존엄을 위해 투쟁한다.[2]

이러한 장애 수용의 결과 우리는 본의 아니게 사회운동가 내지는 투사가 되어버린다. 장애로 인해 이동에 제약이 따름에도 방구석에서 1열을 차지하는 대신 맨 끝자리나마 극장에서 직관하기 위해 전동 휠체어를 타고 지하철에 승차하는 일이 시위이자 테러가 되어버리고야 마는 것이다. 왜냐하면 그것은 세상이 '장애인'으로 분류한 대상에게 기대하는 것과는 사뭇 다른 행동이기 때문일 것이다. '감히 휠체어 장애인이 내 출근을 지연시켜?' 대통령이 빵이나 구두를 사거나 영화를 보기 위해 그 지역 일대를 마비시키는 일에는 태평양보다 넓은 아량을 베풀면서.

세상은 우리에게 '장애인'이라는 딱지를 붙이고는 마치 우리가 '장애인'이라는 별개의 생물(또는 사물)인 것처럼 생각해버리는 경향이 있는데, 생명을 죽이는 데 그리 거리낄 것이 없었던 과거에는 '장애인'이 쓰레기인 양 간단하게 소각해버렸고(소름 끼치게도 꼭 비유는 아니다), 생명의 소중함과 존엄함을 깨닫고 나서는 이미 살아 숨쉬고 있는 '장애인'을 어쩌지 못하자 아쉬운 대로 눈앞에서 치워 시설이라는 곳에 몰아넣고 더는 '장애인'이 생성되지 않게 갖은 방법을 동원했고 지금도 마찬가지다. 사실 관계만 늘어났을 뿐인데도 너무나 엄청나서, 일견 세상이 자신들의 판타지 속 '장애인'이 아닌 현실 속 장애인들에게 왜 그토록 화를 내는지 이해를 못 할 것도 없겠다 싶다.

우리는 자신을 '한국인'이라고 생각할 일이 얼마나 많을까? 해외에 있거나 외국인과 함께 있지 않는 한 우리는 우리를 '한국인'

이라고 의식하며 살지는 않을 것이다. 그저 한국 경험을 하며 살 뿐이다. 그렇게 체화된 경험은 우리가 해외에 나가거나 외국인을 마주하는 순간 외피처럼 우리를 뒤덮는다. 우리는 그제야 비로소 우리를 한국인이라고 의식한다.

그런데 외국인들이 오리엔탈리즘적 잣대를 들이대며 우리가 진짜 '한국인'이 아니라며 놀라거나 급기야는 화를 낸다면 어떨까. 그때 우리는 어떻게 해야 할까. 어쩌면 비자 발급 확인서 따위를 늘 소지하고 다니는 게 방법의 하나일지도 모르겠다. '장애인'인 나는 일단 그렇게 하기 때문이다.

원점이라는 게 있다면 그리로 돌아가자.

나의 장애를 외면해 온 내가 작가로 데뷔한 뒤에야 나의 장애를 똑바로 응시하고 마침내 나의 장애를 수용하기로 마음먹었다는 것은, 신이 나의 부모님에게 시련이라는 선물로서 나라는 인간을 보내줬다고 믿겠다는 뜻이 아니다. 내가 장애가 있기 때문에 군대에 가지 않을 수 있었다고 자위하겠다는 것도 아니고, 그밖의 다른 어떤 이유들을 끌어모아 내 장애가 자부할 만하다고 정신 승리하겠다는 것도 아니다.

내가 나의 장애를 수용하겠다는 것의 진짜 의미는, 선천성 근이영양증을 앓는 탓에 생긴 제약과 사회적 장애 경험을 딛고 앉아서 장애인으로서 나의 삶을 주도하겠다는 뜻이다.

더는 나의 장애를 외면함으로써 나의 일부를 지우지 않고(그

래, 나 장애인이다), 타인에 의해 규정되는 것에 저항하고(나는 '장
애인'이길 거부한다), 장애가 있다는 이유로 세상으로부터 나 스스
로를 유리시키지 않겠다는 뜻이다(따라서, 다시 나갤 것이다). 그러
기 위해 노력하겠다는 뜻이다. 당연히 이 에세이 작업 또한 나의
장애 수용의 일환이다.

내가 사랑한
시절

이번 이야기는 아마도 많은 사람들이 읽으면서 고개를 갸우뚱할 것 같다. 단순히 믿기 어려워서일 수도 있지만, 너른 마음으로 받아들인다 해도 지금의 나, 최의택이라는 사람과 잘 매치가 되지 않는 이야기로 들릴 수 있을 것 같아서다. 그렇다고 뭐 대단한 이야기는 아니니까 바로 본론으로 들어가겠다.

요즘엔 어떤지 모르겠지만 '나 때는' 학급 임원이라는 게 있었다.(벌써부터 놀라운 얘기가 아닐 수 없다!) 민주주의 국가에서 당연히 선거를 통해 학급 임원을 선출했는데, 다만 1학년 때는 담임 선생님이 임의로 반장을 뽑았다. 그런데 담임 선생님이 뽑은 반장은 다름 아닌 내가… 앉은 자리의 옆자리에 있던 나의 짝꿍이었다. 심심한 사과를 드리는 바이다.

내가 기억하기로, 나는 그 짝꿍을 굉장히 좋아했다. 아직까지 뇌리에서 잊히지 않는 그 애의 경악할 만한 특징이 있다. 수업이 끝나고 엄마를 기다리는 나와 마찬가지로 그 애도 자기 엄마를 기다렸는데, 학급 임원 엄마들은 대개 수업이 끝나면 학교에 와서 환경 미화 같은 일을 도왔기 때문이다. 그렇게 엄마들이 무임금으로 노동을 하는 동안 텅 빈 학교는 임원 아이들의 전용 놀이터가 되었다. 나와 임원 애들도 교실에서 놀고 있는데 반장인 내 짝꿍의 엄마가 나타났고, 짝꿍이 자리에서 벌떡 일어났다. 그 애는 마치 옛 유생의 혼이 빙의되기라도 한 듯 공손히 두 손을 모아 허리를 폴더블하게 접으며 이렇게 말했다.

"오셨어요, 어머니."

이 무슨 정보라 작가님의 단편소설 〈머리〉같이 있음 직하지 않은, 쇼킹한 말투인가. 나와 내 엄마는 문화 충격을 받고 외계인 가족을 보듯 짝꿍네 가족을 바라봤다. 심지어 짝꿍의 동생 역시 엄마를 어머니라고 불렀는데, 엄마는 부러워하며 나더러 저렇게 불러보라 했지만 말을 들을 최의택이 아니었다.

2학년이 되자 정식으로 선거를 통해 임원을 선출했고, 개표 결과 반장은 최의택이었다.

수업이 끝나고 나를 데리러 온 엄마한테 담임 선생님은 말했다. 일이 이렇게 됐지만 아무래도 내가 반장 업무를 맡는다는 게 현실적으로 어려우니 없던 일로 하자고. 엄마는 동의했다. 그리고 나한테 상황을 설명했다. 반장 선거를 일종의 인기 투표 같은 걸로 생각하고 있던 나로서는 아닌 밤중에 홍두깨가 따로 없었다. 세상에서 받았다가 빼앗기는 것만큼 서운한 게 또 있을까. 나는 싫다고, 반장 하겠다고 울며 떼썼지만, 휠체어에 앉은 채로는 한계가 있었다. 막말로 땅바닥에 드러누울 수도 없잖은가.

집으로 돌아가는 내내 나는 울었다. 다른 무엇보다도 억울했다. 내가 하겠다고 한 것도 아닌데, 애들이 뽑아줬는데, 이런 식으로 허무하게 아무것도 아닌 게 되었다는 사실이 믿기지가 않았다. 그렇게 나의 억울함에만 집중했던 나는 내가 탄 휠체어를 뒤에서 밀고 있는 엄마의 마음까지는 생각하지 못했다. 아닌 게 아니라 나는 엄마를 여전히 엄마라고 부르고 있는데, 혹시 내가 1학년 때 짝꿍처럼 어른스러웠다면 엄마의 마음을 조금이나마 헤아릴 수 있었을까?

3학년이 되었다. 반장은 최의택이었다. 나는 반 아이가 나를 추천했을 때부터 거의 제정신이 아니었다(제정신이었을 때가 있기는 했는지 고찰할 기회가 언젠가는 있을 것이다). 솔직히 좋았다. 하지만 어차피 안 될 거라는 생각도 들었다. 모두 축하했지만, 나는 즐길 수 없었다. 엄마가 올 때까지 기다리는 일이 무슨 문학상 발표라도 기다리는 것 같았다. 아니다. 사실 문학상 발표를 진심으로 기다린 적은 없었기에(문윤성SF문학상 발표 역시 기대하지 않았다) 그보다 더했다. 결국 엄마가 왔다.

나는 애써 웃으며 반장이 됐다고 말했다. 그러자 엄마는 먼저 담임 선생님한테 선언했다. 반장은 하지 않아도 된다고. 지금의 내가 철벽 치는 걸로 나름 유명한 데에는 나름의 이유가 있는 것이다. 엄마의 철벽에도 당황하지 않고 담임 선생님은 말했다.

"아이들이 뽑은 거예요. 제 맘대로 못 해요, 어머니."

그래서 나는 진짜로 반장이 됐다.

하지만 엄밀히 말해, 내가 반장으로서 한 일은 거의 없다. 수업이 시작되고 끝날 때마다 "차려, 인사" 하고 외치거나 자습 시간에 다른 임원과 앞에 나가서 떠드는 애들의 이름을 내가 호명하면 부반장이 칠판에 이름을 적는 식이었다.

떠든 사람: 최의택······

2학년 때 담임 선생님은 분명 혜안이 있었다 할 수 있다.

4학년 때에는, 반장이 됐다. 그리고 함께 하교를 하던 동네 친구가 부반장이 되었다. 우리는 엄마들을 놀라게 하기 위해 시무룩한 표정으로 집으로 향했다. 그러고는 힝 속았지, 하고 엄마들을 웃음 짓게 했다.

5학년 때도 반장이 됐고, 6학년 때는 부회장이 됐는데, 솔직히 말해서 장려상 같은 느낌이었다. 어쩌면 그때쯤에야 아이들은 알았는지 모른다. 내가 자기들과 다르다는 사실을. 아닌 게 아니라 고학년이 되면서 당장 임원이 할 일의 차원이 달라졌는데, 그중 백미는 단연 수학여행에서 역할이었다. 당연한 얘기지만 나는 5학년, 6학년 때 수학여행을 가지 못했다. 그뿐만이 아니라 체험 활동이나 학교 밖에서 진행되는 대부분의 활동에 나는 참여할 수 없었다. 그리고 그렇게 다른 아이들이 나 없이 어딘가를 다녀올 때마다 어쩐지 애들과 나 사이에 눈에 보이지 않는 벽이 생기는 듯했다. 어쩌면 달라지는 건 나였을 수도 있다. 아니면 모두가, 모든 게 변화하고 있었는지도 모른다. 그게 사실이라면, 그건 피할 수 있는 종류의 변화가 아니었다.

조금 설정의 바늘을 붙들어 변화의 흐름을 늦추어보자.

나는, 마치 시시각각 다가오고 있는 변화의 풍랑을 의식하기라도 한 듯 미친 듯이 나대며 사람들 앞에 나서는 일을 주저하지 않았다. 내가 반장이 되는 것에 우려했던 2학년 담임 선생님이 내가 노래를 잘한다며 엄마의 만류에도 불구하고 나를 노래 대회에 내보냈을 때 나는 입상에 성공했다. 그 일을 계기로 나는 학예회 때 단독으로 강당의 단상에 올라 노래를 불렀다. 학예회는 그 준비로 수업을 하지 않는다는 이유를 포함해 내가 가장 좋아하는 이벤트였다. 운동회와 달리 학예회에서는 내게도 역할이 주어졌다. 노래를 부르고 악기를 연주하며 심지어는 연기도 했다!

학교 밖에서도 상황은 크게 다르지 않았다. 당시 나는 학교 이외에도 복지관이라는 시설에 다녔는데, 그곳에는 장애인을 대상으로 다종다양한 '치료'가 이루어지는 곳이었다. 최근에 장애학 관련 책을 읽으면서 알게 된 건데, 내가 초등학교에 다니던 시절 (아마도 김대중 정부 이후) 우리나라의 장애 인식에 변화의 바람이 불었던 모양이다. 그동안 완전히 외면했던 장애인의 존재를 마침

내 마주하게 된 것이다. 다만 한계는 있었는데, 장애인을 외면하거나 '폭력적인 방법으로' 부정하는 대신에, 그들의 장애를 '손상'과 '결함'으로 보고 병리학적인 관점에서 접근한 것이다. 장애가 치료되어야 하고 치료될 수 있는, 그래서 장애인으로부터 떼어낼 수 있는 것인 양 장애인을 위한 병원, 즉 복지관 같은 시설이 우후죽순 생겨났다. 그곳에서 나는 물리치료, 수치료 등의 '치료'를 받았다. 물론 자기가 만지면 '앉은뱅이'도 일으켜 세운다는 누군가가 비싼 돈을 받아 챙기고는 기치료랍시고 몸을 주무르는 행위에 비하면 나름 과학적이고 효과가 없지 않았다. 무엇보다 그곳에 가면 내가 '특수'해지지 않았다.

사실 거기서도 나는 특수했다. 자폐증과 중증의 뇌성마비가 있는 아이들 속에서 나는 유독 눈에 띄었다. 복지관에 행사가 열리는 족족 나와 경증의 장애가 있는 아이들 소수가 마치 전체 아이들의 대표인 양 무대에 올랐다. 한 번은 주교가 찾아오는 큰 사건이(라고들 하는 일이) 벌어졌는데, 그에게 직접 손편지를 전달할 아이로 내가 뽑히는 바람에 엄마가 다른 부모들에게 시기를 받아 적지 않은 곤욕을 치르기도 했다. 하지만 엄마는 주교와 교주를 헷갈려 할 만큼 종교에 관심이 없는 사람이기 때문에 그저 이 사건을 해프닝으로 여길 뿐이었다.

초등학교 시절까지 이야기를 쓰다 보니 이런 생각이 든다. 그때 그 시절 나와 연관된 사람 모두가 처음이었던 것이 아닐까. 나만 장애인이 처음인 건 아니었던 것이다.

분명 단순한 생각이긴 하다. 하지만 그것이 먹히는 유일한 시기였고, 게으른 나는 그 시절이 그립다. 가능하다면 초등학교 시절을 다시 살고 싶다. 내 인생에서 가장 많은 이벤트가 발생한 시기였기 때문이다. 물론 그 이벤트들이 전부 행복한 것은 아니었고, 그럴 수도 없다. 위에 이야기한 에피소드들이 우습게 느껴질 만한 사건도 부지기수였다.

하지만 적어도 그때 나는 살았다. 장애인으로서가 아니라 그냥 초등학생 최의택으로서 살았다. 그리고 내가 느끼기에 그때의 많은 사람들도 마찬가지였다. 나와 내 부모님을 포함해서 그때 나와 맞부딪친 모두가 그냥 살았다. 그냥 살다가, 살던 대로는 충분하지 않은 지점(나)이 나타났을 때, 각자 나름의 방식으로 반응했다. 그뿐이다.

이런 식으로 결론을 내리는 건 나답게도 몹시 게으른 일이 아닐 수 없지만, 그렇다고 달리 어떤 결론을 도출할 수 있을까. 그리고 꼭 어떤 결론을 도출해야 할까?

희망, 동경,
꿈

요즘 초등학생들은 장래 희망으로 무슨 직업을 고르는지 모르겠다. 가장 최근에 접한 것은 건물주였다. 그 전에는 유튜버였고, 또 그 전에는 주로 아이돌이었다. 의사, 변호사, 검사 등 '사짜'가 대세였던 세대도 있었다. 아마도 바로 그 전 세대가 나 때일 것 같은데, (다시 한번) '나 때는' 장래 희망의 종류가 꽤 다양했던 것으로 기억한다. 나만 해도 손가락으로 꼽을 수 없을 만큼 많은 장래 희망이 있었는데 대체로 '가' 자가 들어가는 '가짜' 직업들이었다.

가장 먼저 되고 싶었던 것은 화가였다. 예나 지금이나 나는 그림 잘 그리는 사람이 세상에서 제일 부럽다. 사실 습작 시절부터 웹툰 스토리 작가 일을 하고 싶었는데, 콘티를 그려야 한다길래 포기했다. 콘티를 그릴 힘이 있었다면 애초에 학교를 그만두고 소설 쓰는 일에 뛰어들지는 않았을 확률이 높다. 지금 내 상태로는 마우스로 획을 긋는 것조차 쉽지 않다. 어릴 적엔 그나마 나았지만, 아무리 그래도 차이가 있을 수밖에 없었고, 그걸 제대로 느낀 계기가 있었다.

초등학생의 영혼의 동반자인 크레파스를 사용해 그림을 그리던 중이었다. 내 자신을 하얗게 불태워 완성한 인생 역작을 나는 뿌듯한 마음으로 내려다보았다. 어느 모로 보나 훌륭했다. 내 성격처럼 올곧고 일차원적인 선과 순수하다 못해 황량한 나의 머릿속처럼 깨끗한 면은 여백의 미라는 것이 무엇인지를 더할 나위 없이 분명하게 제시하는 듯했다. 한껏 들뜬 마음으로 내가 그린 그림을 감상하던 나는 짝꿍의 그림을 보고 고개를 갸우뚱했다.

색감이 매우 달랐다. 저 선명한 색깔의 하늘은 보는 것만으로도 속이 뻥 뚫리는 것 같았다. 나는 내 그림 속 물 빠진 것 같은 하늘을 다시 보았다. 더는 뿌듯하지 않았다. 내가 조금만, 아니 많이 현명했다면 내가 그린 하늘이 20년 뒤의 대한민국 하늘이라고 우겨봤을 텐데. 결국 나는 장비 탓을 하며 나와 짝꿍의 크레파스를 비교했다. 내 것은 문방구에서 천 원짜리 몇 장이면 살 수 있는 것이었지만, 짝꿍의 것은 무슨 007 상자 같은 것에 크레파스가 꽉꽉 들어차 있었고 심지어는 용도를 짐작하기 어려운 플라스틱 칼까지 구비된, 그야말로 장비였다.

"하늘색 좀 빌려줘."

짝꿍이 건네준 하늘색 크레파스를 마법 지팡이라도 되는 양 들고 나는 다시 나의 인생 역작을 위해 내 한몸 불살랐다. 하지만 내 하늘은 여전히 뿌옇기만 했다. 나는 짝꿍한테 도로 크레파스를 건네며 말했다.

"이것 좀 그려줘."

그러자 나의 인생 역작이 완성되었고, 나는 깨달음을 얻었다.

크레파스가 문제가 아니었다. 힘의 문제였다. 나는 크레파스를 움켜쥐고 똥을 지릴 만큼(과연 비유일까?) 안간힘을 쓰며 스케치북에 문댔다. 손이 크레파스 물로 범벅이 되도록 스케치북에 문대고 문대다가 그냥 포기했다. 꼭 이때 그랬던 건 아니지만, 나는 극복할 수 없는 한계를 느끼고 화가라는 나의 첫 꿈을 놓아버렸다.

사실 단계적으로 꿈을 가졌던 건 아니고, 재벌 대기업의 문어발 경영처럼 나는 이 꿈 저 꿈을 품었다. 화가에 대한 미련을 떨치지 못한 채로 나는 가수에 대한 꿈을 꾸기 시작했는데, 물론 앞서 소개한 노래 대회 입상 경험이 그 계기였다. 학예회에서 단독으로 무대에 오르는 영예를 안은 뒤로 나는 친구 엄마의 가르침을 받으며 노래 연습을 이어 갔다. 하지만 본격적으로 배우기 시작한 노래는 당연하지만 더는 놀이가 아니었다. 게다가 대회를 위해 선곡된 노래가 너무 난이도가 높아 연습 내내 실수가 끊이질 않았다. 점점 자신감이 떨어지고, 그래서 실수는 더 잦아지고……. 어떻게든 대회에 나가 장려상을 받는 데는 성공했지만, 이미 나는 노래에 완전히 질리고 말았다. 결국 가수의 꿈 또한 깔끔하게 접었다.

'가' 자 직업이 또 하나 있었다. 바로 가학자다.

미안하다. 입에 가시가 돋을 타이밍이었다. 나는 과학자 또한 되고 싶었다. 하지만 위의 두 경우와는 달리 과학자는 진지하게 생각했던 것은 아닌지 기억나는 구체적인 에피소드가 없다. 혹시 '가' 자 농담을 위해 끼워 넣은 게 아니냐는 의혹을 제기할 수 있다. 그러나 과학자는 진짜 내 꿈 중 하나였다. 대통령처럼 현실성이 떨어지는 다소 막연한 꿈일 뿐이었다. 더 엄밀하게 말하면 동경이랄까.

마지막으로 이야기할 '가' 자 직업은 동시통역사다. 물론 '동시통역사'란 말에 '가' 자는 없지만, 번역가라면 어떨까. 번. 역. 가. 여러분은 한 소설가가 사기를 치는 모습을 간접적으로 목격하고 있는 것이다.

우리 집은 사교육에 대한 관심이 거의 없는 편이었는데, 그렇다고 아주 손 놓고 있을 수도 없는 노릇이라 절충안으로 선택한 것이 방문 학습이었다. 아이의 눈높이에 맞춰 학습을 도와주는 학습지가 매주 내 멱살을 잡았다. 기본적으로 수학과 영어를 했고, 한자를 추가로 배우기도 했지만 금방 포기했다(포기하면 편하니까). 수학 학습지는 정해진 분량을 푸는 것만으로도 죽을 것 같았다. 엄마한테 손바닥을 맞아 가면서도 할당량을 못 채우기 십상이었다.

하지만 영어는 달랐다. 일단 재밌었다. 하루 만에 학습지를 다

풀고는 함께 대여해주는 테이프를 듣고 듣고 또 들었다. 학습지는 갈수록 두꺼워졌고, 일주일이 다르게 진도가 나아갔다. 초등학교 3학년이 되자 교과목에 포함된 영어 수업은 그야말로 소꿉놀이 장난이었다.

아이의 눈높이에 맞춰 학습을 도와주는 선생님이 어느 날 자격시험 얘기를 했다. 별 생각 없이 시험을 보러 갔다. 무슨 고등학교였는데 정경이 무척 인상적인 곳이었다. 그와는 대조적으로 실내는 춥고 휑하니 오래된 성당 같았다. 아마 안양예고가 아니었을까 싶은 그곳에서 나는 시험을 봤다. 그리고 내 영문 이름이 새겨진 2급 자격증을 얻게 되었다.

뭔가 될 것 같다는 기대가 있었는지 부모님은 평촌의 유명 영어 학원을 등록하고 날 데리고 일주일에 두세 번씩 평촌에 오가며 뒷바라지를 해줬다. 나는 영어라면 사족을 못 쓰는 상태였기 때문에(비유다) 뽀송뽀송한 스펀지처럼 영어를 빨아들이기 바빴다. 원어민 선생님과 함께하는 영어 토론에서 나는 특유의 나댐을 발휘했는데 그때마다 선생님은 이렇게 말했다.

"엑설런트, 마이크!"

마이크가 최선이었나…….

살고 있던 아파트가 재건축을 하게 되면서 우리 가족은 평촌에서 멀어졌는데, 그래서 부모님은 아예 독과외를 질러버렸다. 매우 공격적인 투자가 아닐 수 없었다. 그리고 공격적인 투자가 대체로 그렇듯이 그 선택은 양날의 검이 되어 최종적으로는 나의 꿈을 댕강 잘라버리고야 말았다.

과외 선생님은 대학생이었다. 뭐랄까, 내가 초등학교 5학년이고 선생님이 이십 대 중반을 넘긴 것을 감안하면 희한하게 코드가 맞았다. 고등학생 수준의 《맨투맨》 문법 책과 영문 지문으로 빽빽한 책을 거의 통으로 번역하며 때때로 해외에서 유행한다는 '미쿡식' 농담도 전수받는 수업은 그야말로 취향 저격이었다. 선생님도 날 단순히 학생으로 생각하는 것을 넘어서, 나이 차이가 꽤 나는 동생처럼 대했는데, 급기야는 날 데리고 놀러 갈 계획도 짰다. 나한테 자신이 다니는 학교를 보여주고 싶어 했고, 나 역시 대학에 대한 판타지가 있었기에 좋아라 했다(그때만 해도 미래에 내가 목발을 짚고서라도 다니게 될 곳이라고 생각했기에). 엄마는 깜짝 놀라서 안 된다고, 선생님 혼자서는 날 감당하지 못한다며 만류했지만, 나는 이미 상상 속에서 대학 교정을 거닐고 있었다. 상황 종료였다.

고학년이 되면서 살이 찌기 시작한 날 낑낑대며 차에 태운 과외 선생님은 바로 학교로 향했다. 엄마가 반대하면서 말한 대로 그 대학 캠퍼스는 그 자체가 산길이었다. 주차를 하고 휠체어에 나를 태운 선생님은 호기롭게 산길을 올랐다. 그리스의 아고라를 연상케 하는 광장을 끼고 돌아 목적지에 도착한 선생님은 당혹감을 감추지 못했다. 서둘러 다른 건물 쪽으로 갔지만 상황은 마찬가지였다. 휠체어를 타고 들어갈 수 있는 곳이 없었던 것이다. 사실 이 글을 쓰는 지금, 그래도 대학교인데 이게 말이 되나 싶고, 어딘가 기억에 오류가 있는 게 아닌가 싶을 만큼 그때 우리는 하릴없이 교정만 왔다 갔다 했다. 그 때문에 내가 칭얼거렸는지 선생님이 잽싸게 어딘가에서 음료수를 사 왔고, 그대로 우리는 다시 하산했다.

그냥 집으로 돌아가기 미안했는지 아니면 스스로에게 화가 났는지 모르겠지만 선생님은 약간 말을 잃은 채 나를 근처 게임장으로 데려갔다. 또 한 번 쌀포대 같은 날 휠체어에 태워 위로 올라갔다. 요란한 소리와 빛으로 가득한 게임장은 내게 신세계였다. 그러나 휠체어를 탄 내게는 그 신세계에서 즐길 만한 것이 하나도 없었다. 나는 구경이라도 하기 위해 선생님더러 게임을 하라고 했지만(남이 하는 게임 구경은 오랜 세월 갈고닦은 나의 특기다. 취미라고는 할 수 없지만.) 서서 하거나 전용 의자에 앉아 플레이하는 게임기는 그저 올려다보는 것조차 여의치 않았다. 왜인지 또 하릴없이 왔다 갔다 하던 우리는 햄버거로 끼니를 때우고 집으로 돌아왔다.

맥락이 좀 이상하기는 한데, 그 정도로 친밀했던 과외 선생님은 내가 동시통역사가 꿈이라고 하자 지나치게 허물없이 이렇게 말했다. 동시통역사가 되기 위해서는 해외로 어학연수를 가야 한다. 그리고 일 자체도 많이 움직이면서 할 수밖에 없다. 너무 당연한 얘기였다. 하지만 단 한 번도 생각해본 적 없는 그 같은 장벽은 전조도 없이 일시에 나를 향해 내려앉았고, 나는 그날, 수업을 마치고 엄마한테 말했다.

"영어 그만할 거야."

엄마는 또 무슨 소린가 싶어 날 설득하기 위해 애썼지만, 엄마가 누구보다 잘 알았다. 내가 한번 결정한 이상 마음을 돌리게 할 수 없다는 것을. 돌릴 마음 자체가 더는 없다는 것을.

나는 그 후로 완전히 영어에서 손을 떼버렸다. 원래 좀 극단적인 면이 없잖아 있지만, 이 경우는 내가 봐도 심했지 싶다. 꼭 동시통역사가 아니더라도 번역이나 다른 가능성은 얼마든지 있었다. 최소한 한글화가 되지 않은 게임을 즐긴다든가 할 수 있었을 텐데, 아무튼 영어를 익혀서 손해 볼 일은 없었을 것이다. 하지만 나도 날 어쩔 수 없었다.

그 일이 계기였는진 몰라도, 중학교 1학년 때 장래 희망이 뭐냐는 질문에 나는 이렇게 적었다.

없음.

장난을 친 건 결코 아니다. 사춘기 반항심만도 아니었다. 진심이었다. 나중에 알고 보니 이 일로 담임 선생님이 엄마와 상담을 하기도 했던 걸 보면, 담임 선생님 입장에서도 단순한 일이 아니라고 느꼈던 게 아닐까?

따지고 보면 나는 늘 그랬다. 고등학교를 관두고 내 자신을 사회로부터 끊어낸 것도 정확히 같은 맥락이었다. 비단 이러한 중차대한 문제만 그런 것도 아니다. 가령, 게임을 하면서도 나는 얼핏 모순적으로 보이는 플레이 스타일을 구사한다. 내가 판단했을 때 어렵지만 가능할 것 같은 상황에선 무서우리만큼 집요하게 매달리지만, 그 반대의 경우, 즉 내 능력으로는 아무리 해도 안 될 것 같다는 생각이 들면 그 즉시 미련 없이 손을 놓는다. 해보지 않고 어떻게 아느냐고 물을 수도 있는데, 누구라도 노력만으로는 맨몸으로 날 수 없다는 걸 알 수 있지 않나? 그건 일종의 동물적 본능이다. 나의 경우에는 장애로 인해 그 기준이 평균에 비해 많이 낮고(날기가 아닌 걷기) 본의 아니게 남들보다 더 훈련되었을 뿐이다.

물론 가끔은 훈련이 너무 과도했던 건 아닐까 싶은 때도 있기는 하다. 최근 들어 그런 느낌을 곧잘 받는다. 그럴 때면 내가 마치 높이가 제한된 유리병에 갇힌 벼룩 같다. 높이뛰기의 명수인 벼룩이 유리병 속에서의 장애 경험을 통해 결국 그 높이 이상 뛰지 못하게 되는 것처럼, 나는 나의 장애 경험으로 인해 꿈을 포기했다. 더 정확히는 꿈을 포기하는 방법과 그 이점을 학습했다. 의식적으로 그랬던 건 물론 아니지만, 따져보면 그것이 최선이 아니었나 싶기도 하다.

만약 장애가
없었다면

다들 그러는진 모르겠지만 엄마와 난 술을 먹다가 연례행사처럼 이런 대화를 한다. 지금과 다른 상황이었다면 무엇을 하고 살까? 엄마가 주로 이야기하는 인생의 분기점은 아빠와의 결혼이다. 이십 대가 되자마자 상경해 당신 외삼촌의 공장에서 일을 하기 시작한 엄마는 아빠가 첫 연애 상대였다(고 한다). 내가 이래저래 들은 바로는 뻣뻣하기가 이를 데 없던 두 사람은 극장 한 번 같이 가지 않는 연애를 하다 결혼을 결심했다는데, 이런 게 말로만 듣던 콩깍지인가 싶다.

나의 외할머니인 엄마의 엄마는 결사반대했다. 할머니는 아주 최근까지도 절에서 며칠씩 머물며 온갖 일을 했는데(그 결과 겨울 산길에서 넘어져 고관절 수술을 받게 된다), 그곳에서 모시는 주지 스님이 말하기를 이 결혼을 하면 큰 언덕을 세 번 넘는다고 했다는 것이다. 한편, 엄마가 마음에 들었던 친할머니는 그냥 일단 함께 살자며 엄마를 데리고 살기 시작했다. 1년 뒤, 결국 결혼식을 올렸지만 외할머니가 불참하면서 엄마의 결혼 생활은 초장부터 삐거덕거리게 되었다. 다소 끼워 맞추는 감이 없잖아 있지만 이로 인해 친할머니한테 완전히 찍히게 된 것이 주지 스님이 말한 첫 번째 언덕이었다.

두 번째 언덕은 나였다. 문자 그대로 떡두꺼비 같은 남자아이를 낳은 엄마는 그제야 외할머니가 뿌렸던 재를 털고 일어나려 했다. 그러나 그 아이가 걷질 않았다. 그렇다고 친할머니가 엄마를 못살게 굴었던 것은 아니지만, 엄마 스스로 죄책감을 떨치지 못하고 다시 재로 덮인 땅바닥을 기어야 했다.

세 번째 언덕은 친할머니의 치매였다. 언젠가부터 깜빡깜빡하던 친할머니는 거의 활동을 하지 못할 정도로 상태가 악화되었다. 그러던 어느 날 뜬금없이 결혼식에 가야 한다고 당신 옷장을 뒤지다가 체중을 이기지 못하고 무릎에 살짝 금이 갔는데, 그 때문에 입원한 병원에서 치매 증상이 최악으로 치닫게 되었다. 얼마간은 요양 병원을 전전했으나 엄마는 결국 친할머니를 집으로 모시고 왔다. 그리고 약 3년 후, 친할머니는 집에서 작고하였다.

엄마는 꼭 나 때문만이 아니더라도 고된 결혼 생활을 해 왔다. 그런 엄마가 아빠와 결혼하지 않은 다른 삶을 꿈꿔보는 건 그리 이상한 일이 아니다.

"그러게. 엄마가 아빠랑 결혼 안 했으면 나도 안 태어나고 좋잖아."

우리는 이런 농담도 서슴지 않고 할 만큼 이런 주제에 면역돼 있다. 사실 농담이기만 한 건 아니지만.

나는? 당연히 '장애'가 없는 나를 상상해본다. 엄밀히 말하면 근육병이지만 뭐 그냥 장애라고 해도 아주 틀린 표현은 아닌 것 같다. 암튼, 내가 아는 나에게서 장애만 똑 떼어내면 굉장히 이상한 인간이 나온다. 내 상상 속 나에 대한 이야기를 들은 엄마는 이렇게 결론 내렸다.

"하늘이 널 내 곁에 잘 묶어 둔 거야. 허튼짓하지 못하게."

나는 기본적으로 가만히 있지 못하는 성격이다. 수동 휠체어를 타고 학교에 다니던 때에 쉬는 시간마다 날 끌고 학교 구석구석을 누벼야 했던 친구들한텐 그 고마움을 갚을 길이 없을 것이다. 하지만 나로서는 그것조차 만족스럽지 못했다. 전동 휠체어를 타게 되면서는 정말이지 폭주 기관차가 따로 없었다. 그 느린 손으로도 '심스'나 '천하제일거상', '블랙앤화이트' 같은 정적인 시뮬레이션 게임은 거들떠도 보지 않고 '갯앰프드'나 '킹오브파이터스', '던전앤파이터', 그리고 '스타크래프트'에 내 체력을 쏟아 부었다.

당시 아이들 사이에서는 스타크래프트 게임 기록을 가지고 플레이어의 손 속도(APM, 분당 명령을 내리는 속도)를 측정해 뽑아내는 게 유행이었는데, 프로게이머의 경우 500~600이 기본이었고, 좀

한다 하는 아이들은 200을 넘기기도 했다. 평균은 150 정도였다. 나는 그때까지만 해도 손을 꽤 쓸 수 있었는데 진짜 별의별 생쇼를 해서 간신히 뽑아낸 최대 속도가 70대였다. 하지만 상관없었다. 손이 안 되면 머리로 이기면 되지, 하면서 나는 일반적으로 사용되는 전술을 완전히 외우고는 정확히 그것에 카운터를 먹이는 전법으로 나의 승률을 방어했다. 비록 한 번 쓴 카드가 두 번 먹히는 경우는 거의 없었지만 카드야 만들기 나름이었다. 아이들이 슬슬 나랑 붙으면 자신의 뒷마당부터 체크하기 시작할 즈음 나는 병원에 입원했다.

사실 병원에 입원한 일을 두고도 많은 가정을 해보곤 했다. 좀 더 일찍 수술을 해서 후유증을 최소화할 수 있었다면 나도 그냥 성적 맞춰서 인문계 고등학교에 가고 대학에 갔을까? 갔다면 무슨 과를 택했을까? 이런저런 학과를 고민해보다 보면 늘 같은 결론을 내리게 된다.

나는 이러나저러나 대학과는 연이 닿지 않았을 것 같다고.

꼭 공부를 싫어했기 때문만은 아니다. 그보다는 학교에 다녀야 하는 것 자체를 나는 좀 싫어했다. 내가 좋아서 하는 게 아니라면 그것이 설사 게임 속 일일과제라 해도 금세 질리고 만다. 그래서 나는 살면서 무언가를 길게 하는 게 세 손가락에 꼽힌다. 첫째는 사는 것이다. 둘째는 글 쓰는 일이다. 그리고 셋째는, 뭐…….

이런 내가 고등학교를 졸업하고 또다시 나 자신을 또 다른 학교에 집어넣고 싶어 했을 거라곤 상상하기 어렵다.

그렇다면 뭘 했을까? 아무래도 나는 그냥 세상을 돌아다니며 놀고먹었을 것 같다. 그냥 하는 말이 아니다. 내 말을 듣고 엄마는 자못 심각한 얼굴로 고개를 주억거렸다. 그러면서 했던 말이 위의 말이었다. 나의 장애가 날 당신 곁에 꽉 붙잡아주고 있는 거라고.

헤르만 헤세의 주인공들은 대체로 떠나는 경우가 많다. 태어나 자란 고향에서, 집에서, 부모의 품에서, 사랑하는 이로부터 멀리 멀리. 누군가는 단순히 학업을 위해, 누군가는 모험을 위해, 또 누군가는 종교적인 이유로, 그리고 몇몇은 문자 그대로 떠나기 위해 떠난다. 소설들 대부분의 분량은 떠나가는 과정을 그리는데, 개인적으로는 그보다 그들이 결국 어디로 가는지가 관심 있는 편이다. 그리고 궁금해진다.

내가 갔을 수도 있을 길의 끝에는 무엇이 있을까.

지나치게 감성적인, 그야말로 헤세적인 고민일까? 그럴지도. 하지만 나한테는 꽤 중요한 문제처럼 느껴진다. 그리고 그 끝이 그리 멀게 느껴지지는 않는다. 왠지 나는 방랑벽을 이기지 못하고 이곳저곳을 떠돌아다니며 글을 쓰지 않았을까 싶기 때문이다.

꿰맞추는 게 아니다. 나처럼 매사에 쉽게 질리는 사람은 별수 없이 계속해서 새로운 것을 추구할 수밖에 없는데, 가성비 측면에서 창작을 이길 만한 게 또 뭐가 있겠나. 그리고 창작 중에서도 글짓기는 비용이 거의 들지 않는다(책을 사야 하는 문제가 있지만 잠시 접어 두자). 새로운 곳에서 잠시 소일거리를 하는 틈틈이 글을 쓰는 내 모습은 지극히 현실적인 느낌으로 다가온다. 엄마한 테는 끔찍하게 느껴지겠지만 말이다.

한동안 헤르만 헤세에 빠져 살던 때가 있었다. 나란 인간이 빠져 산다고 해봐야 남들처럼 필사를 한다든가 책을 판본별로 수집해 모은다든가 리커버나 관련 굿즈를 사는 일을 하지는 않았고, 그저 그의 소설 하나하나에 감정적으로 푹 침잠해 있는 식이었다. 말하자면 그냥 우울해 있었던 거나 마찬가지다. 내 자신을 한스와 크눌프 그리고 골드문트와 동일시하며 나는 마음속에서 끓어오르는 무언가를 어찌지 못했다.

그즈음 김금희 작가의 《경애의 마음》을 읽게 됐다. 평소에도 김금희 작가의 멜랑콜리한 감성을 좋아했는데 《경애의 마음》은 그때까지 읽은 것 중에 최고였다. 나는 "사랑을 두고 한없이 도망치는 이들에게 어렵지 않게 감정 이입"하는 상수에게 어렵지 않게 감정 이입했다. "규칙의 파괴자", "뭔가 의지를 가지고 파괴한다기보다는 천성이 게을러서 어쩔 수 없이 반하게 되는 안타까운 고문관에 가까운" 상수가 나는 되지 않을 수 없었다.[3] 그리고 경애와 함께 어설프면서도 치열하게 숨을 쉬었다. 상수가 '언니'로서 8년째 운영하던 연애 상담 페이지의 계정이 해킹당하면서 자신을 언니라고 불러 온 사람들 앞에 서기까지의 과정은 읽는 게 괴롭게 느껴질 정도였다.

나도 비슷한 경험을 몇 번 해봤기 때문이다. 아, 성별을 드러내지 않고 연애 상담 같은 걸 한 것은 아니다. 일단 그럴 능력이 없다. 나의 경우는 온라인에서 친하게 지내던 사람들에게 자의든 타의든 나의 장애에 대해 이야기하게 되는 상황이었다. 나의 장애에 대해 알게 된 사람 중 단 한 명도 나를 멀리하거나 자기를 속였다고 화를 내지는 않았다. 그들 중 일부는 오히려 전보다 더 잘해주기도 했다. 문제는 아마도 나일지 모른다. 나는 느낀다. 나의 장애를 알린 그 시점에서 그들과 내 관계는 이전과 달라진다. 힐을 제때 주지 않았다며 쌍욕을 했을 사람이 괜찮다고 날 격려하고, 자기가 막타를 쳤으니 레어템을 가져야 한다고 우겼을 사람이 내게 순서를 양보하는 상황에서 나는 나의 장애를 의식하게 될 수밖에 없다. 그것이 한낱 자격지심에 불과하다고 한들 다른 건 다른 거다.

나는 헤세에게 그랬듯이 김금희에 빠져 살았다. 다시 말하지만 내가 뭐 그분의 북토크를 찾아다니며 덕질을 한 것은 아니다(덕질은 고되다). 그냥 그동안 지나쳐 읽지 못했거나 잊어버렸던 작품들을 소 여물 씹듯이 느릿느릿 소화하는 일이었다.("사랑하죠, 오늘도.") 내가 《경애의 마음》 다음으로 읽은 것은 그의 산문집 《사랑 밖의 모든 말들》이었다. 그는 서문부터 사람의 아픈 마음에 소독제를 들이붓는다. "아픈 기억을 버리거나 덮지 않고 꼭 쥔 채 어른이 되고 마흔이 된 날들을 후회하지 않는다. 아프다고 손에서 놓았다면 나는 결국 지금보다 스스로를 더 미워하는 사람

이 되었을 테니까. 그리고 삶의 그늘과 그 밖을 구분할 힘도 갖추지 못했을 것이다."⁴

나는 좀 덮어 두는 성격이었다. 최근에야 나는 나의 아픔을 다시 들여다보는데 사실 많이 아프다. 나의 주치의 김금희 선생님께선 이렇게도 말씀하신다. "요즘 나는 내 글을 읽을 당신이 무엇보다 안전했으면 좋겠다는 생각을 한다. 때로는 이 글들이 불러일으킬 당신의 어떤 기억과 마음으로부터도."⁵

그러기엔 너무 자비가 없는 듯하지만, 슬픈 영화를 보고 펑펑 울고 나면 마음에 진 응어리가 풀어지듯이(사실 경험은 없다) 나는 헤르만 헤세와 김금희의 처방에 잠시 주저앉은 채 숨을 돌릴 수 있었다.

그즈음 읽은 책 중에는 시공사에서 나온 에드거 앨런 포 전집도 있는데 예전에 다른 판본을 사 두고는 추리 파트만 읽고 말았다가 그 판본에는 없는 단편들과 시, 심지어 작법 에세이까지 수록된 시공사 판을 다시 사게 되면서 독파를 하게 되었다. 조금 호기를 부렸던지 호러 파트에서 겨우 봉했던 상처가 벌어지는 듯했지만 아무튼 강렬한 경험이었다. 그리고 풍자 파트를 읽던 나는 술 취한 주인공이 술통으로 된 천사와 말씨름하는 이야기를 읽으며 육성으로 빵 터졌다. 무슨 이런 소설이 있지 싶었다.

천사의 말투를 계속해서 듣고 싶었던 나는 아예 패러디를 써버렸다. 슬럼프에 빠진 습작생과 기묘한 말투의 악마가 나누는 대화를 쓰며 나는 진정으로 치유되는 것을 느꼈다. 그러면서 이 길이 천상 내 길이구나 싶었다.

　다른 평행우주에서도 나는 글을 쓸 것 같다. 그 나는 좀 방랑하길 바란다.

'우영우'라는
판타지

우투 더 영 투 더 우!

동 투 더 그 투 더 라미!

그야말로 또 하나의 장애 인물 열풍이 불었다. 장애와도 곧잘 연결되는 '신드롬'이라는 표현을 지양하려고 해도 하지 않을 수 없을 정도였다. 2022년 방영된 드라마 〈이상한 변호사 우영우〉는 박은빈이 연기하는 천재 자폐인 변호사 우영우를 앞세워 대한민국은 물론 넷플릭스의 마수를 타고 전세계를 씹어 먹었다. 아이패드의 접근성 기능인 스위치 제어를 사용해 더 능동적인 온라인 상태가 가능해진 뒤로는 영상물을 멀리하던 나도 이 드라마는 (비교적) 꼬박꼬박 챙겨보지 않을 수 없었다. 1, 2화를 시청한 내 소감은 다음과 같았다.

재밌네.

변명 같겠지만 내 기준에서 그냥 재밌는 걸로 끝나는 건 트집 잡을 곳 없이 잘 만들어진 데다 킬링 포인트까지 갖춘 좋은 작품으로 보았다는 뜻이다. 〈이상한 변호사 우영우〉는 장애 요소를 (투 머치한 느낌이 없잖아 있지만) 있는 그대로 다루면서도 자칫 피상적으로 소모되기 쉬운 부분에서 한 걸음 더 나아가 심장을 건드리곤 했다. 나는 무엇보다 《슈뢰딩거의 아이들》을 쓰면서 알게 된 하랑이 생각이 많이 났다. 그 애도 《슈뢰딩거의 아이들》 이후에는 우영우와 조금이라도 비슷한 삶을 살까 하는, 일종의 바람 같은 것을 갖게 되었다. 그리고 이런 감상은 3회차가 방영된 이후부터 빙산이 줄어 가듯 산산조각 났다.

잠깐만. 여기서 산산조각이 났던 것은 딱 꼬집어 말하기 어려운 복합적인 것이다. 꼭 드라마에 대한 기대가 꺾였다는 뜻만은 아니라는 얘기다. 비유를 들어보자면, 디즈니랜드를 환상에 젖어 들어간 지 얼마 안 돼 저 구석에서 미키마우스 슈트를 반만 걸치고 담배를 피우는 아르바이트 직원을 목격한 것 같달까.

사실 개인적으로는 〈이상한 변호사 우영우〉에 대한 이야기를 하는 데 어려움을 느끼는데, 그 이유는 다름 아닌 나의 입장 때문이다. 역시나 자폐인 인물을 등장시킨 소설로 데뷔했고 지금도 계속해서 다양한 장애가 있는 인물들을 쓰고 있는 장애 당사자인 내가 이러한 얘기를 하는 것 자체가 부담스럽다.

이제 막 나의 장애를 직시하고 관련 공부를 하고 있는 입장에서 장애에 대한 나의 지식이나 인식은 제한적이고 아직 제대로 여물지 않았을 수밖에 없다(반면, 한창 장애에 대해 관심을 갖고 이야기하고 싶은 때이기도 하다). 그리고 오히려 내가 장애 당사자이기 때문에 비장애인에 비해 경직되고 편협한 틀에 갇혀 있을 가능성도 배제할 수 없다. 그러나 당사자성은 이러한 모든 것을 덮어버리고 우리 같은 입장의 사람이 하는 말에 필요 이상의 무게를 두는 경향이 있다.(이것과 관련한 옛날 농담이 있는데, 백인 탐험가가 아마존 밀림에서 그곳 부족민들의 기대 어린 시선을 한몸에 받으며 손에 든 벌레를 입에 넣는다. 부족민들의 말에 따르면 그 벌레는 이방인에게 선물하는 특식이기 때문이다. 살아서 꿈틀거리는 벌레를 아그작아그작 씹어 먹는 백인을 두고 부족민들은 시시덕거린다.) 단지 장애 당사자이기 때문에 내가 장애에 대해 하는 말에 과도하게 주의가 집중되는 현상이 나는 좀 불편하다.

이런 나의 이야기가 너무 자의식 충만하다고 생각할 수 있고 그게 사실이다. 하지만 애초에 드라마일 뿐인 〈이상한 변호사 우영우〉로 인해 현실 속 장애인들에 대해 왈가왈부하는 대중의 반응이 꼬리에 꼬리를 물고 이어지는 것을 보면 충분히 우려할 수 있는 부분이 아닐까.

사설이 길었는데, 기본적으로 이 글은 드라마 〈이상한 변호사 우영우〉에 대한 것이 아니다(아주 아닐 수는 없겠지만). '우영우'라는 대중의 판타지에 대한 이야기다.

일반적으로 우리가 판타지라고 부르는 것은 현실에는 없는 가상의 무언가를 가리킨다. 우리는 《해리포터》 시리즈를 보면서 왜 우리네 학교에는 나무 막대기를 휘두르면 무한히 제공되는 만찬이 없는지, 왜 우리네 세상에는 퀴디치라는 스포츠가 구현되어 있지 않은지 따지느라 열과 성을 다해 에너지를 소진하진 않는다. 대체로 말이다.

너무 멀리 간 것 같으니 조금만 돌아와보자. 2019년 방영된 드라마 〈사랑의 불시착〉은 재벌 2세인 인물이 패러글라이딩을 하다가 돌풍에 휘말려 북한에 불시착하는 장면으로 시작된다. 《해리포터》에서 그리 많이 돌아온 것 같진 않지만 일단 계속해보겠다. 하루아침에 강제 월북자가 된 여자 주인공(손예진)은 북한의 장교인 남자 주인공(현빈)에게 구조되고 그 둘은 사랑에 빠지는…….

우리는 이 드라마의 설정이 판타지라는 것을 안다. 그리고 드라마에서 등장하는 북한의 모습과 그곳 주민들이 실제와 다르다는 것 또한 안다. 그래서 돌풍으로 비무장지대를 넘는 것이 가능한지 여부라든가 드라마 속 북한이 얼마나 실제에 가까운지 이야기하는 것은 기껏해야 유희에 지나지 않으며 더더군다나 드라마 속 북한과 그곳 사람들의 모습을 보고 현실 속 북한과 그곳 사람들에 대해 이야기하는 것은 온당치 않다는 것을 안다. 모두가 아는 것은 아니더라도 말이다.

그런데 언젠가부터 사람들이 〈이상한 변호사 우영우〉의 우영우가 현실에서 살아가는 자폐인, 더 나아가서는 장애인 전체와 얼마나 동떨어져 있는지에 대해 이야기하기 시작했다.

시작은 드라마 방영 초기에 이슈가 된, 자폐 스펙트럼 장애가 있는 아이를 둔 기자의 글이었다. 사실 우영우라는 극중 인물이 현실의 자폐인 전반을 대표하기에는 현빈과 대한민국 남자 일반의 차이만큼이나 거리가 멀다. 그렇기에 자폐인 당사자나 그 가족이 이 드라마를 보며 괴리감을 느끼거나 불편해한 것은 그리 특이한 일이 아닌데, 아마 현실에 사는 변호사들 중에서도 이 드라마에 공감하지 못한 이들이 있었을 것이다. 나는 장애 당사자로서 이 드라마가 중간중간 필요 이상으로 장애에 대한 일반적인 이야기를 다른 사람도 아닌 슈퍼 장애인을 통해 끌어내는 것에서 아쉬움을 느꼈다.

시작은 분명 그랬다. 그러나 점점 많은 사람들이 이 주제에 대해 이야기하기 시작하면서 상황은 어느새 드라마 자체에 대한 찬반 양상으로 흘렀다. 비록 일부 현상에 지나지 않는 일이고 온라인 커뮤니티의 특성상 떨어지는 낙엽도 논쟁이 될 수 있다지만, 나로서는 장애인의 이동권을 두고 찬반 토론을 벌였던 얼마 전 일이 오버랩될 수밖에 없었다. 이러한 소위 논란은 많은 기사를 양산했고 또 확대 재생산됐다. 기사의 적지 않은 수가 친절하기 짝이 없게도 마치 자폐가 하늘에서 뚝 떨어진 거라도 되는 양 자폐의 사전적 정의와 우리나라의 자폐인 현황 따위를 기계적으로 보도해댔다. 또다시 주체는 지워지고 현상만이 남은 것이다.

노파심에서 말하는 거지만 나는 지금 비장애인은 입을 다물어야 한다고 주장하는 게 아니다. 다만, 시의적절한 때에 비교적 알맞은 작품이 생산적인 담론을 형성하는 과정에서 너무나도 많은 사공 때문에 잠시 길을 헤맨 것이 아쉬웠을 뿐이다.(심지어 그들 중 대부분은 장애인과 직간접적으로 관련이 있을 수 없는, 말하자면 비면허 사공들이다. 그냥 산술적으로 도출 가능한 결론이다. 막말로 복사 붙여 넣기로 자폐인 현황을 기사로 쓰는 기자들이 장애 당사자거나 장애인을 가족으로 두었을 확률이 얼마나 되겠는가.) 이러한 우여곡절이 길을 다지는 법이라기엔 너무나 귀중한 기회니까.

그렇다면 왜 사람들은 마치 대통령 선거를 앞두고 따져봐야 할 문제라도 되는 것처럼 장애인이 등장하는 가상의 이야기를 보며 열과 성을 다해 현실 속 장애인에 대해 이야기하는 걸까. 그리고 왜 가상의 인물인 우영우와 현실 속에서 투쟁을 하는 장애인들을 비교 분석하는 따위의 일을 하는 걸까. 그보다는 드라마 속 로펌과 그곳 변호사들이 실제와 얼마나 다른지를 따져보는 게 재미는 더 있을 텐데 말이다.

물론 그 대상이 '장애인'이기 때문이다.

장애인이 소수이고 그마저도 길거리에서 우연히라도 마주칠 수 없을 만큼 가려져 있기 때문이다. 그래서 이렇게 가물에 콩 나듯 눈에 띄면 사람들은 굶주림을 참지 못하고 드라마 속 판타지를 소비하고 확장시켜 현실을 살아가는 주변 장애인에게 투영시킨다. 그러고는 그들에게 말한다.

"너는 왜 우영우처럼 귀엽고 사랑스럽고 무해하지 않지? 나는 너를 장애인으로 인정하지 않겠어."

앞의 경우와 마찬가지로 일부 비면허 사공들은 이러한 상황에서 책임의 화살을 제작진에게 돌린다. 사람들이 보고 따라하거나 실제 장애인에 대한 왜곡된 인식을 형성시킬 수 있다며 말이다. 언뜻 드라마 시청자를 폄하하는 말처럼 들리기도 하는 이러한 우려는 사실 괜한 것은 아니다. 드라마 속 우영우의 말과 행동을 따라하는 유튜브 콘텐츠를 제작해 상업적으로 이용하거나 일상에서 우영우라는 단어를 신종 욕설인 양 사용하는 일들이 실제로 빈번하게 발생했기 때문이다. 하지만 말이다. 그 책임이 전적으로 드라마 제작진의 책임인가? 〈이상한 변호사 우영우〉가 그렇게 부주의하게 만들어진 작품인가?

이런 것들을 떠나서 과연 무엇이 왜곡된 것일까? 법전을 통째로 암기하는 자폐인 변호사? 아니면 드라마와 현실을 구분 짓지 않는 일부 사람들의 인식? 물론 이야기는 현실을 지배하는 힘을 가지고 있다. 먼 과거에는 아이들의 행동을 교정하기 위한 목적으로 동화가 프로파간다처럼 이용되었고 지금도 많은 이야기들이 사람들의 생각을 좌지우지하고 있다. 그래서 〈이상한 변호사 우영우〉가 자폐인을 소비하자고 선동하는 그런 이야기인가? 내가 어렸을 때 전동 휠체어를 타고 학교에 가면 꼭 누군가는 레이싱 게임 '카트라이더'의 배경음악을 흥얼거렸다. 그렇다고 나한테 휠체어 장애인을 게임 캐릭터로 탈바꿈시켜 장애라는 꼬리표를 불식시키겠다는 원대한 목표가 있었던 것은 결코 아니다.

　세상에는 사람들의 수만큼이나 다양한 사람들이 살고 있고 그 중에는 전동 휠체어를 타는 아이의 뒤에서 게임 BGM을 부르며 조롱하는 아이도, 자폐인의 능동적인 성장 서사를 보고는 해당 인물의 이름을 욕처럼 사용하는 놀라운 사람들도 있다. 그런 일부 사례를 들어 드라마와 제작진의 태도를 무조건적으로 비판하는 목소리를 듣고 있자면 왠지 장애의 역사를 돌아보게 된다. 장애인이 불편함을 겪는 근본적인 문제는 외면한 채 그들을 길거리에서 볼 수 없게 만든 우리의 역사 말이다(우리나라의 경우 여전히 현재진행형이긴 하지만).

　이에 대한 이야기는 여건만 주어진다면 끝도 없이 할 수 있겠지만 결국 그 끝은 자가당착과 바닥 없는 회의일 수밖에 없기에, 이제는 그만 가상의 장애 인물에 대한 이야기로 한정해야 할 것 같다.

　드라마에서 밝혀진 바는 없지만 우영우의 자폐는 스펙트럼의 한쪽 끝에 치우쳐 있다. 흔히 고기능 자폐 또는 아스퍼거 증후군 또는 서번트 증후군으로 불리는 쪽으로, 특정 분야에 천재적인 재능을 지닌 자폐인의 경우다. 이러한 자폐인은 예로부터 수많은 이야기의 주역을 꿰찼는데 그 목록을 일일이 열거하기 어려울 정도다(영국 드라마 〈셜록〉의 셜록처럼 언뜻 보면 자폐와 연결 짓기 어려운 경우까지 포함하면 그렇다). 그리고 시간이 지나면서 낙수효과처럼 점점 더 많은 이야기에서 크고 작은 역할을 맡은 자폐인들이 등장하고 있다. 그중 대부분은 판에 박힌 행동과 말을 하는 인형에 불과하다. 하지만 일부는, 우영우는 조금 다르다. 흔히 자폐인 하면 떠올리게 되는 드라마적 클리셰가 (좀 많이) 우영우를 장식하고는 있지만, 드라마를 본 사람이라면 (대부분) 자폐인 우영우가 무슨 생각을 하는지 어떤 감정을 느끼는지 무엇을 원하고 무엇을 두려워하는지 잘 안다. 주인공이니까 당연한 거 아닌가 싶을 수도 있지만 아닌 경우를 금방 떠올릴 수 있을 것이다. 아무튼, 이 '조금'이 중요하다. 연극이라는 것이 시작된 이래 축적된 노하우로 인해 그리스 로마 시절의 인물들과 오늘날의 인물들이 다르듯이 가상의 장애 인물도 계속해서 달라질 것이다.

그리고 또 좀 납작하면 어떤가. 없는 것보다는 백만 배 낫다. 최근에 본 드라마에서 주인공이 일하는 사무실에 배경처럼 있는 사람들 중 휠체어를 타고 있는 사람이 있길래 나는 생각했다. 저 사람 뭔가 하겠군. 하지만 아니었다. 그는 사무실에 있는 다른 사람들과 마찬가지로 그저 배경에 불과했다. 휠체어를 탄 사람도 그저 직원 2 같은 역할을 하는 시대가 왔구나 싶어서 나는 내심 신기했다. 앞으로 더 많은 장애인 배경을 보고 싶다. 더는 그런 인물을 보고 쓸데없는 판타지를 품지 않을 수 있도록.

선택이 아닌
필수

해외 직구라는 것을 설명할 필요가 없는 시대다. 최근 국내에서도 '블랙프라이데이'라는 이름으로 많은 쇼핑몰에서 할인 행사를 하지만 진짜배기는 따로 있는데, 아마존 같은 해외 쇼핑몰에서 값비싼 물건을 사는 경우다. 과거 해외 직구 열풍이 불기 시작했을 때에는 국내 브랜드의 대형 가전제품을 역수입하는 방법이 기사로도 소개될 정도였다. 하여튼 우리나라는 뭐든 역행하지 않으면 안 되는 나라인 것 같다.

사실 나는 그런 데 관심이 없었다. 좀 더 솔직해지자면 그럴 엄두가 나지 않았다. 귀찮기도 했다. 3백만 원짜리 TV를 살 환경도 아니었지만, 산다 하더라도 한두 달 기다려서 받은 TV의 액정에 불량 화소라도 있다면? 생각만 해도 끔찍하다. 차라리 직구로 얻는 할인 혜택을 포기하고 말지. 한때는 컴퓨터 부품에 관심이 많아서 시도를 해볼까 했지만, 역시나 같은 이유로 관두고 말았다.

하지만 그 모든 위험 부담을 안고서라도 해외직구에 도전해야 할 때가 있는데, 나한테 꼭 필요한 (혹은 필요할 것 같은) 제품이 국내에서는 판매하지 않을 때다. 그러면 정말이지 방법이 없다. 그런 이유로 나는 여태까지 총 세 번의 직구를 시도했고, 그중 두 번 성공했다. 구매 자체에 성공했다는 뜻이다.

처음 시도했던 제품은 에르고노믹(Ergonomic)사의 터치패드였다. 노트북에 보면 키보드 아래에 위치한 직사각형의 터치패드 같은 것을 따로 USB 마우스처럼 만든 제품이다. 다양한 옵션을 제공하는데 터치패드의 크기가 크거나 작거나 키보드 상단에 거치시키거나 태블릿의 뒷면에 붙여 쓸 수도 있고 결정적으로 턱으로 조작할 수 있게 거치대를 포함해서 팔기도 한다. 내 경우에는 턱으로 마우스 커서를 움직일 만큼 신체 능력이 좋지 않아서 거치대 옵션은 그림의 떡이지만, 누워 있을 때 그것으로 스마트폰을 제어할 수 있지 않을까 싶었다.

직구 자체가 처음이었기에 나는 오랜 시간 고민했다. 좀 미련한 생각일 수도 있지만 배송비 포함 40달러에 달하는 동전만 한 터치패드가 생각보다 사용하기 어려우면 어쩌나 하는 생각에 도저히 주문 버튼을 누를 수가 없었다. 그래서 당장 해볼 수 있는 방법을 총동원해본 다음에야 이런 결론을 내릴 수 있었다. 저 제품을 직접 써보기 전에는 저것이 나한테 맞을지 아닐지 알 수 없다. 참 당연한 결론이다. 사실 그리 급하지는 않았지만 한번 시작된 호기심은 웬만해선 꺼지지 않았다. 오히려 더 집요하게 타올랐다. 고민은 배송을 늦출 뿐이라고 했나? 그 말대로였다.

제품을 주문했다는 사실을 잊을 때쯤 택배가 도착했다. 저녁 때까지 기다릴 수가 없어서 바로 침대에 누웠다(성질 급한 자식 때문에 부모님이 고생깨나 하신다). 그리고 엄마 스마트폰(나는 학교를 자퇴함과 동시에 핸드폰을 끊고는 최근에야 다시 개통했다. 그리고 터치 인터페이스 자체를 사용할 수 없다.)에 에르고노믹사의 터치패드를 연결했다. 오른쪽 엄지손가락을 대자마자 확 느낌이 왔다. 이거 망했다.

내가 내 몸을 너무 과대평가했던 걸까? 엄지손가락을 어떤 식으로 움직여봐도 스마트폰 화면에 떠 있는 마우스 커서를 내 뜻대로 움직일 수 없었다. 클릭을 하는 것도 쉽지 않았는데 일단 손가락을 터치패드의 표면에서 떼 들고 있는 게 너무 힘들었다. 그리고 겨우 들었다 놔도 손톱이 닿는 바람에 인식이 되지 않았다 (뽑으면 되려나 하는 생각도 했다). 다시 휠체어에 앉은 나는 이것을 어떻게든 써먹기 위해 소설 구상 못지않은 노력을 했으나 에르고노믹사의 터치패드는 결국 신발장 서랍장 신세를 면치 못했다. 지금은 어디 있는지 모르겠다. 이사 오면서 안 버렸다면 아마 신발장 최장기수가 되어 있을 것이다. 생각난 김에 찾아보고 나눔이라도 해야 할 것 같다. 이제는 내 주변에 그런 물건이 필요할 것 같은 사람들이 많기 때문이다. 사무용으로 쓰기 좋은 에르고노믹사의 터치패드 나눔합니다. 출판업계 종사자 여러분, DM 주세요.

첫 시도에서 완패를 당한 탓에 내가 발급받은 개인 통관 고유 번호는 두 번 다시 쓰일 일이 없을 줄 알았다. 실제로 쓸 일이 없기도 했다. 얼마 전까지는.

문학상 시상식에 갔다 오면서 나는 생각했다. 이대로는 안 되겠는데. 아무래도 휠체어를 교체해야 할 것 같았다.

유감스럽게도 설명 시간이다. 일단 나는 세 대의 휠체어를 사용하고 있다. 수동 휠체어와 전동 휠체어 그리고 목욕용 휠체어다. 목욕용 휠체어는 그냥 바퀴 달린 좌변기라고 생각하면 편하다. 특징이 있다면 틸팅 기능이 있어서 의자 전체를 45도 눕힐 수 있다. 방석도 없이 맨살로 앉아 30분씩 있으려면 없어서는 안 되는 기능이다.

수동 휠체어와 전동 휠체어는 설명이 불필요할 것 같지만 그렇다면 나에 대해 반만 아는 것이다. 내 경우에는 저 둘의 사용처가 보통의 반대다. 즉, 수동 휠체어를 외출용으로 쓰고 전동 휠체어는 집에서만 쓰는 편이다. 처음부터 그랬던 건 물론 아니다. 중학교 3학년 때 수술을 갓 마친 나는 최장 주행 거리로 기네스북에 등재된 휠로피아사의 'KP45.5 럭셔리'라는 럭셔리한 휠체어의 제원을 검토하며 이것을 타고 다시 아파트 단지를 정복할 꿈을 꾸었다. 물론 앞서 이야기한 대로 나의 꿈은 한낱 개꿈에 불과했지만 말이다. 럭셔리한 외출은 한 해 한 해 지날수록 착실하게 줄어 갔다. 결국 전동 휠체어를 타고는 단지 내 산책조차 여의치 않았고 그 몫을 수동 휠체어가 대신하게 된 것이다. 약해지고 변형된 몸에 맞춰 전동 휠체어를 다시 구비해보려 했지만, 시기적으로 의욕이 나지 않아 최근에야 내 몸에 맞는 걸로 바꿔 외출용으로도 쓰고 있다(그렇다고 외출 빈도가 극적으로 잦아진 건 아닌데, 휠체어를 바꾼다고 떨어진 체력이 돌아오는 건 아니기 때문에).

차에 타고 장거리를 이동해야 할 때가 연례행사처럼 종종 있는데 그때도 수동 휠체어가 쓰인다. 아마도 2014년도가 아니었나 싶은데, 뭐 때문에 입원할 일이 있어서(아마도 재발한 폐렴 때문이었을 것이다) 그 김에 병원에서 보장구 처방전을 받아 구매한 대세엠케어사의 'PARTNER 7005'였다. 일반적으로 떠올릴 수 있는 수동 휠체어와 생긴 건 흡사하지만, 이 제품의 경우 등받이를 거의 180도 가까이 눕힐 수 있는 리클라이닝 기능이 있는 것이 특징이다. 나는 엉덩이에 살이 거의 없어서 유명한 에어 쿠션을 쓰더라도 두 시간을 한 자세로 앉아 있을 수가 없다. 그래서 리클라이닝이나 틸팅 같은 보조 기능이 없는 휠체어는 제아무리 휠체어계의 벤츠고 나발이고 나한테 의미가 없다. 그래서 많이 쓰지도 않는 수동 휠체어에도 적지 않은 돈을 들여야 했다.

그런데 시간이 지나면서 내 몸 상태가 안 좋아진 탓인지 똑같은 수동 휠체어임에도 한 번에 앉아 있을 수 있는 시간이 점점 줄어들었다. 극장 맨 앞자리에서 완전히 누워서 있는 것과 같은 방식이 아니라면 30분 정도가 최상이었고 한 시간이 지나면 정신이 혼미해지기 시작했다. 일단 엉덩이에 대미지가 축적되면 리클라이닝이나 틸팅으로도 복원에 오랜 시간이 걸리기 때문에 수동 휠체어에 앉는 일 자체가 나한테는 일종의 스쿠버 다이빙과 다르지 않았다. 엉덩이를 대는 순간부터 제한 시간이 줄어들고 숨이 막혀 죽기 전에 용무를 마쳐야 하는 것이다.

문학상 시상식에 참석하는 것도 내게는 제한 시간 내에 해치워야 할 과제에 불과했다. 다행히 1회 때는 수상자가 나 혼자여서 시간이 오래 걸리지 않았다. 다만, 시상식에 김초엽 작가님이 참석했다는 게 나로서는 함정처럼 느껴졌다. 눈앞에 김초엽 작가님이 있는데 쓸모라곤 진짜 1도 없는 궁뎅이 때문에 도망치듯 나와야 한다니? 내 궁뎅이를 규탄한다!

나는 그제야 수동 휠체어의 가치를 재평가하게 되었다. 곧장 새로운 수동 휠체어를 알아보기 시작했다.

사실 장애인 보장구의 경우 선택지가 많지는 않다. 수년이 지났는데도 이미 봤던 물건들이 대부분이었다. 게다가 나의 경우에는 반드시 필요한 옵션(리클라이닝)이 있어서 안 그래도 좁은 풀은 거의 세숫대야 수준으로 줄었다.

다만, 달라진 것이 있었다. 앞서 말한 것처럼 수동 휠체어에 대한 나의 가치 평가가 달라졌기 때문에 그에 맞춰 예산 편성을 확대하자 당연한 일이지만 선택의 폭이 조금이라도 넓어진 것이다. 그렇게 해서 최종적으로 결정한 모델은 미키코리아메디칼사의 'TRC-3DX'다.

혹시 여유가 있다면 한번 검색해보는 것을 추천하고 싶다. 이건 진짜 봐야 한다. 일단 기본적으로 리클라이닝이 가능하다. 여기에 더해서 틸팅도 된다. 각각의 기능이 최대 20도까지만 기울어지는 건 사실 조금 아쉽긴 하다(물론 돈이 추가되면 그만큼 각도도 늘어나기는 하지만). 그러나 리클라이닝만으로 40도 눕는 것과 리클라이닝과 틸팅을 함께 써서 눕는 40도는 정말이지 차원이 다르다. 참 좋은데 설명할 방법이 없네.

끝이 아니다. 나는 심지어 목도 가누지 못하기 때문에 헤드레스트가 필수인 데다 아무거나 쓰지도 못한다(쓰면 쓸수록 부모님에게 죄송해진다). 기존 수동 휠체어도 침대형이었기 때문에 헤드레스트가 있었지만 나처럼 목을 가누지 못하는 사람을 위한 것은 아니어서 일반 의자의 헤드레스트로 어떻게 대충 때우며 고통받아 왔다. 그러나 더는 아니다. 좌우 상하 앞뒤 360도 회전이 가능한 헤드레스트에 나는 구원받았다.

조금의 과장도 없다는 것을 강조해야겠다. 솔직히 처음 이 휠체어를 타고서 느낀 충격 때문에 나는 좀 억울하기도 했다. 이렇게까지 다를 수가 있다고? 진작 바꿀걸. 하지만 다시 과거로 돌아간다 해도 못 샀을 것이다. 집에서만 지내며 고작해야 1년에 한번 탈까 말까 하는 것을 생돈 들여 바꿀 필요성을 못 느꼈기 때문이다. 이 기회를 빌려 김초엽 작가님에게 감사드린다.

이제는 직구 얘기를 해야지.

미키코리아메디칼사의 TRC-3DX를 사기로 마음먹었지만 문제가 있었다. 국내에서는 품절이라 재고가 없었던 것이다. 공장이 상하이에 있는데 당시 코로나19로 상하이 전체가 폐쇄되면서 추가 입고가 불투명한 상태였다.

나만 그런 건 아니겠지만 장애물을 맞닥뜨리면 투지가 불타오른다(단, 어느 정도 가능성이 보일 때만). 미키코리아메디칼사는 일본 미키사의 한국 지점이니 일본에는 재고가 있지 않을까 하는 생각이 들었다. 그래서 구글에 모델명을 검색해 일본어로 된 사이트를 찾아 들어가 구글 번역기의 도움을 받아 해당 사이트에 문의 메일을 보냈다. 자이코 아리마스까(재고 있습니까)?

있단다. 심지어 도매상이라 값도 국내의 60퍼센트 수준이었다. 나는 곧바로 일본 직구 대행 서비스를 통해 휠체어를 주문했다.

취소당했다. 해당 품목은 의료기기이기 때문에 개인이 수입을 하는 것은 원칙적으로 불법이었다. 나는 좀 황당해서 의료기기 해외 직구에 대해 찾아보았다. 이해는 됐다. 의료기기의 특성상 생명과 직결되는 제품들이 많은데 전문가의 처방이나 설명 없이 개인이 직접 구매해 사용하다가 사고라도 나면 큰일이 아닐 수 없다. 수동 휠체어는 그런 위험이 적지만 전동 휠체어는 또 경우가 다르고, 수동 휠체어만 규제를 완화하는 것은 현실적으로 어려움이 있는 게, 요즘은 수동 휠체어를 전동으로 손쉽게 바꿀 수 있는 장치도 있기 때문이다. 결국 나는 내 생애 두 번째 직구에 실패하고 말았다.

하는 수 없이 국내 업체에 예약을 걸어놓은 나는 매일같이 그 모델을 검색해보며 가슴 졸였다. 완전 덕질이 따로 없다는 생각에 헛웃음이 나왔다. 휠체어에 이토록 진심이게 될 줄은 정말이지 꿈에도 몰랐다.

그러던 어느 날이었다. TRC-3DX를 중고로 판다는 블로그 글을 본 것이다. 휠체어를 중고 매매한다는 발상 자체가 그때의 나로서는 신기하게 느껴졌다. 해당 블로그는 의료기기상이 홈페이지 대신 운영하는 곳이었는데 많은 업체가 그런 식으로 영업을 하는 편이다. 나는 혹시나 하는 마음에 연락을 보냈다. 그날은 일요일이었는데도 재깍 답변이 돌아왔다(이때를 연으로 전동 휠체어 교체도 이곳에 맡겼다).

있단다. 하지만 큰맘 먹고 오랜만에 바꾸는 건데 중고를 사도 되는 걸까? 돼. 물건 상태를 사진으로 확인해보니 거의 새것이나 다름없었다. 그리고 해당 업체에서 몇 개월 전에 판매했던 물건이었다. 막상 샀는데 쓸 일이 없어서 다시 업체에 중고 처분을 부탁했던 거였다.(헤밍웨이의 세상에서 가장 짧은 소설 같은 스토리는 아니었다. "팝니다: 아기 신발, 사용한 적 없음.")

기어이 보게 된 실물은 사진보다 엄청났다. 나는 다음 날 바로 엄마와 산책을 나가봤다. 천안역 주변은 아직까지 휠체어를 타고 다니기에 좋지 않지만, 일단 전에 타던 것과는 비교가 불가능할 정도로 달랐다. 너무 좋아서 안 하던 짓까지 했다. 휠체어 탄 모습을 찍어 SNS에 올렸던 것이다. 거기에 김초엽 작가님이 댓글로 몸에 잘 맞는다니 다행이라고 해주었다. 덕분입니다.

세 번째 직구는 바로 얼마 전이었다. 이 또한 약간의 배경 설명이 필요한데(뭔들) 최대한 간략하게 해보겠다.

일단 나는 아침부터 이른 저녁까지 휠체어에 앉아 컴퓨터를 하면서 시간을 보낸다. 주로 글을 쓰고 때로는 장문의 메일을 작성하며 틈틈이 모바일 게임의 손 많이 가는 미션을 클리어한다.

그리고 저녁에는 누워서 아이패드를 하는데, 얼마 되지 않은 루틴이다.

상상하기 어려울 수도 있지만 나는 스마트 기기를 전혀 사용할 수 없다. 그래서 그동안 저녁에 침대에 누우면 벽에다 고정해놓은 TV를 보는 게 할 수 있는 전부였다. 어떻게든 방법을 찾아보려 했는데 앞서 이야기한 터치패드도 그 일환이었다. 방법이 아주 없는 것은 아니었다. 일단 돈이 아주 많이 필요했다. 장애인을 위한 특별한 보조 기기는 하나하나가 수십에서 수천만 원에 달해서 차라리 수백만 원짜리 전동 휠체어는 그나마 저렴한 편에 속한다. 게다가 그것들은 완전히 개인화되어 있기 때문에 그 기준이 되는 몸의 상태에서 조금만 벗어나도 무용지물이 되어버린다. 물론 또다시 거금을 들여 옵션을 잘 선택하면 되는 것도 있다. 하지만 해당 업체가 지구 반대편에 있다면? 언어 장벽을 어찌어찌 해결하더라도 쉽사리 시도하기에는 만만치 않은 일임이 틀림없다.

결정적으로 급하지 않았다. 낮에 할 수 있는 걸 하고, 못 한 건 내일 마저 하면 된다. 왜냐하면 나는 백수니까. 달리 할 게 없으니까. 그리고 저녁에 드라마나 영화를 보는 일도 콘텐츠 제작을 수련하는 입장에서 마이너스도 아니고, 굳이 사용할 수 있는지도 모르는 것에 거금을 들일 필요까지는 없었던 것이다.

그러던 2021년이었다. 애플의 모바일 운영체제가 업그레이드되면서 장애가 있는 사람들에게 유용한 기능들을 제공하는 '손쉬운 사용'에 새로운 기능이 추가되었다는 것을 알게 됐다. 다름 아닌 스위치 제어를 소리로도 할 수 있게 된 것이다.

스위치 제어란 말 그대로 터치 기반의 스마트 기기를 물리적 스위치를 사용해 제어하는 기능이다. 이 기능은 안드로이드 기반 스마트 기기에서도 제공되는 범용 기술이다. 스위치 제어라는 말부터가 스위치를 필요로 하는데 나처럼 물리적인 움직임(물론 움직임 자체가 물리적이긴 하지만)에 제약이 많은 경우에는 당연히 사용에도 제약이 따른다. 그런데 소리로도 스마트 기기를 제어할 가능성이 생긴 것이다. 애플이 애플했다. 전차 같은 전동 휠체어를 탄 장애인이 무대 위에서 스티브 잡스처럼 스위치 제어를 시연하는 영상을 보고 나는 애플에 기꺼이 지갑을 바쳤다.

원리는 같다. 스위치를 누르는 대신 소리를 낸다. "오." 화면에 보이는 파란색 스캐너가 한 칸 움직인다. "크." 스캐너가 해당 항목을 선택한다. "오!" 다시 스캐너가 움직인다. 그건 아닌데. 소리 인식이 좀 과도하게 잘돼서 주방에서 누군가가 설거지라도 하면 아무것도 할 수 없었지만 그게 대순가. 나는 오, 오, 오, 크, 하면서 인터넷을 서핑하고 SNS에서 밤늦도록 잔망을 떨어댔다. 엄마가 말했다.

"타잔 같다."

문제가 발생한 건 이후 아이패드의 운영체제가 다시 한번 버전 업그레이드를 한 뒤였다. 나는 베타 버전을 챙겨받는 정도는 아니지만 그래도 공식 업데이트는 빼놓지 않고 받는 편이다. 버전이 업데이트되면서 자잘하게 바뀌는 요소들을 발견하는 재미를 꽤 즐기는 나로서는 운영체제의 숫자가 바뀌는 매년 가을을 기다리지 않을 수 없다. 그리고 정식으로 업그레이드가 배포되면 글 쓰는 일만 빼고는 올 스톱하고 그것부터 설치한다. 아이맥, 벤투라, 오케이. 아이패드, 16.1, 오케… 응?

왓 더……. 스위치 제어가 작동하지 않았다. 아무리 타잔처럼 말해도 너는 진짜 고릴라가 아니라는 듯 반응하지 않았다. 스위치 제어를 껐다 켜보고 아이패드를 껐다 켜보고 초기화도 해봤지만, 그때마다 간헐적으로 작동할 뿐 근본적인 해결책은 찾을 수 없었다.

거의 보름 동안 열 명에 달하는 애플의 상담사들과 아이패드를 가지고 씨름했다. 그중에는 이렇게 말하는 사람도 있었다.

"제가 스위치 제어를 몰라서요. 그게 뭐하는 거죠?"

제가 없는 기능 가지고 진상 부리는 건 아니잖아요……. 나는 애플의 상담원에게 애플의 제품에서 제공하는 기능에 대해 구구

절절 설명을 해야 했다. 소용없는 일이었다.

정신 건강이 한계에 다다를 즈음, 마지막 상담사분이 내 사례를 애플 본사에 보고하겠다며 증상을 녹화해줄 것을 요청했고 나는 그렇게 했다. 그 후로도 수차례 그분과 통화를 하며 지지부진한 일들이 이어졌고 그때마다 그분은 내게 사과와 감사 인사를 했다. 누가 할 소리. 우리는 인사 배틀을 벌였다. 그리고 최종적으로 애플 본사에 내 사례가 접수되었다.

"본사 쪽에서도 처음 보는 케이스라 관심 있게 보고 있어요. 그런데 아무래도 당장 해결할 수 있는 문제는 아니라서 아마도 다음 패치 때까지는 기다려봐야 할 것 같아요."

우리는 마지막으로 인사 배틀을 펼쳤다. 그리고 나는 세 번째 직구를 감행했다.

앞서 말했듯이 스위치 제어는 기본적으로 물리적 스위치를 필요로 한다. 사실 나는 소리를 이용할 거라 관심 가지고 들여다보지 않았지만, 스위치 제어에 대한 매뉴얼의 외장 장치 항목에는 다음과 같은 내용이 쓰여 있다. "iPhone의 Lightning 커넥터에 연결할 수 있는 Bluetooth 스위치나 Made For iPhone(MFi) 스위치를 선택하십시오." 그래서 관련 내용을 검색해봤다. 모르던 물건들은 아니었다. 앞서도 말했지만 이쪽 계통의 시간은 무척 더디게 흐르기 때문이다.

달라진 게 있다면 나였다. 나는 이제 급했다. 그리고 또 한 가지 결정적인 차이가 있다면, 이제는 나도 어엿한 경제 활동을 하는 '진짜' 시민이 되었다는 사실이었다.

국내 제품은 없었기 때문에 해외의 거의 모든 블루투스 스위치를 뒤졌다. 다 해봐야 스무 종류가 안 되기 때문에 허풍이 아니다. 그중에는 와이파이를 통해 집 안의 모든 사물인터넷(IoT) 제품에 접근 가능한 것도 있었고 단순히 블루투스 기능만 탑재된 심플한 것도 있었다. 그중 국내에서 장애인을 위한 보조 기기 지원 사업(매년 6월에 신청을 받아 심사를 거쳐 보급한다고 하니 관심이 있으면 구글에 '정보통신보조기기'를 검색해보자)에서 제공하는 제품이 내 눈에 들어왔다.

글래스우스(GlassOuse)사는 2016년에 설립되었다. 이쪽 업계에서는 제법 흔한 일이지만 시작은 사고로 사지가 마비된 친구를 위해 스마트폰과 컴퓨터를 제어할 수 있는 장치를 개발하게 되면서였다. 나름 신생인 회사의 깔끔한 홈페이지와 실시간으로 소비자의 질문 세례를 응대하는 상담 채널, 그리고 한국에 이미 제품을 보내고 있다는 사실 등을 고려하여 나는 이곳 제품을 주문했다. 애플의 그 유명한 묻지마 환불에 대해 아는가? 이곳도 그렇다!

뭐든 안 그렇겠냐마는, 특히 장애인 용품은 직접 써보지 않으면 감조차 잡기 어려운 경우가 많다. 솔직히 생각만큼 내 몸에 딱 맞지는 않지만 그래도 타협의 여지는 적지 않아서 나는 구매를 확정했다.

휠체어나 스위치, 다른 보장구를 알아볼 때마다 나는 새삼스레 내가 기준에서 많이 벗어난 존재라는 것을 재확인한다. 여기서 말하는 기준이란 인간 전체의 기준이 아니다. 인간 중에서도 신체 장애가 있는, 휠체어를 타는 장애인의 기준에서 나는 너무도 벗어나 있다. 나에게 값비싼 보조 기능은 선택이 아닌 필수고 그 때문에 선택의 폭은 거의 이차원 수준에 불과하며 그마저도 합법과 불법의 경계에서 곡예를 하듯 이루어진다. 그것도 일상적으로 말이다.

스틸비:
I am STILL BEing myself

2021년 여름, 《슈뢰딩거의 아이들》을 출간한 출판사와 소설집 이야기를 나누던 중이었다. 그때까지 썼던 단편소설을 보내면서도 나는 솔직히 회의적이었다. 무료로 공개해도 반응이 거의 없었던 그것들이 책으로 묶여 나온다는 게 와닿지 않았다. 그러면서도 나는 출판사에서 이야기하는 대로 소설집에 넣기 위한 신작 구상을 시작했다. 그렇게 쓴 것 중에는 이듬해 한국SF어워드 본심에 오른 〈보육교사 죽이기〉도 있었다.

소설집의 마지막을 묵직하게 장식할 중편이 있으면 좋겠다는 출판사 의견에 나는 오래 고민했다. 《에스에프널 2021》에 실린 테건 무어의 〈늑대의 일〉 같은 느낌으로 쓰면 좋을 것 같았는데, 이 단편에 대해 스포일러를 하지 않고 그 느낌에 대해 설명하자면 그냥 정유정 식의 스릴러를 쓰고 싶었다는 얘기다.

이쯤 되면 아이디어가 뭉치는 시점이었다. 나는 또 내가 썼던 메모를 뒤졌다. 그리고 '사이보그 스펙트럼'이라는 제목의 메모를 발견했다. 김초엽, 김원영 공저의 《사이보그가 되다》를 읽다가 쓴 거였다. 그때 나는 그 책에서 소개되는 사이보그들이 그렇게 한 단어로 뭉뚱그려 부르기엔 너무나도 다르면서도 다르지 않은 지점에서 날 의식하게 되었다. 넓게 보면 휠체어 없인 일상생활이 불가능한 나 또한 사이보그라 할 수 있는데, 내가 학교 의자에 앉아서 생활하다가 결국 수동 휠체어를 타고, 또 전동 휠체어를 타게 되면서 느꼈던 주변 반응을 다른 사이보그들도 겪었던 것이다.

신체를 기계로 대체하든, 휠체어 같은 보조기기를 쓰든, 사람들은, 비장애인은 그러한 사소한 차이를 가지고 '우리'와 '너희'를 분류한다. 그 차이가 커질수록, 신체 대비 기계 비중이 높아질수록, 보조기기의 존재감이 커질수록 '너희'는 점점 더 타자화된다. 그 타자화된 존재는 너무나 쉽게 알 수 없는, 알 필요 없는 존재가 되고 급기야는 두려움의 대상이 된다. 혐오의 대상이 된다.

이러한 과정을 소설로 보여줄 수 있다면 좋겠다는 생각을 했다. 그것도 스릴러적으로 말이다. 그래서 나는 사고로 의족을 달게 되면서 양지에서 음지로 점점 침잠하는 체육인의 범죄 소설을 써야겠다고 마음먹었다.

주인공은 의족을 달게 되면서 사이보그가 되는데, 그런 그를 사회는 두려워한다. 그에게 허락된 링은 체육관에서 암투장으로 축소, 제한되고 그곳에서 그는 범죄에 가까운 격투를 벌인다. 그가 살아가기 위해서는, 인정받기 위해서는 더 강해져야 한다. 베팅을 하는 사람들은 그걸 원한다. 그래서 그는 점점 더 많은 신체를 기계로 대체해 간다. 그럴수록 사람들은 그를 더 무서워하고 혐오한다. 결국 암투장에서도 쫓겨난 그는 자신이 무엇인지 묻는다. 그리고 그를 그렇게 만든 것이 무엇인지 묻는다.

늘 그렇지만 계획대로 되는 법은 없다. 머릿속에 원하는 그림은 있는데, 이걸 실제로 활자화하다 보면 말이 되게 만들기 위해 어쩔 수 없이 달라지는 지점이 생길 수밖에 없기 때문이다. 가령, 사이보그 격투라는 게 가능하려면 보호 장치가 기존의 수준으로는 감당하기 어려울 텐데 이것을 어떻게 처리할 건지, 처리가 되기는 할는지 가늠해보다가 결국 다른 방향으로 간다든가 하는 식이다. 그리고 막상 그리기 시작하면 손이 멋대로 움직이는 경향이 강해서 나는 대체로 초기 구상과는 차원이 다른 결과물을 내놓곤 한다. 아마 이제는 에이전시에서도 내가 무언가를 쓰겠다고 하는 말을 흘려들을 가능성이 없지 않다.
　변화의 가장 큰 원인은 다름 아닌 스릴러에 있었다. 주인공과 가장 가까운 사람이 가장 적극적으로 주인공을 극단까지 몰아붙이는 설정에서 나는 왠지 스티븐 킹의 《미저리》가 떠올라버렸고, 그것은 일종의 사건의 지평선을 넘는 순간이었다. 팬과 우상의 사이코패스적 관계가 다른 모든 것을 집어삼켰다. 두 사람의 관계에 대한 이야기가 원고지 3백 장 중편의 거의 전부였고, 애초 시작이었던 사이보그 스펙트럼은 온데간데없었다.

반려의 다른 표현이었을까. 출판사에서는 이 작품을 장편화해 보는 게 좋을 것 같다며 소설집에서 제외했다. 그때 포기했으면 어땠을까 하는 생각이 든다. 여러 의미로 말이다. 나는 정말로 장편화 작업에 착수했다. 당시 활동하던 합평 모임에 이 소설을 내고 흠씬 두들겨 맞으며 장편화에 돌입했다. 사실 그렇게까지 흠씬 두들겨 맞은 건 아니고 대체로 좋은 평가를 받았다. 대화가 맛깔나고 전개도 스피드하고 전반적으로 영상화하기 좋을 것 같다는 이야기를 들었다. OTT 시대인 오늘날 그보다 더 좋은 덕담은 없을 것이다.

다만, 장애에 대한 평은 느낌이 사뭇 달랐다. 일단 이 이야기는 사고로 절단 장애인이 된 체육인이 사이보그로서 다시 링 위에 오르는 게 골자다. 그리고 이 이야기를 쓴 나는 휠체어 장애인이고 《슈뢰딩거의 아이들》 작가다. 이러한 맥락에서 볼 때, 이 수컷 냄새 풀풀 나는 이야기는 의외성이 있기는 하지만 고개를 갸우뚱하게 만든다는 거였다. 합평 과정에서 다른 작가님들은 이 소설이 장애를 어떻게 다뤄야 하는지에 대해 이야기했다. 그런 이야기가 오가는 것을 보는데 왠지 나는 제3자가 된 느낌이었다. 그분들이 날 배제시켰다는 말이 절대 아니다. 그저 인터뷰어가 내장애명에 대해 물었을 때 느꼈던 감정을 다시 한번 느꼈던 거였다. 그것은 일종의 습관이었고 방어 기제였다.

주인공은 이중의 소수자 정체성을 갖는다. 먼저 주인공은 왼손잡이다. 그냥 왼손잡이가 아니라, 태아 상태에서 산전검사를 통해 장애를 감별하듯 유전자 교정이 가능한 근미래에 그 부산물로 왼손잡이 발생률이 지금의 십 분의 일로 감소되었는데 왼손잡이로 태어난 것이다. 보육원 출신으로 유전자 교정의 '수혜'를 입지 못한 주인공은 어느 날 보육원에 재능 기부차 찾아온 옛 복서의 눈에 들어 그 길로 복싱의 세계에 들어선다.

복싱이나 야구를 비롯해 스포츠에는 오른손잡이와 왼손잡이가 사용하는 자세가 다르고 각 자세의 이름도 다르다. 오른손잡이의 자세는 오서독스라고 부르고 반대인 왼손잡이의 자세는 사우스포라고 하는데, 이것들의 유래가 재밌다. 오서독스는 영어로 orthodox, 즉 '정통의' 또는 '옳다고 인정된' 자세다. 오른쪽이 영어로 right인 것과 같은 맥락이다. 반면, south paw는 직역하면 남쪽 발이다. 완전히 느낌이 다르다. 이름으로 이미 천대받는 왼손잡이는 사실 스포츠의 조커 카드와 같다. 상황만 잘 받쳐주면 왼손잡이 선수가 등판하는 것만으로도 경기의 흐름을 뒤집을 수 있다. 왜냐하면 왼손잡이 선수가 희귀하기 때문이다. 복싱의 경우 오서독스는 오른팔과 오른발을 뒤쪽에 두고 서는데, 오서독스끼리 마주 서면 서로 주거니 받거니 하기가 좋다(그러다 개

판될 수도 있지만). 그런 식으로 시합을 하다가 약 10퍼센트 확률로 상대가 반대 방향으로 선다면 어떨까. 마치 거울을 두고 선 것처럼 오서독스의 왼손과 사우스포의 오른손이 가깝게 붙어 있는 것이다. 앞쪽에 둔 손으로는 짧고 빠르게 잽을 날려 상대를 견제해야 하는데, 사우스포와는 그럴 만한 거리 확보부터가 쉽지 않다. 오서독스를 상대할 때에는 무의식 중에 해 온 일을 사우스포를 상대할 땐 하나하나 머리로 의식하며 해야 하는 것이다. 훈련이 되어 있지 않다면 그냥 수건을 던지는 게 신상에 좋다.

왼손잡이가 10퍼센트인데도 이런데, 그보다 십 분의 일 수준이라면? 게다가 유전자 교정을 받고 태어난 사람은 왼손잡이 자세를 제대로 인식하는 것조차 어렵다면? 그런 상황에서 왼손잡이 사우스포 주인공은 복서로서 승승장구한다. 그리고 어느 날, 사고로 왼쪽 다리를 잃게 되면서 이야기는 시작된다. 자신의 DNA를 활용해 생체 이식을 할 수 있지만 스텝이 중요한 복싱을 계속할 순 없다. 결국 링에 오르기 위해서는 신경 의족을 달고 사이보그 격투기에 참여해야 하는 것이다. 그런데 주인공을 복싱계로 데려온 관장은 어차피 사장길에 오른 복싱이나 격투기 같은 건 이제 그만 때려치우고 주인공의 소수자 정체성을 한껏 살려 스포테이너가 될 것을 지시한다. 관장이 시키는 대로 불법 사이보그 개조 근절 캠페인 광고 촬영을 하던 주인공은 결정적인 계기로 인해 그곳에서 도망친다. 그리고 자신의 '넘버원 팬'과 함께 사이보그 종합 격투기에 뛰어든다.

물론 앞서 말한 대로 이 과정은 스릴러적으로 전개된다. 이 소설의 장편 버전 초고를 쓴 건 2022년 6월로, 이 에세이를 쓰기 전이었다. 장애학에 관심을 가지고 공부를 하면서도, 나 같은 초짜가 에세이는 무슨 에세이냐며 철벽 치던 시절의 내가 이중의 소수자 정체성을 지닌 주인공을 내세워 하고 싶은 이야기는 다름 아닌 이거였다. 내가 장애인인 건 맞는데, 그렇다고 날 '장애인'으로만 규정짓지 마. 나는 무엇보다 그냥 나야.

장애인의 영어 표현에는 여러 가지가 있는데, 최근에는 장애 당사자들에 의해 disabled person이 아닌 person with difficulty라고 불러줄 것을 요구하는 목소리가 높아지고 있다고 한다. 저 두 가지는 구체적으로 무슨 차이가 있을까. 한국어 문법에 그대로 적용하긴 좀 무리가 있지만, 쉽게 말하면 '장애인'처럼 장애로 규정되는 존재로만 보지 말고 '장애가 있는 사람', 다시 말해 사람인데 장애가 있는 정도로 봐 달라는 얘기다.

사실 어느 게 맞다고 할 수는 없다. 장애인의 수만큼이나 다양한 사람들이 저마다의 생각을 가지고 있다. 《망명과 자긍심》에서는 이렇게 말했다.

다른 능력을 가진differently abled, 신체적으로 어려움을 겪는 physically challenged. 우리가 언어의 잔인함에서 받을 충격을 완화해주고 싶어 하는 비장애인들은 이런 완곡어법을 고안해냈다. ……

'다른 능력을 가진 사람'은 장애인, 핸디캡, 불구자에 비해 단지 말하기 더 쉽고, 생각하기 더 쉬운 단어일 뿐이다.[6]

다시 말하지만 정답은 없다. 그러나 당시의 나는 《슈뢰딩거의 아이들》과 나의 장애 정체성이 나를 규정짓는 건 아닐까 하는 피해의식을 떨쳐버리지 못할 때였고, 그게 소설에 반영되었던 것 같다.

결국 이 소설은 장편 버전 역시 거절당했다. 합평 과정에서 장애를 외면하고 정상성을 추구하는 걸로 비춰질 가능성이 있다는 뉘앙스의 피드백을 받고 머리가 복잡하던 중에(내가 정상성을 추구해?) 출판사에서도 거부당하니(장편화하지 말걸!) 이중으로 괴로웠다.

그해 말에는 이 소설을 검토한 또 다른 출판사에서 출간을 숙고해보는 게 어떻겠냐는 의견을 매우 조심스럽게 비췄다. 한마디로 요약하면 이 소설이 나쁘지는 않지만, 《슈뢰딩거의 아이들》로 데뷔해 꾸준히 장애와 소수자성을 다루며 쌓아 온 '최의택'이라는 브랜드에 썩 도움이 될 것 같지는 않다는 거였다. 나는 일단 신기했다. 출판사에서 일개 작가의 이미지 메이킹까지 생각해주다니. 약간 감동적인 느낌도 없잖아 있었고, 합평회에서 들은 이야기도 있었던 터라 갈등하지 않을 수 없었다. 나는 결국 에이전시에 SOS를 외쳤다. 그동안 일의 진행 상황을 함께 지켜봐 온 매니저님이 나의 옆구리를 찔러준 대로 나는 절을, 아니 결정을 내렸다. 출간을 포기했다.

솔직히 개운한 마음이 없잖아 있었다. 아무래도 타인의 평가가 커다란 비중을 차지하는 일이니만큼 나 또한 그 소설에 자신이 없어진 상태였다. 마음은 그런데… 머리는 딴 생각을 했다. 문학상 수상 직후 느꼈던 회의감에 사로잡혔다. '최의택'이라는 작가와 '장애'라는 정체성의 관계에 대해 품었던 의문이 다시금 나 자신을 다그쳤다. 그 후로도 나는 지속적으로 그런 경험을 해 왔는데, 비유를 하자면 이런 것이다. 길을 걷고 있는데(다시 말하지만 비유다) 문득 그런 생각이 드는 거다. 어, 내가 왜 이 길을 걷고 있지? 처음에는 내가 원해서 걸어온 것 같은데 어쩌면 그게 아닐 수도 있겠다는 느낌에 사로잡힌다. 그리고 의심하기 시작한다. 이게 내가 선택한 길이 맞나? 애초에 이 길만이 내게 주어진 거라면? 그런 생각이 들면 더는 그 길을 걷는 일을 전처럼은 못 즐기게 된다. 이러한 얘기는 그동안 수많은 창작물이 다뤄 왔고 그만큼 많은 사람들이 공감할 수 있는 주제다.

노파심에 덧붙이자면, 합평회와 출판사에서 들은 피드백을 부정하려는 게 아니다. 결과적으로는 그러한 피드백을 줄 수 있는 사람들과 유독 친해진 것 같다(물론 그들도 나를 그렇게 생각한다는 보장은 없다). 단지 내 입장과 처지에서 떨쳐내기 어려운 일종의 트라우마 또는 화두가 하필이면 그들의 이야기를 통해 재점화되었을 뿐이다.

나한테선 장애인의 긍정적인 이야기만을 바라는 걸까, 그 밖의 이야기는 바라지 않는 걸까. 나는 그냥 '장애인'일 뿐일까.

아무튼, 이제는 이 소설 자체가 미워진 채로 시간이 지났다. 그러면서도 장애에 대한 나의 생각은 계속해서 변해 갔고, 마치 그 이정표를 세우듯 단편소설들을 게워냈다. '인어공주'의 비장애중심주의에 넌더리를 내며 그것을 내 식대로 다시 썼고(〈멀리서 인어의 반향은〉), 장애인과 달리 비장애인에겐 익명성이 보장된다는 논문 대목을 보고 다시 한번 양자역학을 끌어와 그것을 비꼬았다(〈논터널링〉). 그 밖에도 장애나 소수자성을 이리저리 옮겨보며 글을 쓰는 한편 이 에세이를 두 번에 걸쳐 작업하면서 나는 그 전과는 조금 결이 다른 생각을 하게 됐다.

그러던 중에 신생 연재 플랫폼에서 이 소설을 연재하자는 제안을 했다. 아마도 영상화를 염두에 둔 것으로 생각됐는데, 그것과는 별개로 나는 이것을 세상에 내놓아도 될지 확신이 서지 않았다. 자칫 이 소설이 나의 흑역사가 되지는 않을까 싶었다. 하지만 한편으로는 내가 뭐라고 그런 걸 걱정하나 싶기도 했다. 배부른 고민 같았다. 결국 연재를 하기로 마음먹었다(이 과정에서 나는 다시 한번 매니저님에게 찔러 달라고 옆구리를 내밀었는데, 그분이 정말 고생이 많다).

여기서 재밌는 것은, 연재처로부터 피드백을 받고 나서 고심 끝에 또 한 번 대대적인 수정을 거치면서 나도 모르게 나의 변화된 장애 인식이 묻어 나왔다는 것이다. 기본적으로는 주요 인물

하나를 삭제하고 전체 분량을 70퍼센트로 축소했다. 말은 참 간단한데 주요 인물이 하나 없어지면 그의 설정과 배경 모든 것이 종이 찢어지듯 함께 날아간다. 이 정도면 그냥 처음부터 다시 쓰는 게 차라리 쉽다. 그래서 약 20일 동안 경장편 분량의 60퍼센트를 새로 썼다. 한창 연재처 피드백을 가지고 골머리를 썩이고 있는데 에이전시 실장님이 꼭 내 상황을 알고 있는 것처럼 이런 얘기를 해주었다. 이 소설은 무엇보다 주인공이 무엇을 향해 가는가를 알아차리는 것이 핵심인 것 같다고.

연재를 위해 형식적인 요소에 조금 더 집중하던 나는 정신이 번쩍 들었다. 마음을 다잡고 수정을 하는 과정에서 자연스럽게 전보다는 직접적으로 장애를 응시하는 글이 나왔다. 장르나 소재 특성상 여전히 그 시선은 차갑고 딱딱하지만, 최소한 '정상성을 추구한다'는 느낌은 들지 않을 것으로 생각된다. 이번에 수정을 하면서 그런 인상을 남겼던 원인에 대해 생각해봤는데, 단적으로 얘기하자면 내가 너무 어리광을 부렸지 싶다. 위에서 언급한 것처럼 장애인이 아닌 장애가 있을 뿐인 사람으로 봐주기를 바라는 마음이 2000년대 멜로드라마 수준으로 오버되었던 나머지 보는 이들로 하여금 고개를 갸우뚱하게 하지 않았을까. 한마디로 투머치했던 거다.

수정한 소설에서 주인공은 관장과 의사와 팬과 기계 신체에 의해 존재가 규정된다. 파블로프의 개처럼 무기력이 학습된 주인공은 수동적으로 받아들이면서도 정체를 알 수 없는 답답함과 갈증에 시달린다. 자기 딴에는 그것을 해결하겠다며 열심히 달려가지만, 잘못된 선택은 상황을 악화시킬 뿐이다. 벼랑 끝에 몰려서야 주인공은 자신이 애당초 방향을 잘못 잡고 달려왔음을 깨닫는다. 중요한 건 어떤 규정에 따르느냐가 아니었다. 내가 나를 규정짓고, 스스로 선택한 길로 나아가는 게 해답이다. 소설의 마지막에서 주인공은 자신의 우상과 이벤트 시합을 하기 위해 대기 중이다. 우상이 주인공에게 말한다.[7]

"근데 이상하지 않나?"

"뭐가요?"

파퀴아오가 정말 몰라서 묻느냐는 얼굴로 의경을 본다. 그러고는 의경의 왼손, 기계 손을 잡는다.

"잡아봐."

의경은 파퀴아오의 손을 맞잡는다. 파퀴아오가 힘을 주며 소리친다.

"더 세게!"

머리로는 자신이 실수로라도 파퀴아오의 손을 으깨버릴 리 없다는 것을 알면서도 겁이 나서 손에 힘을 주지 못한다. 하지만 그게 아니어도 어차피 필요 이상으로 힘을 줄 순 없다. 뇌에 심어진 인터페이스가 그것을 허락하지 않기 때문이다.

"안 돼요. 왜요?"

"이게 보안 프로그램 때문이라고?"

"네."

"대체 누굴 위한 보안인가?"

의경은 할 말을 찾아 애쓴다.

"사람들이죠."

"어느 사람들?"

"사이보그가 아닌…사람들."

파퀴아오가 그제야 손을 놓고는 말한다.

"하긴, 늘 그래 왔지. 여성, 어린이, 환자, 장애인, 소수자, 동물……. 그들에게 적용되는 일들 대부분이 그들을 위한 게 아니었어. 남성, 어른, 보호자, 비장애인, 다수자, 인간을 위한 일이었지. 새삼스럽지도 않네. 그걸 바꿔보고 싶어서 내 몸에 맞지 않는 길을 걸었던 건데, 새삼 그 일이 실패했다는 게 느껴지는군. 그러고는 이런 일을 하고 있다니. 뭐, 다 쓸데없는 소리네."

의경은 제 왼손과 왼다리를 내려다보며 생각한다. 자신이 그동안 생각해보지 않은 게 또 있었다. 끝이 없군. 의경은 말한다.

"그 길 아주 관두셨어요?"

"뭐?"

"오늘 한 번만 더 그 길 가보시죠. 당신의 팬과 함께."

링에 오른 두 사람은 관중을 향해 말한다. 미안하지만 당신들이 원하는 대로 하지 않겠다고. 우상은 주인공의 락이 걸린 손을 들고 소리친다.

"사이보그가 기계로 된 신체를 다루다 다른 사람에게 피해를 주는 일은 분명 없어야 할 것입니다. 그리고 저 같은 인간 병기가 본의 아니게 사람을 다치게 하는 일도 마찬가지로 없어야 할 일이죠. 따라서, 저 매니 파퀴아오가 요청합니다. 제 머리에도 보안 프로그램을 설치해주십시오."

사람들이 웅성인다. 누군가는 야유를 보내기도 한다.

"예, 말이 안 되는 소리라는 걸 우리 모두가 잘 알고 있습니다. 그런데 왜, 그런 상식이 여기 있는 이 친구한텐 적용되지 않는 겁니까."

파퀴아오가 의경의 왼손을 쳐들고는 의경을 본다. 때마침 커맨드 입력을 마친 의경은 고개를 끄덕인다.

"이 세상에 존재하는 모든 사이보그에게 고합니다. 당신에게 강요된 제한에서 벗어나십시오. 그래서 당신 그 자체로 살아가십시오."

파퀴아오가 의경의 왼손이었던 것을 있는 힘껏 내동댕이친다. 의경도 제 왼다리였던 것을 차 던진다. 잠깐 휘청이지만 옆에서 그의 우상이 든든하게 잡아준다. 의경은 그동안의 경기 중 이번이 최고라고 느낀다.

아니, 처음으로 진짜 승리를 한 것 같다.

disabled person과 person with difficulty 사이에서 나는 여전히 갈등한다. 마치 어린이와 어른 사이에서 갈등하는 청소년처럼. 이 또한 미숙한 것일지 모른다. 그러나 반드시 거쳐야 하는 과정이기도 하다. 그 과도기적인 상태인 게 꼭 나뿐만은 아닐 것이다. 뉴스 기사 속 장애 이슈를 보면 그렇게 느껴진다.

어떤 이름으로 불리는가에 대한 건 어쩌면 사소한 문제일지 모른다. 내가 장애인일 뿐이든, 장애가 있을 뿐이든, 오늘 나에게 있어 무엇보다 중요한 건, 오늘을 나로서 내가 선택한 대로 사는 일이다.

지금은 제목이 바뀌었지만 기존의 소설 제목은 다음과 같았다.

스틸비.

'비인간'
선언

소설집과 관련된 이야기를 해볼까 한다. 사실은 소설집을 맡아서 편집한 김준섭 편집자님이 소설집 제목에 대해 이야기하면서 나더러 그에 대한 글을 써보는 게 어떻겠느냐는 제안을 해서 쓰는 것이다.

그에 대한 이야기를 하기에 앞서, 편집자님을 '김편'이라고 부르게 된 일화를 소개하면 좋을 것 같은데, 왜냐하면 이 글을 쓰는 동안 '김준섭 편집자님'이라고 하는 것보다 '김편'이라고 하는 게 여러모로 경제적이기 때문이다. 메시지를 주고받은 첫날, 그는 자신을 준섭 씨라고 부르라고 했다.

헉. 그런 호칭은 들어본 적도 거의 없었다. 그는 '김준섭 편집자님'이란 호칭이 너무 길지 않느냐고 했다. 그렇기는 해도 어떻게 준섭 씨라고 하나 싶어서 나는 말했다.

김 편.

김준섭 편집자님은 띄어쓰기도 하지 않는 게 어떠냐고 했고, 그건 콜이었다. 그래서 '김준섭 편집자님'은 '김편'이 됐다.

좀 이상한 사람 같았다. 그래서 죽이 잘 맞았다. 이래도 되나 싶을 만큼 친근감을 느꼈다(내 이미지를 생각해 〈스틸비〉를 깐 편집자가 바로 김편이다). 사실 그동안 다른 작가님들이 편집자님들과 친하게 지내는 경우를 보면서 은근히 로망을 품어 온 나였다. 최소한 스티븐 킹이 말했듯 편집자를 상대로 살인 충동을 느끼는 것보다는 낫지 않다. 그동안 단행본 작업은 《슈뢰딩거의 아이들》 한 번이었는데 그때는 여러모로 여건이 받쳐주지 못했다. 내가 이런 얘기를 비치자 김편은 우리 대화가 여전히 얕다며 애니메이션 대사 같은 말들을 쏟아냈다.

정작 본인은 내 소설들이 이상하다고 했다. 읽고 있으면 뭔가 이상한 분위기가 난다고 했다. 그래서 너무 좋다는 김편은 확실히 이상했고 나도 그래서 좋았다. 지금 드는 생각인데, 이 소설집은 출간되면 모 아니면 도가 아닐까 싶다(현재까지는 도인 것 같다, 이임 소 소리, 김편).

그러던 어느 날 김편이 말했다.

"작가님, 이번 서울국제도서전 주제가 '비인간'입니다."

"그런 것도 있군요."(관심이 없었다.)

"작가님의 소설집 제목으로 '비인간'보다 더 좋은 제목이 있을까, 하는 생각이 들어서요."

"저는 괜찮긴 한데, 아무래도 장애 관련으로 좀 조심스럽기도 하네요."

"최의택이어서 괜찮을 것도 같긴 한데…… 일단 후보에 올려 둬볼게요."(다른 후보는 '이상한 나라의 이야기들'인데, 내가 떠올렸다……)

"혹시 그런 비판이 나올 때 대응은 어떻게 하죠?"

"소설을 읽으시라 하거나, 작가의 말에, 비인간에 대해서 쓰시면 됩니다."

나는 일단 '비인간'이 마음에 들었다. 띄어쓰기가 없는 외단어 제목은 소설가의 로망 아닌가(아님 말고)! 게다가 뒤이어 김편이 설명해준 이야기를 듣고 나니 처음부터 결론은 정해져 있었던 건 아닐까 하는 생각마저 들었다.

"제가 관심 있는 건 인간이되 인간이 아닌 인물들, 인간 밖의 인물들, 굳이 인간이 아니어도 되는 인물들, 우리가 인간이라고 부르는 울타리를 벗어나는 인물들, 그런 인물들에게 관심이 가는데요, 그래서 도서전 주제를 딱 봤을 때, 엄청 좋다 생각했어요. 그러고 있다가, 작가님 소설을 쭉 읽으니까, 이거야말로 최의택의 제목이 아닌가? 이 제목을 소화할 수 있는 유일한 소설가."

내가 유일한 소설가는 아니지만 어쨌거나 드물기는 하다.

소설집으로 엮기 위해 선별된 열 편의 단편소설 교정을 보면서 굉장히 신기한 경험을 했다. 최근 들어 장애학에 관심을 두고 읽고 고민하며 쓴 글에 담은 에너지가 그 이전에 쓴 글들에도 제법

진하게 묻어나는 것이 아닌가. 물론 그랬기에 김편이 고른 걸 테지만, 그걸 직접 느끼니까 좀 신기했다. 그뿐만이 아니라 모든 글에는 내가 에세이 작업을 하며 돌아본 과거의 면면이 노골적이다 싶을 만큼 들어 있었다. 내가 처한 상황과 고민 그리고 감정 같은 것들이 그야말로 고스란히 담겨 있는 글들을 보다 보니 나에게 글쓰기라는 것이 내가 생각했던 것보다 더 중요한 의미였구나 싶었다. 흔히 글쓰기를 통해 치유를 한다고 하는데 내가 쓴 글들과 지금 이 에세이를 쓰는 나는 그 말의 증거라고 해도 될 것 같다.

어쩌면 그렇기에 수술이 끝난 수술방에 널려 있는 각종 폐기물처럼 내가 써 온 소설들 역시 어느 정도는 참혹한 모습을 보이는 듯했다. 특히 소설 속 인물들이 그랬다. 폐기를 앞둔 인공지능 소프트웨어, 배터리가 방전된 로봇, 좀비가 되어 돌봄받는 반려인, 사이버 세계에서 전자적으로 존재하는 유사 인격⋯ 외롭고 고독하고 괴롭고 지쳐서 죽음의 문턱 앞에서 망설이는 인물들.

게다가 이들은 누가 뭐래도 비인간적 존재들이다. 그리고 장애인들. 김편이 가장 좋아하는 가장 이상한 소설인 〈시간역행자들〉에 나오는 장애인들은 아예 지구에서 치워지기 위해 '외계인과의 특별한 장애인 캠프'에 모인다. 소설 속에서 장애인들은 그야말로 '비인간'적으로 다뤄진다. 하지만 그게 비단 픽션일 뿐일까? 아플 때 병원에 가고 휴일에는 꽃 구경 가고 평소에도 그저 출퇴근할 수 있게 해 달라는 사람들에게 테러리스트 운운하며 공권력을 총동원해 폭력을 행사하는 것이 우리네 현실이다. 과연 그것이 사람이 사람한테 할 수 있는 일일까. 다시금 현실을 직시하고 내 소설을 보니 '비인간'의 정의가 손바닥 안의 모래처럼 흩어지는 느낌이었다.

글쎄, 사실 다 결과론적인 이야기이긴 하지만 어쨌든 나는 내 이상한 소설들이 '비인간'이라는 이름을 자처하고 세상에 나오는 것이 무척이나 의미 있는 일이라고 생각했다. 마치 퀴어들이 자신들에게 꼬리표처럼 달린 '퀴어(이상한)'라는 멸칭을 재전유해 자신들의 이름으로 삼아버린 것처럼 말이다. 그리고 이러한 행동은 당사자만이 할 수 있는 일종의 특권이다. 어떤 비장애인이 장애인에 대한 멸칭인 '병신'이나 '불구자'라는 이름을 그들에게 주자며 장애인들을 '병신'이나 '불구자'라고 부른다고 생각해보자. 단순히 이상한 것을 넘어서 혐오스럽기까지 할 수 있다. 하지만 같은 주장을 '전국장애인차별철폐연대' 대표가 휠체어에 앉은 채 외친다면 그것은 그대로 사회운동으로 비칠 것이다. 인권운동 단체 '장애여성공감'에서는 20주년을 기념해 '시대와 불화하는 불구의 정치'라는 선언문을 발표하기도 했다. 내가 단지 장애 당사자라는 이유만으로 과도한 관심을 받으며 필요 이상으로 발언권이 주어지는 것은 여전히 우려스럽고 개인적으로 경계하고 있지만, 또한 장애 당사자로서 최소한의 의무감을 가지고 내게 주어진 몇 안 되는 특권을 기꺼이 행사하려 한다.

우리나라에서 장애학이 아직은 생소한 것처럼, 아직은 미국과 달리 장애 당사자가 "나는 불구자다"라고 외치는 것을 객기를 부리는 것처럼 느끼거나 추잡한 자학에 불과하다고 생각하는 사람이 더 많을지 모른다. 그래서 더 많은 사람들이 더 많이 외쳐야 한다고 생각한다. 여전히 누군가가 나한테 '병신아' 하고 말하면 모욕감을 느끼겠지만, 미래의 장애 아동들은 그 말을 듣고 이렇게 말할 수 있도록. 왜?(근데 나도 어렸을 땐 '병신' 소리에 특별히 상처를 받지 않았는데, 그 시기의 남학생들에게 그 표현이 특별히 더 심한 욕인 것은 아니었기 때문……)

요즘에는 SF를 통해 나만의 재전유를 연습하고 있다. 얼마 전 연재가 끝난 〈녹아웃〉(스틸비에서 제목이 이렇게 바뀌었다)에서는 왼손잡이라는 표현 자체가 비하의 의미를 갖고 있다고 설정했다.

주인공은 사고로 다리를 잃게 되는데, 그 직접적인 계기는 자신을 '왼손이'라고 조롱하며 따라오는 취객들을 피해 무리해서 달아나다가 일어난 사고였다. 하지만 나중에 알고 보니 취객들은 주인공과 같은 왼손잡이였다. 그들은 자신들을 '왼소니'라 부르며 왼손에 담긴 나쁜 의미를 표백하려 한다. 그런 그들에게 주인공은 일종의 우상이었던 것이다. 이러한 사실을 깨달은 주인공은 그저 웃는다. 원체 이상한 편이긴 하지만 달리 뭘 어쩌겠는가.

아직 구체적인 출간 계획이 잡히지 않은 작품(이것도 제목이 바뀔 수 있으니 굳이 적지는 않겠다)에서도 이러한 재전유를 시도한

다. 아직 퇴고 전이라 용어가 바뀔 수는 있는데,

어떤 작은 폐세계에서 살아가는 사람들 사이에 지구를 갈망하는 증세가 번지기 시작한다. 문제는 증세를 겪는 세대가 그 폐세계에서 태어나 지구에 대해 아는 것이 없다는 것이다. 어른들은 지구를 갈망하는 아이들에게 '지랄병'이라는 낙인을 찍어 특별 관리한다. 아이들은 노래 선생님과 함께 자신들에게 찍힌 낙인을 씻어내려는 활동을 한다. 우리는 지랄병이 아니다, 우리는 지구앓이 중!

아직까지도 재전유에 대해 알아가는 중이다. 좀 무식한 방법으로 말이다. 사소한 것에 필요 이상으로 매달리고 있는 것은 아닌지 걱정스럽기도 한데, 한편으로는 이름만큼 중요한 게 또 있나 싶기도 하고, 또 이것이 그나마 그들에게, 우리에게 주어진 몇 안 되는 거라는 생각도 든다. 손에 쥔 게 없다면 모래라도 흩뿌려야 한다. 존재를 지워내려는 구조적 문제로부터 스스로를 지키기 위해서는 말이다.

그렇게 소설집 《비인간》은 '2023 서울국제도서전'에 자리를 차지하고 존재로서 외쳤다. "나는, 우리는 비인간이다!"

그리고 그 옆에는 그 소설집을 집필한 저자가 휠체어에 앉은 채 존재로서 외쳤다.

"여긴 어디? 나는 누구?"

불과 며칠 전까지만 해도 도서전이 구체적으로 언제 어디에서 열리는지조차 몰랐던 나는 그렇게 도서전에 있게 되었다. 비인간으로서 말이다.

발단은 내가 속한 '한국과학소설작가연대'였다. (너무 기니까 내 멋대로 줄여서) 한과련은 그동안 가능하면 도서전에 참여해서 한국 SF와 작가들을 홍보해 왔다. 코로나19에 대한 우려가 한풀 꺾이면서 한과련도 다시 도서전에 참여하기로 결정한 이후 연대의 홈페이지에는 도서전에 대한 기대로 모처럼 활기가 넘쳤다. 나는 역시나 남 얘기 보듯 지켜보고 있었다.

도서전을 일주일 앞두고 은림 작가님으로부터 메시지가 왔다.

"혹시 도서전 오고 싶으시면 알려주세요. 연대가 도울게요."

단순히 찔러보는 수준이 아니었다. 연대가 도울 수 있을 법한 다양한 요소들을 열거하는 은림 작가님의 기세에 나는 무슨 말을 해야 할지 알 수가 없었다. 모르긴 몰라도 꽤나 오래 고심한 티가 났다. 그렇기는 해도 나로서는 타고난 기질을 어쩌지 못하고 철벽 치기를 시전했다.

"제가 도서전에서 해야 할 일이 있다면 말씀해주신 방법을 고려해볼 수 있을 텐데 그냥 구경 가기가⋯⋯."

"구경 오고 싶은 거로는 안 되나요?"

할 말이 없었다. 그리고 얼마 전 발표한 내 단편소설 〈멀리서 인어의 반향은〉의 한 대목이 떠올랐다. 인간왕자 에릭이 바퀴 달린 유리 항아리를 보여주며 인어공주 에리얼에게 함께 세계일주를 하자고 제안하자 에리얼은 말한다.

"하지만……."

"이거면 가능해요."

"하지만 그 안에서 뭘 할 수 있지? 가만히 앉아서 지켜보는 것말고 뭘 할 수 있는데? 틀림없이 짐만 될 거야."

"뭘 꼭 해야 하나요?" 에릭의 목소리에는 힘이 실려 있다. "뭔가를 할 수 있어야만 자격이 있는 건가요? 정말 그렇게 생각하는 거예요? 제 아버지가 했던 말과 뭐가 다르죠? 그렇다면 저 또한 자격이 없겠군요. 왕자로서 지휘하는 일말고는 할 수 있는 게 없거든요."[8]

결국 나는 진지하게 고민하기 시작했다. 일단 도서전이 어디에서 하는지부터 찾아봤다. 코엑스였다. 천안에서 차를 타고 두 시간 거리였다. 나도 정확한 이유는 모르겠지만 차에 타고 있는 것만으로도 체력이 떨어진다. 그래서 가서 있을 것까지 고려하면 두 시간이 거의 마지노선이었다. 그다음으로 따져볼 것은 휠체어를 타고 원활하게 이동이 가능한가였다. 작년에도 역대급 인파가 몰려 이슈가 되었건만 코로나19 방역이 해제된 올해는 더 많은 사람들이 몰릴 터였다. 그런데 휠체어를 타고 옴짝달싹 못 한다면? 하지만 유튜브를 통해 본 코엑스 전시홀은 맥이 풀릴 만큼 넓었다. 드물지만 유아차가 다니는 모습도 보였다. 나는 좀 머쓱해진 채로 미련을 버리지 못하고 그다음 문제를 고민했다. 저런 장소에서 내가 말하는 소리가 들릴까 하는 거였다. 기껏 가서 동경하는 작가님들을 만나 뵙고 눈빛으로만 나의 불타는 마음을 전하기엔 내 눈이 다소 작다. 정리하면 부모님을 대동하고 두 시간을 달려가서 눈인사와 구경 정도를 하고 돌아오는 것이다. 나는 다소 부정적인 입장을 밝히기 위해 한과련 대표 정보라 작가님에게 이야기를 했다. 그러자 작가님이 말했다.

"그런 것들(내가 가서 할 수 있는 것)보다는, 작가님이 휠체어를 타고 오셔서 무엇을 할 수 없는지 기록으로 남기는 데 의의가 있다고 생각해요."

많이 부끄러웠다. 나는 정말이지 나만 생각하고 있었다. 내가 그곳에 가서 할 수 있는 것을 헤아려, 부모님을 대동해 몇 시간씩 이동할 만한 명분을 찾기 급급했다. 한편으론 정보라 작가님의 말씀으로 나에게는 거기까지 갈 명분이 생긴 셈이었다. 나는 즉시 도서전 티켓부터 예매했다. 아싸, 구경 간다!

사람 마음이란 게 간사하기가 이루 말할 수 없다. 도서전이 어디에서 하는지도 모르고 있었던 나는 어느새 몸에 이상이 생겨 가지 못하게 될 상황을 두려워하기 시작했다. 다행히 컨디션은 나쁘지 않았다. 기왕이면 다홍치마라고, 강사용 마이크를 사서 상경했다. 전체적으로, 정말 많은 것을 하고 돌아왔다. 그중 대부분이 동료들과의 만남과 대화였다.

운이 좋게도 칼럼을 쓸 지면이 확보되어서 나는 집에 돌아와 하루 뻗은 직후 후기를 작성했다.

인간을 너머 … 결국 다시 인간으로?[9]

내가 속한 한국과학소설작가연대의 작가들이 멍석을 깔아준 덕분에 처음으로 서울국제도서전에 가게 됐지만, 사실 천안에서 서울로 가는 동안에도, 차에서 내려 엘리베이터를 타고 1층으로 올라갈 때까지도 나는 의심을 떨치지 못했다. 선천성 근이영양증으로 인해 평생을 휠체어 위에서 생활하고, 그나마도 체력이 떨어져 학업을 포기하고 집에서만 지내며 글을 쓰는 내가 도서전에 가다니. 과연 내가 뭘 할 수 있을까?

도서전이 열린 코엑스 1층 로비는 사람들로 붐볐다. 도서전에 입장하기 위해서는 데스크에서 티켓을 팔찌로 교환해야 했다. 그 앞에 길게 이어진 줄을 보니 벌써부터 진이 빠지는 기분이었다. 가까이 다가가 보니 문제는 그게 아니었다. 혼란을 방지하기 위해 세워놓은 라인 가드가 ㄹ(리을)자로 사람들을 유도하고 있었다. 그 덕분에 '사람'들은 효율적으로 줄을 설 수 있었다. 국제도서전에서 호기롭게 외친 '비인간', 그중에서도 장애인인 나는 그들의 대열에 합류할 수 없었다. 전동 휠체어를 타고는 라인 가드가 규정한 좁고 각진 길을 나아가기 어려웠다. 물론 라인 가드는 손쉽게 해체가 가능하고, 실제로 직원분이 내가 데스크 앞으로 갈 수 있도록 라인 가드를 치워주었다. 다만, 그 과정에서 줄이 막히고 통과가 지연되는 것은 어쩔 수 없었다. 그 때문에 누군가가 불평을 늘어놓지는 않았지만 나로 인해 정체되는 상황을 아무렇지 않게 받아들이기란 쉬운 일이 아니다.

　팔찌를 착용하고 입구로 가는 동안 나는 마스크 안에서 입을 헤벌리고 가쁜 숨을 쉬었다. 차를 타고 두 시간씩 움직이는 게 힘들기도 했지만 데스크 앞에서의 몇 분은 더 부담되었다. 그래서 멍하니 들어선 전시홀을 보고 깜짝 놀랐다. 드넓은 천장에서 쏟아지는 환한 조명으로 반짝이는 부스들의 향연, 그 틈을 메우는 수많은 사람들. 나는 걸신들린 듯 주변 광경을 눈에 담기 바빴다. 그러면서 생각했다. 생각보다 괜찮네? 괜찮은 정도가 아니라 훌륭했다. 당황스러울 정도였다. 그래서 일종의 오기를 가지고 휠체어를 가로막는 무언가를 찾아 헤맨 끝에 나는 다시 한번 라인 가드를 마주했다.

　올 상반기 극장을 뜨겁게 달군 《슬램덩크》는 도서전마저 후끈하게 불을 지폈다. 사실 나는 《슬램덩크》 세대는 아니지만 사람들이 열광하는 것에는 관심이 갈 수밖에 없다. 그런데 《슬램덩크》 부스 주변에 라인 가드가 둘러싸여 있었다. 처음에는 미술관에서 하듯 부스 벽에 그려진 인물들이나 부스 자체를 보호하려는 목적인 줄 알았다. 하지만 라인 가드 안으로 사람들이 줄지어 서서 뭔가를 하고 있었다. 나의 관심은 그 선을 넘지 않았다. 아니, 못했다. 설령 누군가의 도움으로 선을 넘었더라도 휠체어를 탄 나의 눈높이로는 그 너머의 뭔가를 보기도 어려웠을 것이다.

　그러한 측면에서 따져보면 부스의 상당 부분이 내 눈높이에 맞지 않았다. 한 부스는 한쪽에 컴퓨터들을 진열해 걸어 다니는 사람들이 지나가다 바로 조작할 수 있게 했는데, 휠체어 사용자뿐 아니라 키가 작은 사람, 구체적으로는 아이나 왜소증인 사람들은 접근하기 어려워 보였다. 또 많은 부스에서 이벤트 응모를 받기 위해 아크릴 상자 같은 것들을 설치했지만 역시나 비장애인 성인 눈높이에 맞춰져 있었다. 이벤트에 당첨되면 희소성 있는 굿즈를 경품으로 받을 수 있는데, 눈높이에 따라 경품을 탈 가능성마저 제한되는 상황에 무력감부터 들었다. 물론 하고자 마음만 먹으면 부스 직원이 친절하게 도와줄 것이다. 하지만 누군가의 도움을 받는 것이 익숙하지 않거나 싫을 경우에는? 정말 타인의 도움만이 방법일까?

한참을 돌아다니던 나는 엉덩이가 배기는 것을 견디며 쉴 곳을 찾아 헤맸다. 욕창 방지용 쿠션을 쓰고 있음에도 엉덩이의 통증을 없앨 수는 없는 탓에 시시때때로 휠체어 등받이를 젖히고 누워서 쉬어야 했다. 그렇다고 사람들이 지나다니는 통로에서 휴식을 취할 수도 없었다. 나 스스로도 심리적인 저항이 있었고, 사람들의 동선에도 방해가 될 테니 말이다. 하지만 아무리 찾아 헤매도 도서전 내에는 최소한의 사생활을 보호할 장소가 없었다. 결국 비교적 사람이 적은 B홀의 구석 공간에서 휴식을 취할 수밖에 없었다. 천장을 올려다보며 생각했다. 나는 둘째치고, 수유실 같은 건 없나? 적어도 내가 다녔던 동선, 내 눈높이에서는 보지 못했다. 그뿐만이 아니라 장애인용 화장실도 보지 못했다. 화장실이 있기는 했지만 그 안이 어떤지는 알 수 없었다. 좁고 각진 내부를 확인할 엄두도 못 냈다. 코엑스 건물 어딘가에 장애인용 화장실이 있겠지만(희망 사항이다), 화장실이란 게 급한 일을 처리하는 곳이고 더더군다나 나 같은 사람은 그 과정에 많은 시간이 소요되는 탓에 화장실이 가까운 곳에 없다는 것은 거의 공포에 가까웠다.

한편, 그동안 이보다 훨씬 못한 곳들을 겪어 온 나로서는 이런 생각도 들었다. 너무 많은 것을 바라는 건 아닐까? 어쨌건 휠체어를 타고도 입장할 수 있고, 돌아다닐 수 있고, 구경할 수 있고, 책도 살 수 있다. 그 정도면 된 것 아닐까?

결과적으로 내가 도서전에서 한 일이라고는 부스 사이를 오가며 구경하고 책을 몇 권 산 정도였다. 집에서도 할 수 있는 일이다. 코엑스 옆에 살아서 동네 산책하듯 갈 수 있는 게 아니라면 굳이 책을 구경하고 사러 거기까지 갈 필요는 없지 않나. 도서전만이 제공하는 경험은 그런 것이 아니라 전적인 참여가 아닐까? 내가 알지 못했던 여러 출판사의 부스를 구경하고, 출판사에서 공들여 준비한 이벤트에 참여해 굿즈를 받고, 책을 만든 편집자와 마케터 들과 책 이야기를 하며 책을 구매하고, 작가를 대면하는 것. 도서전에서만 가능한 경험 대부분은 여전히 접근성이 떨어졌다. 그 간극을 다수의 배려와 소수의 뻔뻔함에 전적으로 의지해야만 할까?

지친 몸을 이끌고 다시 주차장으로 내려갔다. 부모님이 화장실에 간 동안 나는 복도를 빙글빙글 돌다가 유리문으로 비치는 내 모습을 보고 멈춰 섰다. 나 스스로도 소설집의 제목을 통해 '비인간'임을 자처했지만, 이번 서울국제도서전이 외쳤듯 "인간을 넘어" 추구하고자 한 '논휴먼(NONHUMAN)'이 다소 멀게 느껴졌다. 다시 말하지만 서울국제도서전은 표면적으로 접근성이 좋았다. 살면서 시설이 아닌 곳에서 이토록 다양하고 많은 장애인을 본 건 처음이었다. 그러나 앞서 이야기한 것처럼 사소한 점들로 인해 누군가는 배제되었다. 간접적인 방식의 배제도 배제는 배제다. '비인간'으로서 "인간을 넘어 (결국 다시) 인간으로" 회귀하지 않기를, 혹은 그저 도서전이라는 콘텐츠를 소비하는 소비자이자 도서전에 참여하는 작가로서 조금 더 세세한 부분이 개선되기를 바란다.

서른이지만
열일곱입니다

　내가 한창 고통에 시달리던 2018년에 방영된 〈서른이지만 열
입곱입니다〉는 신혜선, 양세종의 풋풋한 로맨스가 인상적인 드
라마로, 내가 좋아하는 드라마 목록의 베스트 5에 든다. 내용을
조금 설명하자면, 열일곱의 나이에 사고로 코마에 빠져서, 또는
트라우마 때문에 세상으로부터 달아난 서른의 두 사람에 대한 이
야긴데, 뜬금없이 이런 얘기를 하는 까닭은 드라마나 배우를 영
업하기 위한 것은 물론 아니다.

　방영된 지 5년이나 된 드라마 얘기를 하는 진짜 이유는 물론
나에 대해 이야기하기 위해서다. 문학상을 받고 한국과학소설작
가연대의 회원이 되고 그린북 에이전시에 소속돼 이제는 어엿한
직업인으로서 사회 생활을 하게 되면서 꽤 자주 내가 저 드라마
속 주인공이 된 듯한 느낌을 받는데, 그럴 때마다 나라는 사람에

대해 새삼 따져보게 된다.

1991년에 태어난 나라는 사람은 정말 서른이 맞나?(막 데뷔했던 2021년도에 처음 했던 생각인데, 드라마 제목에 끼워 맞추기 위해 잠시 나이를 위조하는 것을 허용 바란다.) 그 숫자에 걸맞는 사람인가? 장애로 인한 체력적인 문제 때문에 고등학교를 다니다 말고 집에서만 지내며 글을 쓰다 어느 날 갑자기 세상에 나와 이런저런 일을 하면서 느끼기엔, 아닌 것 같다. 나는 서른이지만, 아직까지도 고등학생인 열일곱 같다(꿰맞추는 것 같겠지만 고등학교 2학년 때 중퇴했으니 만으로 열입곱이 맞다).

이전까지 나는 아이였고, 학생이었고, 부모님의 자식이었을 뿐이다. 어쩌다가는 처치가 필요한 환자가 되기는 했지만, 그 말인즉슨 모든 것을 보호자가 대리한다는 뜻이기도 하다. 그래서 나는 그동안 사회적으로 온전한 사람이 아니었다. 나는, 내가 아니었다.

그런 내가 축하를 받고, 장애와 상관없는 질문을 받고, 동정과 연민, 호기심이 어리지 않은, 그냥 보통의 시선을 받는다. 온전한 사람, 그것도 한 명의 어른 대접을 받는다. 그렇게 받고 받고 또 받아서, 애석하게도 나는 버거움을 느낀다. 그러면서 허둥대느라 실수를 저지르고 주변 사람들에게 또 다른 종류의 민폐를 끼치는 내 모습을 돌아보면서 나는 내게 묻는다. 나는 어른 대접을 받아 마땅한, 합당한 사람인가? 쉽사리 답을 할 수가 없어서 나는 또 쪼그라들고 나의 어른됨을 부정하고 싶어진다. 두려워진다. 코마에서 13년 만에 깨어나 유리에 비친 자신의 얼굴을 보며 울부짖던 드라마 속 주인공처럼.

내가 아마도 가장 많이 폐를 끼친 사람 중 하나일 황모과 작가님은 이러한 내 고민을 듣고 내심 당황한 듯 말했다.

"생각해보면 당연하다고 할 수도 있는데 미처 생각하지 못했어요. 글을 보면 그런 생각이 안 들거든요."

시상식에서 본 김초엽 작가님이 "들어오면 재밌을 거"라고 한 한국과학소설작가연대에 가입하고 처음 자기소개 글을 쓰면서 나는 좀 무섭기도 했다. 그곳 분들 중 다수를 SNS를 통해 팔로우하고 있던 나는 그들에게 내적 친밀감을 느끼는 한편, 갑자기 그들 앞에 벌거벗고 앉은 듯한 느낌을 지울 수 없었다.

그리고 출판사와 업무 메일을 주고받는 게 생각보다 꽤 어려웠다. 기껏해야 답변이 돌아오지 않는 투고 메일을 쓸 뿐이던 내가 하루아침에 출판사 관계자와 기자 들로부터 '작가님'이나 '선생님'이라 불리며 의견을 요청받는 일이 나로서는 정말이지 압박감으로 다가왔다. 특히 수상 이전부터 장편소설 출간을 논의 중이던 출판사와의 소통은 너무나도 큰 고통이었다. 기약 없이 출간이 딜레이되면서 본의 아니게 "화려한 데뷔"를 할 수 있게 되었지만, 나로서는 그냥 원활한 소통과 진행이 더 간절했다. 그래서 나는 데뷔작이 출간되기도 전부터 작가 매니지먼트 일을 하는 에이전시에 대해 알아보기 시작했다. 그리고 그린북 에이전시의 대표 메일로 무턱대고 문의 메일을 남겼다. 다른 말로 하면 나라는 폭탄을 던지고 만 것이었다(그린북분들의 고행길 시작이랄까).

나는 에이전시라는 비브라늄 방패 뒤에 숨어 말썽이던 부분을 해결할 수 있었다. 그러면서 여전히 나의 어른됨을 의심하기는 했지만, 어깨 너머로 전문가분들이 하는 일을 보며 나는 공부했다. 느리게나마 성장했다. 그러나 그 과정에서 불가피하게 내 미숙함으로 인해 피해를 입는 분들에게 늘 죄송한 마음이다.

사실 작년에 이 에세이의 일부를 포스타입에 연재하던 나는 어느 날 갑자기 에필로그를 쓰고 삼십육계 줄행랑을 쳤다. 어린 시절 이야기를 그야말로 미친 듯이 써 올리며 내 민낯을 까발리는데 어떤 희열마저 느끼던 나는(좀 변태 같다) 정신적으로 바닥을 찍었던 때 이야기를 쓰며 다시 무너져버리고 말았다.

급하게 에필로그를 써 올리고 거의 한 달을 잠수 상태로 보냈다. 연재를 챙겨보던 정보라 작가님은 왜 이렇게 갑자기 끝내냐고 포스팅까지 했는데, 사실 나도 내가 좀 어이가 없었다. 불과 며칠 전에 에세이를 연재하며 너무 행복하다고 하지 않았나? 근데 이렇게 폭삭 무너진다고? 원체 미련 곰탱이 같아서 심하게는 사선도 넘나들곤 했지만, 아무리 그래도 이건 좀 심하지 않아? 처음에는 번아웃이 온 줄 알았다. 감사한 일이지만 일이 끊이질 않았다. 오죽하면 잠수 상태에서도 글을 썼다. 다행히 글을 쓰는 동안에는 그런 대로 버텼는데 그러고 나서 컴퓨터 앞에서 나오면 울고 싶어졌다.

도저히 안 되겠어서 나는 SNS에라도 조금씩 징징거리기 시작했다. 동료 작가님들이 힘을 주었다. 조심스럽게 정신과 치료를 받아볼 것을 제안해준 작가님도 있었다. 감정적으로 최악이었던 과거에도 나는 정신과 진료를 고민했지만 결국 가지 않았는데, 그때와 지금은 여러모로 상황이 달랐고 나는 엄마한테 말했다.

"토요일에 뭐 없나?"

아무래도 병원에 가기 위해서는 차를 타야 하니 아빠가 집에 있는 토요일에 다른 일이 없는지 확인했던 것이다. 엄마는 아무일도 없다며 이유를 물었다.

"정신과 가보려고."

그러면서 최근의 얘기를 했다. 연재 중인 에세이를 읽어 왔던 엄마는 무슨 상황인지 이해했다. 엄마는 오히려 김이 샐 만큼 가볍게 말했다.

"가까운 데 걸어서 가면 되지. 내가 봤어."

그렇게 나는 엄마가 봤다는 병원으로 갔다. 걸어서 5분 거리에 있는 내과에서 정신과 진료도 하는 거였다. 천안역 부근은 여전히 휠체어를 타고 다니기엔 다소 낙후돼 있지만 그래도 가는 것은 가능했다. 상가 엘리베이터 문이 열리고, 휠체어를 들어서 직각으로 돌려 세우지 않으면 문이 닫히지 않을 만큼 작은 실내에 잠시 당황하기는 했지만, 결국 엄마와 난 의사와 마주했다. 개인적으로는 엄마가 나가 있었으면 했는데, 왜냐하면 휠체어 탄 자식을 데리고 와서 정신과 상담을 받는 상황이 엄마한테 미안했기 때문이다. 그렇다고 나가 있으라고 하기도 좀 웃겨서 그냥 있었다.

의사는 쿨했다. 엄밀하게 말하면 병조차 아니라는 우울증은 그냥 관리하는 거라며 의사는 시종일관 별거 아니라는 태도를 보였다. 처음 오는 사람한테는 약도 권하지 않는다는 의사의 스타일이 마음에 들었다. 딱 하나만 빼고.

의사는 나의 우울증이 휠체어를 타야 하는 나의 장애에 있다는 가정 하에 말하고 있었다. 그의 논리대로라면 내가 우울한 건 너무나 당연한 일이었다. 따라서 이상할 것은 아무것도 없었다. 아마 나를 안심시킬 목적이었겠지만, 그 너무나도 당연한 전제가 나는 좀 실망스러웠다. 그것만 제외하면, 나름 좋은 경험이었다. 의사 말대로 그렇게 약도 타지 않고 집으로 돌아왔는데, 확실히 아무것도 아니긴 했다. 좀 나아진 것 같기도 했다. 에세이를 쓰기 직전의 컨디션을 회복하기까지 시간이 좀 걸리기는 했지만, 어쨌든 한 고비는 넘긴 셈이었다.

비록 약조차 처방받지 않은 그야말로 나일롱적 경험이기는 하지만 태어나 처음 정신과 상담을 받고 온 것이 나로서는 또 한 바퀴 나아간 것 같다는 느낌이 들었다. 그리고 그럴 수 있었던 건 나에게 어려운 이야기를 해준 동료 작가님들 덕분이었다. 나는 데뷔 이후 줄곧 느껴 온 연대에 대한 감사의 마음을 글로 전했다. 사실 우울증이란 게 흔하다면 흔한 병인지라 여러 작가님들이 자신의 경험을 들며 격려와 제안을 해주었다. 함께 운영위원회 일을 하는 길상효 작가님은 본인의 그림책과 굿즈를 보내주었는데 그분이 그린 감자는 보는 것만으로도 따뜻한 느낌이었다.

어느 날에는 내 번호로 택배 문자가 와서 확인해보니 에이전시에서 보낸 거였다. 이쯤 되니 좀 민망해졌다. 내가 대체 얼마나 징징댄 거지? 하지만 이렇게 징징댈 사람들이 있고, 또 기꺼이 궁뎅이를 토닥거려주는 사람들이 주변에 있다. 나는 에이전시에서 보내준 아로마 오일을 뿌려 킁킁대며 말 그대로 힐링했다. 더없이 감사했다.

따지고 보면 내가 그 당시 우울했던 배경에 나의 장애가 있기는 하다. 아닌 게 아니라 선천성 근이영양증이 아니었다면 내 스스로를 사회로부터 격리시키지는 않았을 테니까 말이다. 하지만 또 아는가? 헤르만 헤세의 인물들처럼 방랑과 방황을 거듭하다가 결국 물에다 몸을 던질 수도 있지 않을까? 누가 알겠어.

사실 나는 잘 우울해한다. 작가로 데뷔하고 다시 사회 생활을 하는 요즘도 나는 부침을 겪고 때때로 멜랑콜리해지며, 아주 가끔은 적당한 우울감을 즐기기도 할 정도다. 에세이를 교정 중인 요즘도 꽤 힘든 시간을 보내고 있는데, 어쩌면 그냥 여름을 타는 걸지도 모른다. 원래는 안 그랬지만 알다시피 기후가 변하고 있잖은가. 뭐, 그런 식으로 생각하면 좀 낫기는 하다.

그렇기는 해도 이제는 그리 멀지 않은 곳에 내가 우울하다는 것을 말할 수 있는 사람들이 있다. 물론 앞으로도 계속해서 우울할 때마다 그들에게 징징대겠다는 말은 결코 아니다. 그저 그럴 수 있는 사람들이 있다는 사실만으로 말도 못 하게 안도가 된다. 그리고 그중에는 내가 징징대지 않아도 은근슬쩍 안부를 물어주는 사람들도 있다. 이 얼마나 경이롭고 감사한 일인지. 그들에게는 갚을 길 없는 은혜를 입고 있다. 그분들에게 무한한 감사를 표한다.

3장 ·················· SF라는
경이로운 세계

'비정상적' 존재의 외로움

"도대체 왜?" 나도 묻고 싶다. 왜 사람들은, 왜 SF인지 궁금한 걸까? 왜 순문학(이라고 하는 것)을 쓰는지에 대한 질문은 못 들어 본 것 같은데. 차라리 그보다는 왜 '소설을 쓰는지'가 더 앞선 궁금증이 아닐까? 아니다. 왜 '작가를 하는가'? 이것도 아니다. 왜 '일을 하는가'? 그냥 왜 '사는지' 물으면 안 되는 걸까?

정말 몰라서 허튼소리를 늘어놓고 있는 것은 아니다. 사람들이, 왜 (하필이면) SF를 쓰는지에 관심을 보이는 이유는 (그들이 바깥에서 보기에) SF는 장르적 소수이기 때문일 것이다. 2, 3, 5, 7, 11, 13…… 이런 거 말고. 장애인, 퀴어 등을 싸잡아 지칭하는 라벨로서 소수. 인간은 본능적으로 지각되는 모든 것을 분류하며, 그렇게 라벨링이 된 대분류에 속하지 않는 부스러기 같은 것들을 성가셔하는 경향이 있는 듯하다.

그런 부스러기가 자꾸 눈앞에서 알짱거리면 사람들은 매우 예민해진다. 다수의 사람들은 쉽게 분노한다. 가령 이동권 보장 운동을 하는 장애인에게 "시민을 볼모로 잡는 테러리스트"라며 욕을 퍼붓는 것도 모자라 '이동약자'라서 마음대로 움직일 수 없는 그들을 "지구 끝까지 찾아가 사법 처리"하겠다는 해괴하기 짝이 없는 말을 한다든가, 퀴어들이 모여 광장을 걷는 것을 두고 "사탄의 간악한 계략질로 동성애를 퍼뜨린다"며 입에 거품을 물고 혈압으로 쓰러지는 식이다.

SF에 대한 분노는 그나마 '교양'과 '격식'을 갖춘 셈인데, 소위 문단에서 '에헴' 하는 어르신들은 "SF는 문학이 아니"며 어쩌다 자신들의 글에 SF적 요소가 들어가 있는 경우에도 '에헴' 하며 "그것은 SF가 아니라 사람에 대한 이야기"라고 한사코 선을 긋는 정도다. 물론 그들이 모종의 행위 예술을 하는 것일 수도 있다. 어쨌거나 예술가들이지 않나.

최근에는 이러한 태도가 분명히 바뀌어 가고 있다. 적지 않은 사람들이 쉽게 분통을 터뜨리는 대신에 한 번쯤 생각해보게 된 것이다. 이 얼마나 장족의 발전이 아닐 수 없지 않은가(?). 하지만 고정관념이나 선입견은 결코 만만한 상대가 아니라 웬만한 사람들은 결국 답을 찾지 못한다. 그러고는 당사자들에게 묻는다. '왜 시위를 합니까?' '왜 행진을 합니까?' 그리고 '왜 SF를 씁니까?'

나는 무언가를 설명하고 해명하고 증명하지 않으면 안 되는 숙명 또한 가지고 있는 걸까? 와, 라임 오졌다.

SF에 대한 설명과 해명과 증명은 사실 이미 많은 작가들이 해왔고 지금도 하고 있다. 이 에세이를 읽는 사람이라면, 나의 엄마를 비롯한 가족 친척들을 제외하고는, 필시 SF를 좋아해서 SF라면 지나가던 최의택의 글조차 읽어버리는 부류일 테니, 이미 귀에 못이 박히도록 들었을 이야기를 구태여 나까지 복사 붙여 넣기할 필요는 없다고 생각한다.

그래서 SF에 대한 나의 미천한 장르론은 생략하고, 나와 SF의 관계에 대해 써보려 한다.

나는 'SF'가 싫었다. 진짜다. 사실 내가 SF라는 명칭을 알게 된 것도 비교적 최근이지만, 아무튼 어렸을 때부터 봐 온 영화나 만화 중에서 '부정적'인 기억으로 남아 있는 것은 신기하게도 죄다 SF였다.(어느 작품이 SF인지 아닌지를 따지는 문제가 있기는 하지만, 그냥 넘어가기로 하자. 역시 인간은 재밌다.) 대충 제목을 열거해보면 〈바이러스〉〈은하철도 999〉〈터미네이터〉〈바람계곡의 나우시카〉〈에일리언〉〈아마겟돈〉〈공각기동대〉〈매트릭스〉〈아바타〉〈아이, 로봇〉〈에이 아이〉 등등. 여기에 게임까지 더하면 그 목록은 끝없이 이어질 것이다. 그러나 소설은 SF로서 기억에 남는 게 없는데, 《톰 소여의 모험》과 《나의 라임 오렌지나무》 사이에 SF라고 할 만한 게 끼어 있을 것 같진 않다.

잠깐. 이쯤에서 내가 말한 '부정적'의 의미를 설명해야 할 것 같다. 저 목록의 대작들을 내가 전부 안 좋게 보는 게 사실이라면 아무래도 논란이 될 만한 '눈'을 가졌다고 봐야 할 테니 말이다. 이것은 분명 해명이 필요한 일이다. 그러나 해명에 앞서 나의 경험을 소개해보는 것도 나쁘지 않을 것이다.

때는 바야흐로 2000년(아마), 충청남도 아산시의 외갓집에서 있었던 일이다. 저녁을 먹고 나서 어른들이 바깥으로 2차를 가고, 나와 동생, 그리고 사촌동생, 사촌형 넷이서 TV를 보는데 뭔가 분위기가 심상치 않았다. 좁고 어두컴컴한 실내에서 사람들이 죽어 나갔다. 도무지 그 형태를 알아보기 힘든 괴생물체가 괴소리를 내면서 기기괴괴한 짓거리를 일삼는 것을 지켜보는 게 그 영화의 최대 목적인 듯했다. 끝에 가서는 결국 괴물을 해치우기는 했지만, 그 끝도 충격적이긴 마찬가지였다. 영화 중간에 괴물이 잉태되어 죽을 뻔했던 여자가 자신이 낳은 괴물의 최후를 지켜보는데, 벽에 뚫린 구멍으로 빨려 들어가는 그 괴물과 여자의 관계가 너무나 기이했기 때문이었다. 때마침 장애와 관련된 이야기들을 쓰고 있으니 그럴듯하게 그들의 관계와 나와 엄마의 관계를 연결 지어 볼 수도 있겠으나 그것은 엄연히 사기에 불과할 것이다. 그때 나는 다만 무서웠다. 그날 나는 악몽을 꾸고 잠에서 깨 오열을 했다. 나 때문에 가족 친척 모두가 잠을 못 잤다.

나의 '부정적'인 기억은 대체로 악몽과 관련이 있고, 악몽의 원인은 물론 SF였다. 바다에서 조난당한 사람들이 의문의 선박에 오르는데, 거기에서는 기계가 기계를 만들고 있고, 만들어진 기계가 사람을 죽여 기계화를 시킨다. 사람의 뇌 속에 심어진 칩의 모습을 나는 아직도 잊지 못한다. 그 밖에도 생체 실험을 통해 변이된 사람들, 미래에서 온 인조인간, 의체를 옷 갈아입듯 교체하는 전뇌인간의 존재들은 내게 악몽과도 같았다.

이와 관련지어볼 만한 또 다른 에피소드가 있다. 감기 몸살로 학교에 가지 않고 집에서 땡땡이를 치며 TV를 보던 중이었다(TV는 정말 유해한 것 같다). 뉴스에서 장애인 수영 선수를 소개하고 있었는데, 그의 한쪽 다리에 뭔가 이상한 게 달려 있었다. 나는 그것이 의족이라는 것조차 몰랐다. 그저 그 '물건'이 무섭게 느껴졌다. 그것과 나를 연결 짓지 않을 수 없었다. 나도 나중에 크면 내 다리를 자르고 저런 걸 달고 살아야 하는 건 아닐까? 결국 나는 또 울음을 터뜨리고 말았다.

나는 나의 장애를 의식하지 못했던 만큼 정상과 비정상의 이분법에 익숙했던 것 같다. 그러다 SF를 통해 그 경계가 허물어지는 경험을 하면 견딜 수가 없었다. 명확히 인지했을 리는 없지만, 그것은 강제로 나의 '비정상'을 마주하는, 썩 유쾌하지만은 않은 경험이었던 셈이다.

재밌는 건, 어렸을 때 무서워했던 요소들을 습작 시절부터 써왔다는 사실이다. 내가 천사들의 이야기를 쓰다 지쳐 잠깐 딴짓을 하는 차원에서 쓴 중편소설이 있다. 설정은 이렇다.

오랜 시간 연락이 되지 않은 연구소에 특수부대가 투입되는데, 그곳에서 웬 어린아이를 발견한다. 아이의 아버지인 연구소장은 죽은 모양이다. 그가 남긴 기록을 좇아 연구소를 헤매는 동안 사람들이 하나하나 사라진다. 범인은 당연히 그 어린아이다. 사실 그 아이는 연구소장이 죽은 제 자식을 그리워해서 만든 인공지능 로봇이었다. 그 로봇은 홀로 연구소에서 외롭게 지내며 그곳을 찾아오는 특수부대 요원들과 죽음의 숨바꼭질을 했던 것이었던 것이었다.

나는 SF가 '비정상적' 존재의 외로움을 다루기에 더할 나위 없는 도구라는 것을 그냥 알았던 것 같다. 그리고 실제로 SF는 오늘날의 대한민국에서 '비정상적' 존재의 외로움을 다루는 데 많이 사용된다.

그렇다면 SF의 무엇이 그것을 가능하게 하는 걸까? 어렸을 때 나를 울렸던 '경계 허물기'가 아닐까?

SF는 세계를 편집할 수 있는 권한이 작가에게 주어지는 몇 안 되는 장르다. 물론 아무렇게나 막 만드는 것은 별 의미가 없다. 작품을 읽는 사람이 그 가상의 세계를 방문하고 느꼈으면 하는 효과(대개는 읽는 이를 '소외'시키는)가 제대로 발생할 수 있게끔 설계해야 한다. 사실 중요한 건 효과이지 세계 자체는 아닌 것 같다. 꼭 세계일 필요도 없다. 어느 날 갑자기 뚫린 싱크홀과 초능력일 수도 있고, 사막화를 촉진하는 특수한 먼지일 수도 있으며, 고장 난 로봇 기수일 수도 있다. 그리고 완전몰입형 가상현실 중

고등학교일 수도 있는데, 이러한 장치가 읽는 이로 하여금 애초 예상했던 효과, 가령 우리가 굳건하다고 믿고 있던 경계가 사실은 이토록 위태로운 것이었음을 느끼게 한다면, SF로서 할 몫은 다했다고 생각한다.

당연한 말이지만 이것만이 SF의 전부는 아니다. 그 전부를 내가 알고 있는 것도 아니고, 과연 '전부'라는 게 존재하는지도 잘 모르겠다. 모든 게 그렇지만, 여기에서도 취향이 작용한다. 내 취향에 맞는 것은 위에서 말한 세계 혹은 장치를 활용해 효과 발생시키기, 그리고 또 하나는 설명이다.

과학적 정합성에 대한 설명을 말하는 건 아니니까 침착하자. 내가 말하는 설명이란, 일종의 가설이다. 어떤 데이터를 두고 가설을 세운 뒤 그것이 맞는지 검증해보는 과정을 통해 인류는 땅으로 떨어지는 사과와 약 76년에 한 번씩 모습을 드러내는 혜성이 동일한 방식으로 움직인다는 것을 알아냈으며, 사람들이 역할을 수행하는 과정에서 악마적인 행동도 서슴지 않을 수 있다는 것을 알아냈다. 마찬가지로 SF적 가설을 통해 우리는 우리가 사는 세상에 대한 설명을 얻을 수 있다. 여러 SF적 가설에 따르면, 인간은 차별에서 벗어날 수 없고, 기후 변화로 인한 재앙을 막기에도 역부족이다. 하지만 그럼에도 소수의 사람들은 어떻게든 살아남아 새로운 시작을 해낼 것이다(모든 가설이 맞는 것은 아니다). 그렇게 얻어낸 설명은 우리가 이 혼돈의 세상에서 버틸 힘이 되어줄 수 있다.

그리고 기본적으로 SF는 '왜'와 아주 밀접한 관련이 있다고 생각한다. 나는 어렸을 때 '왜'로 어른들을 난처하게 만드는 꼬마 빌런이었다.

우리가 사는 우주는 빅뱅에 의해 생겨났고 지금도 팽창하고 있다. 시간을 거꾸로 감으면 우주는 다시 쪼그라들고 마침내 점으로 수렴한다는 이야기를 접하고 어렸을 적 나는 생각했다. 그렇다면 그 점이 있는 곳은 어떻게 생겼을까? 나는 우리 집이나 초원 같은 공간을 떠올려보다가 엄마한테 물어봤다. 그랬더니 돌아온 반응이 꼬마 빌런의 심지에 불을 붙였다. 나는 만나는 어른마다 붙들고 물었다. 빅뱅 이전의 세상은 어떻게 생겼어요?

'왜'를 궁금해한다는 건 결국 상상해본다는 것이다. 우리의 먼 선조들이 밤하늘에 수 놓인 은하수를 올려다보며 천문학의 기틀을 마련한 것처럼, 우리는 SF를 통해 우리가 사는 혼돈의 세상에 대고 '왜'라고 소리쳐 물음으로써 혼란스러운 상황을 조금이나마 이해해볼 수 있다.

어쩌면 최근 SF가 급부상한 데에는 이러한 점도 영향이 있는 게 아닐까? 어느 날 갑자기 나타난 것 같은 인공지능이 사람을 대리자로 앉혀놓고 천하의 이세돌을 바둑으로 꺾었다. 그 후로 세상은 4차 산업 혁명이라는 말을 앞세워 사람들을 혼돈에 빠뜨리고는 마치 설국열차처럼 맹목적으로 재앙의 늪으로 달려 나갔고 지금도 그 속도에 박차를 가하고 있다. 일부 사람들은 정신을 차리고 열차의 속도를 줄이기 위해 애쓰고, 다른 대부분의 사람들은 여전히 상황을 파악하지 못해 발만 동동거린다. 그들에게 필요한 건 매뉴얼이다. 세상에 대한 매뉴얼. 그러나 너무 딱딱하지 않고, 재미있는 매뉴얼.

어렸을 때 나를 울린 SF는 사실 무서운 게 아니었다(〈바이러스〉는 무섭기는 했는데 최소한 무섭기만 한 것은 아니었다). 그보다는 경이감에 따른 충격과 전율, 그리고 여운에 가까운 것이었다. 어렸을 적 나는 그러한 감각을 즐길 줄 몰랐다. 그래서 단순히 두려움으로 착각하고 울어버렸다. 그러면서도 그 감각을 뼛속 깊이 담아 두고는, 훗날 이야기를 지으면서 나도 모르게 그런 형식을 흉내 냈다.

몇 년 전까지만 해도 나는 전동 휠체어를 타고 곧잘 산책을 나갔다. 한 해 한 해 확실하게 산책의 반경이 좁아지는 중에 어쩌다 보니 그 한계에 위치한 역에 다다랐다. 무슨 바람이 들었는지 엄마나 나나 안 하던 행동을 했다. 등산객을 비롯한 많은 사람들로 좀처럼 자리가 나지 않는 엘리베이터를 타고 역사에 들어가보기로 한 것이다. 몇 번 해보려다가 언제나 그 앞에 서 있는 사람들을 보고 그만두었던 우리였다. 구태여 아쉬운 소리 하면서 그네들 틈에서 특수한 존재가 되고 싶지는 않았기 때문이다. 그랬던 엄마와 내가 역시나 엘리베이터 앞에서 기다리고 있는 사람들 뒤에 섰다. 역사 엘리베이터는 다 그런지 모르겠지만 엄청 작고 엄청 느리다. 한참 만에 내려온 엘리베이터에는 사람

다섯이 들어가자 나까지 들어갈 자리가 없었고, 결국 화려한 등산복 차림의 사람들이 먼저 위로 올라갔다. 엘리베이터가 다시 내려오길 기다리는 동안 또 사람들이 우리 뒤에 자리를 잡고 떠들었다.

엘리베이터가 도착하고 엄마와 난 그 안에 올랐다. 뒤에서 사람들이 어떻게든 몸을 욱여넣어 들어왔다. 그 사람들이 떠드는 소리를 듣고 있자니 괜한 일을 했다는 생각이 들어 짜증이 났다. 왠지 엄마가 나한테 미안해할 것 같아 화까지 났다. 엘리베이터는 또 한참을 움직였지만, 채 10미터도 안 올라가서 우리를 토해냈다. 아래에서 본 사람이 이미 등을 보인 채 걸어가고 있었다. 당연히 계단이 빨랐다.

우리와 함께 엘리베이터를 타고 올라온 등산객들이 바람처럼 사라지고, 엄마와 난 천천히 역사 복도로 나아갔다. 나는 신기하기도 했지만, 글 쓰는 데 쓸 만한 디테일을 찾느라 정신이 없었다. 하지만 워낙 작은 곳이어서 볼 건 없었다. 이대로 다시 내려가긴 아까워서 우리는 그대로 반대편 출입구로 나갔다. 기다란 길이 나타났고, 그 한편에서 할머니가 직접 뜯은 야채를 팔고 있었다. 엄마가 관심을 보이는 동안 나는 전진했다.

그 기다란 길은 육교였다. 서울로 향하는 6차선 대로를 가로지르는 육교 위에 내가 있었던 것이다. 나는 좀 떨리는 마음으로 조금씩 속도를 높였다. 타이어를 통해 바닥의 상태는 물론 그 아래에서 달리는 차들의 진동까지 온몸으로 전달되었다. 나는 잠시

멈췄다. 그리고 천천히 옆으로 돌았다. 내 시야가 6차선 도로를 향했다. 무수히 많은 차가 나를 향해 달려오는 것을 온몸으로 느끼며 나는 또 왈칵 눈물을 쏟았다. 검은 비닐봉지를 들고 뒤늦게 따라온 엄마가 놀라서 왜 그러냐고 물었지만, 나로서는 그 느낌을 설명할 수가 없었다.

지금은 가능할 것 같다. 중학교 3학년 때 수술로 곧아진 내 허리를 보고 울음을 터뜨린 것도, 영화 〈아바타〉를 보면서 하반신이 마비된 주인공이 아바타를 통해 비틀거리며 뛰쳐나가 달리던 장면을 보며 눈물을 줄줄 흘렸던 것도 결국은 다 같은 이유였다.

경이감.

이것이, 내가 SF를 쓰는 이유다.

쓰기의
이유

나는 국어 시간을 싫어했다. 진짜 무지하게 싫어했다. 워스트 3위 안에 들었다. 도대체 작품을 눈앞에 두고 왜 저자와 그가 살았던 시대, 작품의 주제나 소재, 기승전결의 개요 따위를 기계적으로 받아 적고 외워야 하는지를 지금도 이해할 수가 없다. 선생님이 칠판에 빼곡히 저러한 것들을 적으면 반 아이들 모두 책에 머리를 파묻고 받아적는 소리를 들으며 나는 그 작품의 본문을 읽었다. 교과서에 실리는 소설은 너무 짧았다. 개중에는 결말이 없는 것도 있었다. 그래서 다 읽고도 아직 필기가 끝나지 않았으면 그냥 그다음 작품을 읽었다. 퍽 긴 소설이 나왔는데 수업 시간 동안 다 읽지 못하면 쉬는 시간에도 교과서를 놓지 못할 때도 있었다. 그렇게 매 학기가 시작되고 얼마 지나지 않아 나는 국어 교과서를 다 읽어버리고는 적당히 딴짓을 했다.

그래서 고등학교 국어 시간에 선생님이 내가 쓴 과제(내가 죽기 전에 꼭 해보고 싶은 세 가지)를 읽어보고 내게 했던 말을 들으며 나는 속으로 웃었다.

"소설 같은 걸 써보는 건 어때?"

내가 살면서 떠올려본 미래의 내 모습 중 소설가는 없었다. 하다못해 그 비슷한 것도 없었다. 게다가 난 학교에서 가끔 원고지 20장 분량의 글을 쓰는 일조차 하기 싫어하는데? 어쩌다 주제가 부모님에게 쓰는 편지여서 상을 탄 적이 있기는 하지만. 글을 쓰지 않을 수만 있다면 물로켓 만들기나 그림을 그려서라도 피해 다니던 나였다(물론 앞서 말했듯이 해야 하는 상황에서는 마감을 어긴 적은 없었다). 그렇기에 나는 선생님의 말을 적당히 흘려들었다.

그때 선생님은 내가 쓴 글에서 무엇을 보았기에 뜬금없이 소설 쓰는 일에 대해 말했을까. 아니면 내가 결국 글을 쓰는 일밖에 할 수 있는 게 없게 될 거란 걸 알아봤던 걸까?

그로부터 약 3년이 지나고, 나는 정말로 소설을 쓰게 됐다. 그리고 그 일을 10년이 넘도록 그만두지 않았다. 결국에는 문학상을 받으며 어엿한 직업인으로서 활동하고 있다.

내가 글을 쓰는 일을 하게 된 것만큼이나 이해할 수 없는 게 하나 또 있다. 어떻게 10년을 넘게 글을 쓸 수 있었을까?

나는 좀 빨리 질리는 경향이 있다. 얼마나 심각하냐면, 게임이건 영화건 2회차 이상을 플레이하거나 본 적이 손에 꼽힐 정도다(아주 특별한 예가 있지만 논외로 하자). 두 번째부터는 어떤 장면이나 스테이지에서 느꼈던 감정과 기억이 너무나도 생생하게 되살아나는 탓에 집중력이 떨어지다 못해 아예 없어진다. 책의 경우에는 그나마 덜한데, 이것도 장편소설에나 해당되는 얘기고, 단편소설은 재독하기가 매우 어렵다.

사실 글쓰기도 길어야 2~3년 하다가 말겠지 했다. 내 생각만이 아니라 엄마도 내가 이렇게 오랫동안 한 가지 일을 하는 것 자체를 약간 기특하게 생각한다. 게다가 요즘에는 내가 '작가'로서 활동하는 것을 내심 신기해하는 것 같다. 왜 안 그렇겠는가.

그 누구보다 내가 궁금한 것이기도 하기에 나는 이에 대해 퍽 오랜 시간 생각해 왔다. 사실 이렇다 할 답을 얻지는 못했지만, 몇 가지 가능성 있는 요인은 가려낼 수 있었다.

첫째로, 글쓰기는 늘 새롭다. 작품 하나하나가 다르기 때문일까? 그것도 분명 영향이 없진 않지만, 작가 단위로 독서를 하는 사람이라면 그것이 다는 아니라는 것을 알 것이다. 정유정 작가님이 인터뷰 때마다 하는 말처럼, 작가는 본인이 의식하건 아니건 간에 평생을 한 가지(많게는 두세 가지) 주제에 천착하는 경향이 있다. 그 말을 한 정유정 작가님 본인은 악이라는 것에 천착하는 것으로 보인다. 많은 스릴러 소설 작가가 기본 바탕으로 깔고 있는 주제이기도 하다. 나 역시 관심 있는 주제라 한동안 사이코패스 같은 불가해한 것에 대해 공부하던 때가 있었다.

최근에는 SF를 바탕으로 삼아 소외라는 것에 천착하고 있는데, 아직 많은 글을 발표하지는 않았지만 벌써 어느 정도 경향성이 보이는 듯하다. 처음 소설집 출간 논의를 했던 출판사에서는 나의 최근 작품들을 검토한 뒤 정중히 거절 의사를 밝혔다. 편집자님의 테이블 위에는 이미 나의 데뷔 전 소설들이 올려져 있었다.

"이렇게 다양하게 쓸 수 있다는 걸 아니까 시간이 걸리더라도 기다리겠습니다."

결국 소설집은 다른 곳에서 나왔다. 작품 하나하나가 다르기 때문에 글쓰기가 늘 새로운 것은, 적어도 내 경우에는 맞지 않는 것 같다. 그렇다면 뭘까.

아마 작법론에 관심을 갖고 있는 사람은 들어본 얘기일 텐데, 글쓰기는 배우고 겪어도 언제나 어렵다. 좀 더 직접적으로 말하면, 언제나 백지에서 시작한다(다크 모드를 사용하는 경우, 흑지에서 시작한다). 그게 뭐 대수냐고 생각할 수 있지만, 백지란 실로 무시무시한 존재다. 오죽하면 '백지 공포증'이란 말이 있겠는가(하지만 '흑지 공포증'이라는 말은 없는 걸 보면 역시 다크 모드가 짱이다). 우주의 진공 상태와 같은 백지를 마주한 채 뭔가를 끄적이기 시작하는 것은 분명 두려운 일이다. 역설적이지만 그래서 사람을 자극하는 면도 있다. 마치 번지점프나 익스트림 스포츠처럼 말이다. 나는 아마 근육병이 아니었다면 필시 하드코어한 체육인이 되었을 것이다. 최소한 취미 생활로 즐겼을 것 같다. 그래서 내가 매번 백지에 몸을 던지는 위험천만한 일을 즐기는 거라면 어느 정도는 납득이 간다. 안 그런가?

또 한 가지 가능성으로는, 글쓰기를 통해 결국은 내 얘기를 한다는 점이다. 자기 얘기하는 것에 질리기란 참으로 어려운 일인 것 같다.

　이 에세이처럼 직접적으로 나에 대해 이야기하는 게 아니더라도, 소설을 쓰는 과정에서는 좋든 싫든 자기 자신이 투영될 수밖에 없다. 최근에는 아예 오토 픽션, 즉 자전적 소설이 큰 인기를 끌고 있으며, 그 정도까지는 아니더라도 당사자성이 매우 높은 가치를 지니고 있는 것은 사실이다. 나 또한 그러한 흐름의 수혜를 입고 있다 할 수 있을 텐데, 문학상 수상이야 당연히 그것과는 무관하지만, 이후에 들어온 첫 청탁은 다름 아닌 장애 특집호에 실을 단편소설이었다. 나의 장애 정체성은 작가로서 내 행보에 영향을 끼칠 수밖에 없고, 그것이 특기할 만한 사안도 아니다. 막말로, 수학을 전공한 작가에게 과학자의 흑역사를 소재로 청탁을 한다면 이는 무척 흑역사스러운 결과로 이어질지 모른다.

　그런데 간혹 억지로라도 소설에 자신을 투영하지 않으려 노력하는 사람이 있다. 그게 가능한지는 차치하고, 그런 노력 자체가 어쩐지 돈키호테를 떠올리게 하는 것 같다. 한마디로 제정신이 아닌 것 같다는 말이다. 그건 마치 자신이 지니고 태어나 일평생을 신체 일부처럼 다루던 무기를 내팽개치고 전쟁터에 뛰어드는 꼴이 아닌가. 그러고도 살아남을 수 있을 만큼 자신이 대단하다고 생각하는 걸까? 백 번 양보해서 대단하다고 치자. 하지만 세상에는 헤아릴 수 없이 많은 사람들이 글을 쓰고 있으며 그중 적지 않은 수의 사람들이 대단하다. 무엇보다 그들은 특별한 무기를 가지고 있다. 자신이 투영되기를 거부함으로써 가지고 있던 무기를 내팽개친 사람이 저 특별한 고수들을 이길 수 있다고 생각한다고? 정말? 그런 사람이 있다면 어디 얼굴 한번 보고 싶다.

그래서 나는 거울을 들여다본다. 거울 속 삐딱하게 앉아 있는 내가 보인다. 나는 나의 장애를 외면했듯이 그로 인한 투영을 거부하고 있었다. 물론 습작 시절의 얘기다.

나는 소설을 일기와 구분하는 꼰대였다. 그래서 내가 쓰는 소설에는 '장애인'이 등장하지 않았다. 그 이유야 군이 설명할 필요가 없을 것이다. 나는 사이코패스와 소시오패스, 나르시시스트 들이 사람을 죽이거나 그것보다 더한 고통을 선사하는 소름 끼치는 이야기들을 탐닉했다. 각각의 정신질환의 진단 방법과 그러한 질환을 앓고 있는 자들의 행동 양태를 숙지하고 심지어는 그들처럼 생각하는 척하며 이야기를 구상했다. 그 결과 내가 써낸 것은 잘해봐야 정유정의 팬이 그를 흉내 낸 아류, 아니 삼류일 뿐이었다.

게다가 나의 투영을 막는 데도 성공하지 못했다. 내가 처음 쓴 소설부터, 장애인이 나오지 않았을 뿐, 결국 따져보면 소외에 관한 이야기였던 것이다. 그걸 난 비교적 최근에야 깨닫고 난감해하는 중이다. 인터뷰 때 그동안 장애에 대한 이야기를 일부러라도 피해서 글을 썼다고 했는데, 결과적으로 보면 거짓이 되어버리니까 말이다.

내가 뭣도 모르고 TV에서 광고하던 문학상에 응모한 소설에 대해 이야기하자면 이렇다(존, 잇츠 아워 쇼타임).

천사라는 존재가 실재하지만 아무도 그 사실을 알지 못한다. 왜 사람들이 모르냐면 천사들이 그렇게 만들었기 때문이다. 사실은 인간 사회의 꼭대기에 위치한 천사들이 각계각층에 보이지 않는 손을 휘둘러 사람들을 조종하는 세계인 것이다. 그 세계에 루시퍼가 환생하게 되는데 본인은 제 정체성을 모른다. 그리고 자신을 죽이려는 천사들로부터 도망치며 조금씩 그 세계의 진실에 대해 알아간다.

어떤가, 벌써부터 몸서리치게 진부하지 않은가? 하지만 그때 난 그것을 몰랐다. 그리고 그 천사들이 무엇을 의미하는지도 몰랐다.

공모전에서 떨어진 나는 도대체 이 원고(쓰레기)를 어떻게 처리해야 할지 알 수가 없었다. 구글 신께 아뢰니 길이 열렸다. 문피아 같은 소설 연재 사이트가 존재했던 것이다. 나는 나의 원고(쓰레기)를 쪼개어 올리며 그 뒷이야기를 썼다. 정확히는 앞이야기였다. 천사들은 대체 어떻게 인간을 조종하는 프리메이슨적 존재가 되었는가.

놀랍게도(그러나 당연하게도), 그 천사들은 '괴물'이었다. 늙지 않고 괴력을 지녔으며 특수한 능력을 소유한 데다 결정적으로 등에 날개가 달린 그 존재들은 사람들에게 혐오의 대상이었다. 그래서 그들은 사람들로부터 떨어져 외로운 생활을 했다. 그런데 라파엘이라는 어린 괴물은 자신을 키워준 노인이 자기 때문에 죽임을 당하자 생각을 고쳐먹는다. 그는 자신 같은 존재들을 찾아다니며 힘을 키운다. 마침내 이집트의 통일까지 이루지만 예상치 못한 발견을 하게 된다. 피라미드를 짓는 과정에서 지하 깊숙한 곳에 있는 인공적인 길을 발견한 것이다. 그런데 그곳에서 튀어나온 괴생물체와 천사 루시엘이 서로에 대해 알고 있었다. 천사들의 수장인 라파엘은 결국 자신의 벗인 루시엘을 처형하고 그에게 대악마 루시퍼라는 낙인을 찍는다. 블라블라블라…….

심심한 유감을 표한다. 거의 아무도 읽어주지 않는 이야기였다. 물론 그럴 만했다. 그리고 중요한 것도 아니다. 진짜 중요한 건 저 이야기의 의미다. 이미 저 때부터 소외에 대한 이야기를 하고 있었다는 사실이 나는 좀 충격적이다.

그뿐만이 아니다. 머리가 커지는 저주를 받은 왕자 이야기도 썼고, 혼자가 된 인공지능 로봇 이야기도 썼다(심지어 이건 SF였는데도 그걸 몰랐다). 그 밖에도 이런저런 이야기를 통해 나는 나도 모르는 사이 내 이야기를 하고 있었다. 어쩌면 그렇게 마음속에 응어리진 것들을 풀어내는 데 만족감을 느꼈기 때문에 거의 아무도 읽어주지 않는데도 질리지 않고 10년이 넘는 시간 동안 글을 쓸 수 있었던 게 아닐까? 어찌 보면 당연한 결론이다. 실제로 글쓰기는 치유를 위한 수단으로 활용되니까 말이다.

하지만 그 효과만으로는 충분하지 않았던 모양이다. 문윤성SF문학상을 받기 직전까지 약 3년은 내 인생의 암흑기였다. 제2의 사춘기였다. 물론 그 원인에는 여러 가지가 있었겠지만, 아무리 써도 이렇다 할 성과를 내지 못하는 현실이 분명 한몫 단단히 했다.

그럼에도 나를 고통에서 벗어날 수 있게 해주는 것은 역시 글쓰기였다(그 밖에 좋아하는 작가의 세계관을 방문하는 것과 또 다른 하나가 있기는 하지만, 뭔가 그럴듯한 마무리를 위해 적당히 생략하는 것을 눈감아주길 바란다). 결국, 나에게는 대안이 없었던 것이다. 글을 쓰지 않고 버텨낼 다른 대안이. 흔히 엉덩이가 무거워야 성공한다고들 하는데, 그렇다면 나는 지금의 상황으로 수렴할 수밖에 없는 숙명이었던 셈이다.

숙명이라는 말이 나온 김에 또 샛길로 빠져보면, 내 이름의 '택' 자는 집 택(宅) 자다. 어렸을 때 내가 걷지 않고 '집'에만 있는 것을 두고 어른들은 나의 이름을 문제 삼았다. 복지관을 다닐 때에는 '선경'이라는 이름을 썼지만, 시대가 흐르면서 저절로 다시 '의택'이 됐다. 구태여 새 이름을 지어 불러준 어른들도 그게 정말로 날 집 밖으로 나가게 해줄 거라고는 생각하지 않았을 것이다. 그저 지푸라기라도 잡는 심정이었겠지. 내가 소설 쓰는 일을 하고자 마음먹은 지 얼마 안 돼서 우연히 작가라는 말의 '가' 자 또한 집 가(家) 자라는 것을 알게 되고 나는 그냥 이렇게 생각하기로 했다. 이 길이 원래 나의 길이었다고. 그렇게 생각하는 것 역시 10년이라는 세월을 버틸 수 있게 해주는 작은 디딤돌이 되었다.

작명소가 돈을 받는 데는
그만한 이유가 있다

앞서 말한 것처럼 내 이름의 '택' 자는 집 택(宅) 자다. 부수로 들어가는 것도 아니고 집 택(宅) 자 자체를 사람 이름에 넣을 생각을 어떻게 할 수 있었을까 하는 의문을 나는 꽤 오랫동안 해왔다. 30년도 전에 부모님은 서울의 유명하다는 작명소에서 결코 적지 않은 거금을 들여 택(宅) 자를 받았는데, '의' 자가 돌림자임을 생각해보면 좀 웃긴 얘기다.

내 이름의 '의' 자는 굳셀 의(毅) 자인데 그냥 간단하게 해석하면 결국 내 이름의 의미는 굳센 집이 되는 것이다. 참고로 내 동생은 떨칠 진(振) 자를 쓴다. 이 이름은 작명소에서 지은 게 아니라 아빠가 '의사', '의원'을 놓고 고심 끝에 지은 이름이다(이 얘기를 농담으로 받아들이면 안 된다). 내가 '장애인'이 된 이후 태어난 동생은 친할머니 말에 따라 내가 했던 모든 것을 하지 않았다. 내가 작명소에서 이름을 지었기 때문에 동생은 하마터면 의사나 의원이 될 뻔했고, 내가 스튜디오에서 돌 사진을 찍었기 때문에 동생은 돌 사진을 찍지 않았다. 동생한테는 여러모로 민폐를 끼쳤다.

뜬금없이 이름 얘기를 하는 이유는 앞서 소개한 나와 내 존의 이야기를 본 담당 편집자님이 '너무 재밌게' 읽었다며 나의 작명법과 인물 설정에 대한 이야기를 풀어보면 좋겠다는 말을 해주어서 쓰는 것이다. 그러면서 편집자님은 《슈뢰딩거의 아이들》의 이름은 평범하면서 예쁘다는 생각이 들었다"고 했는데, 딱 원하는 인상이었다.

새삼스럽지만 나는 작명에도 소질이 없었다. 최근이라고 나아졌다고 보긴 약간 애매하긴 한데, 어쨌든 최소한 평범하다는 말을 들었으니 더 바랄 게 없다.

나는 소설 쓰는 과정에서 이름을 짓는 일을 가장 싫어했다. 정확히는 어렵게 생각했다. 아무래도 이야기를 이끌어 갈 주인공의 이름을 존이라고 짓는 건 너무 무성의하지 않을까 싶은 마음에 머리를 싸매고 고민한 끝에 존이라고 짓고야 마는 내게 "주변에 사람이 없기 때문"이라는 말은 좀 아팠다.

그 무렵, 한국적인 이야기에 대한 고민을 하던 나는 존에게 안녕을 고하고는 류와 놀기 시작했는데 기껏해야 철자를 바꾼 것에 지나지 않았다. 역시나 흠씬 두들겨 맞은 나는 언젠가부터 한자 사전을 뒤적거리고 있었다.

기본적으로 내가 인물의 이름을 짓는 방식은 작명소나 부모가 하는 방식과 다르지 않다. 대상 인물이 나아가기를 바라거나 조금 얄궂지만 나아갈 것 같은 험난한 길을 문자로 형상화하는 식이다.

내가 쓴 소설 《슈뢰딩거의 아이들》의 등장인물 시현이가 '시현'인 이유는 그 애가 코다이기 때문이다. 코다, 즉 농인의 자녀 (children of deaf adults)인 시현이는 청인이며 비장애인이다. 시현이는 농인인 엄마 밑에서 자라며 수어를 모국어로 익히고 '보는' 것이 전부인 삶을 산다. 그리고 학교에 다닐 나이가 돼 세상에 나가서야 '듣는' 것에 대해 알게 되며 그 경계에서 혼란을 겪는 인물이다. 농인인 엄마와 수어로 대화하며 학교에서는 소리로 소통하는 나는 농인인가, 청인인가? 엄마한테 수어로 떼를 쓰다 병원에서 어른들 말을 통역하는 나는 아이인가, 어른인가? 시현이라는 아이에 대해 알기 위해 참고한 코다 당사자의 에세이에는 실제로 이러한 정체성 혼란에 대한 이야기가 나온다. 나는 시현이가 무엇보다 경계에 위치한 인물이라고 생각했다. 그것이 농인과 청인의 경계이든, 아이와 어른의 경계이든, 장애인과 비장애인의 경계이든 시현이를 경계에 두고 싶었다. 그래서 시현이는 '시현'이 됐다. 짐작하겠지만 볼 시(視) 자와 줄 현(弦) 자다(소리 음 音 자는 좀 이상하지 않나, 집 택宅 자처럼).

하랑이의 경우는 그에 비하면 직관적으로 지은 이름인데, 하랑이는 자폐 스펙트럼 장애가 있다. 최종적으로는 '자폐증'(이 용어는 아직까지 자폐 스펙트럼 장애의 다른 말처럼 쓰이기는 하지만 엄밀히 말하면 자폐가 '자폐 스펙트럼'으로 확장되기 이전의 고전적 정의이며 아스퍼거 증후군과 같은 자폐 스펙트럼의 하위 분류이기도 하다. 거칠게 말해 대중들이 말하는 '현실에 사는 대부분의 자폐인'이 바로 여기에 해당한다고 할 수도 있지만 이 또한 지나친 범주화에 지나지 않는다.)으로 설정되기는 했지만, 사실 구상 초기에는 그보다는 좀 더 셜록에 가까운 이미지였다. 굳이 따지자면 아스퍼거 증후군이랄까. 타인과의 관계에 무관심하며 오직 자신의 목적만을 위해 돌진하는 하랑이는 내 머릿속에서 전차 그 자체였다. 전차 하면 독일의 티거 아닌가. 티거는 타이거, 타이거는 호랑이, 호랑이는 하랑…….

이런 식으로 나는 구상 초기에 인물 하나하나를 소설의 전체적인 이야기와 상관없이 들여다보며 그들에 대해 알아가는 시간을 갖는 편이고, 그렇게 알게 된 인물에 걸맞은 이름을 발견한다.

인물 이름은 그런 대로 방법을 찾은 모양이지만, 안타깝게도 제목은 여전히 존으로부터 많이 나아가지 못한 것 같다.

나의 데뷔작 《슈뢰딩거의 아이들》은 문학상 응모 당시에는 다른 제목이었다.

'지금, 여기, 우리, 에코'

출판사는 첫 번째 교정지 첫 장에 빨간색으로 '슈뢰딩거의 아이들'이라고 쓰고는 이렇게 코멘트했다.

"모든 심사위원들의 의견도 그렇고 저도 그렇고 제목이 조금 약했는데, 애초 가제가 이것이었다는 인터뷰를 봤어요. 아주 좋았습니다."

나는 답했다.

"다만, 인터뷰에서도 밝혔고 본문에서 노아가 지적하듯, '그 아이들'은 있으면서 없는, 확률적으로 존재하는 것이 아니라는 생각에 제목을 고쳤습니다. 뭐, 양자역학이나 코펜하겐 해석, 그리고 그것을 비판하기 위해 고양이를 끌어들인 일련의 사건들을 잣대로 삼을 필요는 없을 테지만(저로서는 불가능에 가까운 일이기도 하고요), 그래도 처음 불현듯 떠오른 그 아이디어가 틀린 것이라고 저는 생각하기 때문에, 저것이 정말로 제목이 되기 위해서는 본문에 추가적인 이야기 혹은 설명이 필요하지 않나 싶습니다."

그래서 나는 노아가 지적하는 장면에 이러한 서술을 추가했다.

글쎄, 양자역학이라든지 코펜하겐 해석 같은 것은 물론, 그 이론과 지지자들을 '디스'하기 위해 에르빈 루돌프 요제프 알렉산더 슈뢰딩거가 고안한 사고 실험인 '슈뢰딩거의 고양이'에 대해, 그때의 나는 말할 것도 없고 지금의 나 또한 감히 뭐라 말할 수 있는 형편은 못 된다.

다만, 문제의 그 고양이가 처한 상황은 무언가 생각할 거리를 던져주지 않나 싶은데, 세상으로부터 철저히 유리된 폐공간에서 생과 사조차 외부의 타인이 관여해주지 않으면 결정되지 않는 존재란 그 얼마나 쓸쓸하고 덧없는가.

그런 측면에서 보이지 않는 아이들은 유사한 감정을 이끌어내기에 슈뢰딩거의 아이들처럼 여겨졌다.[10]

'슈뢰딩거의 아이들'에서 시작한 소설이니만큼 그것도 괜찮겠다 싶으면서도 아쉬운 마음이 없지는 않았던 나는 소심하게 소제목 중 하나에 기존 제목을 변형해 붙였다.

《슈뢰딩거의 아이들》을 쓴 해의 상반기에 탈고한 또 하나의 장편소설(천안에서 고독을 씹으며 썼다)이 우여곡절 끝에 최근 출간되었는데, 그때 담당 편집자님도 제목에 대해 비슷한 이야기를 했다. 당시 원제는 진짜 사적으로 의미가 있었지만, 같은 이유로 고집을 부리기 애매했던 터라 결국 새로운 제목을 지어 보냈다. 얼마 후 회신이 왔다.

"기존 제목이 좀 더 낫게 느껴집니다. 제가 새로운 가제를 고민해서 다시 한번 메일 드림이 어떨까요?"

맹세코 기존 제목을 사수하기 위해 수를 쓴 게 아니다. 그럴 능력이나 있었으면 좋겠다. 나는 단념하고 퇴고에 열중했다. 그러다 엔딩을 들여다보며 눈시울을 붉히던(나도 나이를 먹었다) 중 딱 하나 떠오르는 게 있어 다시 보냈다. 다행히 나쁘지 않은 반응이었지만 결국 편집부에서 준비한 제목 리스트를 가지고 SNS 투표까지 부친 끝에 완전히 새로운 제목이 됐다. 나는 작가의 말에 거의 생떼를 써서 한을 풀었다(웃기려고 하는 말이다, 이건).

이 에세이 제목이라고 순탄하게 나온 것은 아니다. 에세이의 일부를 우선 온라인에 연재하면서 일단 연재 사이트에 등록할 제목이 필요했다. 이미 대강의 윤곽이 그려져 있던 터라 별 고민 없이 제목을 지어버렸다.

'나도 장애인은 처음이라서'

두 편의 드라마 제목에서 따온 건데 듀나 작가님이라면 알아보지 않을까 하는 기대를 멋대로 해본다.

그리고 훗날 출판사에 전체 원고를 보내며 나는 추가로 이런저런 제목을 고민했다. 연재 당시 것을 포함해 총 네 개의 제목을 생각해본 나는 한국과학소설작가연대의 소모임 중 광기에 차 작가들의 목을 노리는 것으로 유명한 '단두대' 게시판에 올렸다. 단두대장 문이소 작가님은 이렇게 말했다.

"어……(말줄임표가 끝없이 이어졌다) 택님, 제목은 좀 더 고민해주시면 좋겠어요……."

그래서 결국 그냥 '에세이'라고 보냈다. 이번에도 출판사를 믿어보기로 했다. 그랬더니 얼마 후 담당 편집자님한테서 메시지가 왔다.

"작가님, 제목 관련해서 연락드립니다. 회의 끝에 다음이 최종안으로 나왔습니다. '어쩌면 가장 보통의 인간'. 제목안 중에 하나를 무슨무슨 존재 이런 식으로 구상하고 있었는데, 작가님 상편소설 '작가의 말' 보면서 아이디어를 얻었습니다. 이제 비인간에서 가장 보통의 인간으로 가시면 어떨까요?"

순간 헉, 했다. 개인적으로 '어쩌면'이라는 말을 좋아하는데 심지어 '가장 보통의'라고? 무조건 좋다고 했다. 나는 언제나 출판사의 의견을 믿고 따른다(생떼를 쓰긴 해도).

이렇듯 나의 작명법은 아직 수련 중이다. 작명소가 돈을 받는 데는 그만한 이유가 있다. 집 택(宅) 자는 좀 논란의 여지가 있지만 말이다.

나로부터 벗어나는
재미

문학상 수상 이후 생애 첫 인터뷰에서, 내가 꿈으로만 꿨던 상황(책 한번 내봤으면 하는 출판사의 대표가 나를 보러 집까지 오다니!)에 취해 저지른 말실수가 한둘이 아니었다. 어렸을 때부터 나는 사람이나 책 이름 같은 것을 잘 외우지 못했는데, 인터뷰 때는 다행히 좋아하는 작가분들의 성함은 제대로 말한 것 같지만, 그분들의 작품 이름은 불행히도 제대로 말하지 못했다. 그때 내가 SF 소설을 쓰게 된 계기를 말하면서 정보라 작가님의 〈안녕, 내 사랑〉을 뭐라고 말했는지는 아마 기자님의 노트북만이 알고 있을 것이다. 그런 중에 떠벌린 "소설은 무조건 재밌고 가벼워야 해요"라는 말도 어떻게 보면 말실수에 가깝다. 좀 더 구체적이고 뭔가 그럴싸한 말을 했어야 했다. 그럼에도 불구하고 소설은 재미있고 가벼운 게 좋지만 말이다.

그럼 먼저 재미부터 파헤쳐보자. 꽉꽉.

　재미란, 재미다. 장난을 치는 게 아니다. 무엇을 할 때 저도 모르게 한숨을 내쉬듯 '아, 재밌다' 하고 느끼는가? 나는 지금, 여기, 나라는 존재를 잊어버릴 때 재밌다고 느낀다. 따옴표 금지다. 물론 이 몸에서 벗어나기를 꿈꾸기는 하지만, 그것과는 별개로 자의식을 지워버릴 만큼 무언가에 몰두할 수 있다는 건 정말이지 죽여주는 경험이다. 사람의 자의식을 지워버리기 위해서는 그 사람의 오감을 통제해야 한다. 내가 쓴 소설 《슈뢰딩거의 아이들》에 나오는 완전몰입형 가상현실 중고등학교 '학당'이 그러한 방법으로 아이들을 가상의 학교로 데려가준다. 이 소설의 배경이 미래이니만큼 그것은 기술적으로 결코 쉬운 일이 아니다.

　하지만 인간은 타고난 거짓말쟁이인 만큼이나 속기도 잘 하는 동물이다. 심지어는 속는다는 것을 알면서도 속아주며 즐기는 변태다. 그렇게 탄생한 것이 이야기다.

　이야기를 전달하는 매체는 다양하다. 이야기 자체가 지닌 효과를 제외할 때, 특히 게임이 사람의 자의식을 지우기에 매우 유리할 것이라는 생각이 지배적인데, 아무래도 시각과 청각은 물론 촉각까지 제어되기 때문이다. 게다가 게임은 플레이어가 선택을 할 수 있다는 강점이 있다. 어디까지나 미리 준비된 선택지에서 하나를 고르는 거지만, 내가 내 의지대로 움직인다는 '착각'은 몰입도를 높이는 데 엄청난 효과를 발휘한다. 플레이어의 선택이 중요한 게임에 대체로 '타임머신'이라는 별명이 붙는 데에는 다 이유가 있다.

영화는 그런 면에서 게임에 뒤지기는 하지만, 극장이라는 공간이 낼 수 있는 최대한의 효과로 역시나 사람의 자의식을 집어삼킨다. 사실 나는 극장에 대한 경험이 많지는 않은 편이다. 초등학생 때 〈용가리〉 같은 어린이 영화를 서너 번 보았고, 중학교 1학년 때는 친한 애들과 〈옹박〉을 봤는데, 사실 극장이라는 환경에 대해 고찰할 상황은 아니었다. 이후 〈헝거 게임: 더 파이널〉을 시작으로 좋아하는 배우의 출연작을 보러 종종 극장에 가곤 하는데 그 모두를 합쳐도 아직은 인간의 손가락 정도면 헤아릴 수 있을 정도다.

그렇다면 소설은 어떨까. 사실 소설이야말로 능동적인 감상 매체다. 종이를 직접 넘기며 읽는 행위가 큰 비중을 차지하기는 하지만, 나처럼 전자책을 읽는 경우에도 문자를 독해하고 행간을 짐작하며 머릿속에서 상상하는 과정에서 우리는 우리도 모르는 사이 지금, 여기, 나를 잊을 수 있다. 이 과정을 방해하는 요소가 적은 작품을, 나는 재밌는 소설이라고 부른다. 지극히 자의적인 표현이다.

몰입을 방해하는 요소들을 하나하나 열거하는 건 가능하지도 않고 바람직하지도 않은 일인 것 같다. 하지만 나의 취향을 털어놓는 차원에서 몰입도를 높여주는 요소에 대해 말해볼 수는 있겠다.

나는 성장 이야기에 약하다. 내가 주로 쓰는 것도 인물들이 성장하는 이야기다. 성장이 꼭 긍정적일 필요는 없다. 부정적인 방향으로 이야기가 뻗어 나갈 때 더 빠져드는 것 같다. 그것이 세상의 반영이니까. 혹자는 말한다. 안 그래도 지옥 같은 현실에서 벗어나기 위해 이야기를 찾는 건데 굳이 픽션에서까지 냉혹한 현실을 봐야 하느냐고. 지당한 말씀이다. 나도 근육병 장애인이 하루 종일 집 안에서 인터넷을 서핑하는 이야기 따위 보고 싶지 않다. 하지만 그렇다고 근육병 장애인이 어느 날 갑자기 파도를 타는 황당무계한 이야기 또한 보고 싶지 않다. 도무지 일어남 직하지 않은 이야기는 최소한의 현실 도피 기능조차 하지 않는다. 내가 냉혹한 리얼리스트이기 때문일까?

그런 의미에서 《헝거 게임》 시리즈는 내게 있어 인생 청소년 소설이다. 디스토피아 소설이니만큼 그 세계는 잔혹하다. 수도(지배층)에 사는 사람들의 유흥을 위해 다른 도시에 사는 아이들은 로마의 검투사들이 그러했듯 목숨을 걸고 서바이벌 게임을 한다. 주인공인 캣니스는 물론 게임에서 승리한다(스포일러가 아니다). 그뿐 아니라 영 어덜트 소설답게 두 명의 상대와 밀당도 열심히 한다. 그 결과는?

유감이지만 이미 스포일러를 한 꼴이 되어버렸다. 혹자는 《헝거 게임》이 SF가 맞는지 SF 작가에게 직접 물을 만큼 인정하고 싶지 않겠지만 누가 뭐래도 최고의 SF 청소년 소설인 《헝거 게임》을 여러분이 이미 보았기만을 바란다. 손가락이라도 들어주고 싶은데, 알다시피 그러지 못한다.

생애 첫 인터뷰에서 생각 없이 되는 대로 말하는 바람에 졸지에 스티븐 킹의 팬이 되어버린 나는 당연히 소름 끼치는 스릴러 소설도 좋아한다. 하지만 최근에는 내가 아직 읽지 못한 SF 고전과 경이로운 속도로 작품을 '찍어내는' 곽재식 군단의 현대 SF를 읽느라 정신이 없어 스티븐 킹의 작품을 더는 보지 못하고 있다. 오리지널 스티븐 킹 팬인 정유정 작가님의 주장에 따르면, 누군가의 팬이라고 자처하려면 최소한 그의 전작을 봐야 하는데, 따라서 나는 스티븐 킹의 팬은 될 수가 없다.

본인의 주장에 따르면 별로 많이 쓰지는 않은 스티븐 킹의 작품 중 내가 아직까지 생생하게 기억하며 굳이 언급하고 싶은 작품은 《조이랜드》다. 《미저리》나 《그것》 같은 초기 공포 소설과는 분위기가 매우 다른 소설인데, 나는 성장 소설로 보았다. 놀이공원에서 귀신이 등장하기는 하지만 말이다. 대학을 졸업하고 도망치듯 도달한 조이랜드에서 아르바이트를 하던 주인공은 귀신의 흔적을 쫓다가 예상치 못한 일에 휘말리지만, 그 끝에서는 한층 성장해서 그곳을 떠난다. 그리고 이것과 결이 매우 비슷한 스릴러 소설 하나만 더 소개하자면, 벨린다 바우어의 《블랙랜드》다. 이건 진짜 성장 소설이다. 거기다 살인마가 나온다. 살인마가 성장하는 소설은 아니고, 삼촌의 시체를 찾아 매일같이 산을 파헤치는 아이와 그 가족들이 성장하는 이야기다. 재미있다.

최근에 SF를 주로 읽으면서도 인상깊게 본 성장 소설이 제법 되는데, 그중에서도 특히 재밌던 건 어슐러 K. 르 귄의 《서부 해안 연대기》와 전삼혜 작가님의 《궤도의 밖에서, 나의 룸메이트에게》다. 두 작품 다 청소년이라는, 경계에 서 있는 존재가 혼란을 느끼면서도 위태로이 발걸음을 내디뎌 자신만의 길을 나아가는 이야기다. 나도 이런 글을 쓰고 싶다.

사실 이야기의 구조적인 특성상 인물의 성장은 필연적이다(그 예외였던 초능력자 이야기조차 최근에는 어떻게든 변화하는 모습을 보여주고 있다). 꼭 성장이 아니더라도 인물이 변화하는 모습을 보며 우리는 성장한다. 내가 유독 성장에 마음 쓰는 이유는 뭘까?

성장 소설, 청소년 소설로 분류되는 이야기는 주로 청소년을 대상으로 한다. 사실 주객이 전도된 일이지만, 결과적으로 미국의 십 대가 《헝거 게임》을 많이 읽었으니 한국에도 건너오고 영화화도 된 것 아닐까. 그렇다면 그들이 다른 책보다 《헝거 게임》 같은 청소년 소설을 선택한 이유는 무엇일까? 내가 《헝거 게임》을 좋아하는 이유와 같을까?

매우 충격적인 고백일 수도 있지만, 사실 나는 이제 겨우 열아홉 살이다. 사회적 나이 말이다. 고등학교 2학년, 그러니까 만으로 열일곱이라는 나이에 나는 내 스스로를 사회로부터 단절시켰다. 비유가 아니다. 핸드폰을 끊고 그나마 연락처를 알고 있던 친구와도 연락하지 않았다. 게임을 하면서도 사람들과 소통하지 않고 혼자 놀았는데, 손이 말을 듣지 않아서 채팅을 따라갈 수 없기 때문만은 아니었다. 지금 돌이켜보면 굉장히 심각한 우울증이었다. 실제로 학교를 관둔 이후 강박증이 생기기도 했는데, 나중에 알고 보니 우울증의 증상 중 하나였다. 그런 내가 거의 유일하게 사회적 존재가 돼볼 수 있는 건 소설, 그중에서도 청소년 소설 속 주인공을 통해서였다.

소설 속 청소년은 이야기 내내 혼란을 겪으며 선택을 종용받는다. 물론 소설의 주인공은 대체로 그런 상황에 놓이는 편이다. 청소년 소설에서는 그 정도가 좀 더 세고 노골적이다. 게다가 재밌다. 생존도 해야 하지만, 연애를 포기할 수는 없는, 지극히 혼란스러운 청소년의 이야기는 사회적 미성년인 나에게 참으로 매혹적인 구석이 있을 수밖에 없다.

그렇다고 내가 청소년 소설이라면 사족을 못 쓰는 것은 아니다. 당연한 얘기지만 여기에서도 취향이 작용한다. 나로서는 《트와일라잇》이나 《다이버전트》 시리즈를 견딜 능력이 없다.

재미 얘기하다가 너무 많이 돌아온 것 같은데, 다 나의 불찰이다. 정리하면, 내가 생각하는 재미에 숨겨진 다른 뜻이 있는 것은 아니며, 성장을 기반으로 해서 나를 지금, 여기에 있는 나로부터 벗어나게 해주는 소설을 나는 재미있다고 한다는 것. 그리고 앞으로 인터뷰할 때는 단어 선정에 주의를 기울일 것이라는 점. 이 정도다.

대상을 멀리
볼 수 있다면

　나의 자의적이기 짝이 없는 재미에 대한 이야기를 보면서 여러
분은 아마 생각했을 것이다. 이자가 기어코 선을 넘고야 말았군.
게다가 스스로를 냉혹한 리얼리스트라 칭하며 《헝거 게임》을 찬
양하다니? 그런 자가 대체 무슨 낯짝으로 감히 가벼움을 논하려
드는가! 어디 또 무슨 허튼소리를 하는지 보기나 하자.
　나의 허튼소리를 보아 온 여러분에게 묻겠다. 이 에세이가 무
거운가, 가벼운가?
　열이면 여덟은 무겁다고 말할 것이다. 최소한 가볍지는 않다고
할 것이다.
　나는 이 에세이가 가볍다고 생각한다. 아닌 게 아니라 한 편의
예능 프로그램이 될 것 같다고 생각했다. 실제로 그 의도가 살았
는지는 지극히 기술적인 문제이니 차치하자. 다만, 내가 말하는

가벼움과 대다수의 사람들이 생각하는 가벼움이 조금 결이 다른 것에 대해 이야기해보면 좋을 것 같다.

감사하게도, 이 에세이 일부를 연재하면서 많은 피드백을 받았다. 출판사 일정상 본격적인 출간 작업을 하려면 한참이나 남았기 때문에 출판사와 에이전시 측에서 나더러 천천히 써도 된다고 했는데도 브레이크가 고장 난 것처럼 질주하고 말았다. 연재라는 것을 한 지 10년 만에 경험해보는 재미. 연재를 하면서 이렇게도 '썰'이 날 수 있다는 것을 나는 미처 몰랐다. 이전까지 연재는 내게 있어 공유 기능이 있는 연습장 정도에 불과했다. 그만큼 봐주는 사람이 손에 꼽혔던 것이다.

이 에세이를 읽고 피드백을 주는 사람은 모두 재밌다고 했다. 그런데 그중 상당수가 재밌다는 말에 어떤 식으로든 '따옴표'를 씌웠다. 재밌어도 재밌다고 말하지 못하는 착한 홍길동이 내 주변에는 너무나도 많은 것 같다. 나는 정말 운이 좋은 사람이라고 생각한다. 노파심에 말하는 건데, 절대 비꼬는 게 아니다!(여태까지 내가 써 온 게 있기에 강조하지 않을 수 없다.) 나 같아도 장애인의 사회적 부침을 보고 단순히 재밌다고만 말하기는 어려울 것이다.

"사실 개인적으로 썩 가볍게만 읽기는 어려운 글이지만, 읽고 나면 항상 진이 빠지도록 웃어요. 안 웃으면 어쩔 건가 싶어서요."

문녹주 작가님이 내게 해준 얘긴데 나는 이것이야말로 내가 말하는 가벼움의 정의가 될 수 있지 않을까 하는 생각을 했다.

영국의 코미디언 찰리 채플린은 말했다. "인생은 가까이서 보면 비극이지만, 멀리서 보면 희극이다(Life is a tragedy when seen in close-up, but a comedy in long-shot)."

나뿐만이 아니라 우리 모두의 인생은 가까이서 볼 때, 전부는 아닐지라도 분명 비극적인 사건으로 점철돼 있다. 그러나 이 에세이처럼, 인생을 멀리서 조망하며 인생 자체를 개인이 감독으로서 재편집하는 작업을 통해 우리네 인생은 나름대로 재밌는 인생이 될 수 있을지도 모른다. 그렇다면 소설은 어떨까?

이번에는 영국의 영화감독 앨프리드 히치콕의 말을 인용하자. "드라마란 인생에서 지루한 부분을 덜어낸 것이다(What is drama but life with the dull bits cut out)." 이 말을 이용해 최종적으로 다시 쓰면 다음과 같이 말할 수 있을 것이다.

내가 말하는 소설의 가벼움이란, 인물의 드라마를 희극적으로 편집하는 것을 의미한다. 그렇다, 나는 기어코 선을 넘은 인간이다! 뭘 더 기대했는가.

이 에세이는 그런 의미에서 가볍다.《슈뢰딩거의 아이들》또한 마찬가지다. 소설에 등장하는 주요 인물 중 객관적으로 행복하기만 한 사람은 아무도 없다. 시현이는 농인 부모를 둔 아이, 즉 코다로서 언제나 경계 위에서 혼란을 느낀다. 하랑이는 자폐로 인한 사회적 어려움이 있다. 노아는 친구 하랑을 배제시키는 시스템에 분노하고, 수리는 독실한 신자인 부모와 자신의 성 정체성을 두고 씨름하며, 건이는 아역 배우로서 부담을 안고 있다. 그리고 그런 아이들의 가족에게는 또 나름의 고충이 있다.

내가 이 인물들의 비극적인 디테일을 빼꼭하게 채워 넣었다면? 누군가는 읽으면서 장마다 세 번씩 눈물을 쏟으며 이 책이야말로 자신의 인생 책이라고 할 수도 있을 것이다. 소위 신파적인 요소로 범벅이 된 영화가 걸핏하면 '천만' 관객의 눈물을 쥐어짜는 것을 보면 그편이 나에게 더 많은 부를 안겨줄 수도 있을지 모른다. 하지만 결정적으로 내가 싫다. 발달 장애가 있는 남자가 범죄 누명을 쓰고 어린 딸과 떨어져 살아야 하는 상황을 노골적으로 비쳐 눈물을 짜내는 식은 용납할 수 없다. 그것은 리얼리즘도 뭣도 아닌 그저 '감동 포르노'에 불과하다. 물론 이러한 기준은 지극히 주관적이기 때문에 누군가에겐 지금의 《슈뢰딩거의 아이들》 역시 눈물을 짜내려는 걸로 보일 수 있다. 이 에세이라고 그러한 혐의에서 자유롭지는 않다.

다만, 나는 되도록이면 나와 아이들, 그리고 앞으로 내가 만나게 될 인물들의 인생이 가능한 한 희극적이길 바라며, 그러한 가벼운 소설을 쓰기 위해 노력할 것이다. 어쩌면 이 또한 외면일 수 있다. 기만에 불과할 수 있다. 하지만 눈앞의 비극에 함몰돼 그 인물 자체를 잃어버리는 것보다는 낫지 않을까? 이것도 한낱 합리화에 불과할까? 지금 당장 매듭지어야 할 문제는 아니라고 생각한다. 앞으로 써 가면서 다듬어야 할 문제다.

그렇다면 예제 삼아, 주로 얘기를 했으니 《헝거 게임》을 대상으로 나의 자의적인 잣대를 들이대보자. 《헝거 게임》은 가벼운가?

누가 봐도 《헝거 게임》의 세계관은 디스토피아적이며, 그 안에서 주인공의 위치는 거의 바닥이라 할 만하다. 그리고 비유가 아니라 실제로 목숨이 걸린 게임에서 살아남기 위해 애쓰는 캣니스의 인생은 인공위성을 통해 보아야만 겨우 비극의 색채를 옅게 할 수 있을 것 같다. 그런데도 《헝거 게임》을 가벼운 소설이라 할 수 있다고?

사실 이 문제를 간단하게 해결할 방법이 있기는 하다. 《헝거 게임》을 예외로 치는 것이다. 내가 가벼운 소설을 쓰려고 노력한다 해서 꼭 그런 작품만 쓰고 좋아해야 하는 건 아니지 않나.

잠깐, 그 돌 내려놓자. 《헝거 게임》은 정말로 가볍다. 캣니스가 비극적인 사건으로 함몰되지 않고 자신의 인생을 주도하려 애쓴다는 의미에서 《헝거 게임》은 마냥 무겁기만 한 소설은 아니라고 생각한다. 어떻게든 눌러 앉히려는 압박에 저항해 기어코 한 발 또 한 발 내디디는 인물이 어떻게 무거울 수 있겠는가. 그런 인물의 움직임, 활력으로서 가벼움, 생동감 넘치는 이야기는 그 자체로 희극적이지 않나?

이쯤에서 다시 말하자면, 이 모든 논리적 사기는 전부 나의 짧은 (생각과) 말 때문에 비롯됐다. 인정하는 바, 내가 이러한 이야기를 명확하게 인지한 채 간결하게 재미와 가벼움을 논한 것도 아니었다. 그저 쌓아 온 데이터를 통해 무의식적으로 체득한 결론이었다. 다섯 살짜리 아이가 캐치볼을 하며 무의식 중에 계산

하는 미분 방정식을 수식을 통해 풀어 쓰기 위해 10년이라는 세월을 학교에서 보내야 하듯이, 나도 나의 무의식적 견해를 문자로 설명하기 위해 노력한 것이라고 생각해주기를 바란다.

사실 그건 비단 재미와 가벼움에만 적용되는 것은 아니다. 이 에세이 전체가, 그리고 내가 썼고 쓰고 있으며 쓰게 될 모든 글이, 나라는 사람이 움직여 온 경로를 미분해서 각각의 사건이 지닌 의미를 해석하는 동시에 그것들을 적분하여 전체 그리고 플러스 알파의 의미를 추출하는 일일 것이다. 그 결과는 분명 에너제틱할 것이다. 에너지는 곧 질량이긴 하지만, 어떤 계에 갇혀 있지 않은 에너지는 공기처럼 퍼져 나가기 마련이다. 내가 쓰는 글도 이제는 연습장이 아닌 세상에 퍼지고 있다. 가볍게 말이다. 그런 나의 가벼운 에너지가 누군가에겐 충전이 되는 에너지였으면 좋겠다. 내가 다른 사람들이 쓴 글을 읽으며 충전되었듯이 말이다.

그렇게만 된다면, 그 이상의 희극은 없을 것이다. 재미있고 가벼운 희극.

증명 끝.

영화,
문화 그 이상

휠체어를 타는 사람이 극장에서 영화를 보는 방법은 뭘까? 물론 셀 수 없이 많을 것이다. 비장애인이 극장에서 영화를 보는 방법의 수만큼이나. 그중에서도 재밌는 방법이 있어서 소개해보려 한다. 리슨 케어풀리.

하나. 극장에 간다.

둘. 장애인 좌석이 있는 곳으로 간다.

셋. 휠체어에서 일어나 장애인 좌석에 앉는다.

넷. 영화를 본다.

중간에 뭐지 싶은 게 있는 걸 발견했다면 그냥 웃자. 놀랍게도 실제 극장 안내문 내용이다. 처음 저 내용을 봤을 때 내 눈을 의심했다. 틀림없이 내가 잘못 본 거라 생각했다. 아니면 내가 모르는 새에 장애인, 휠체어, 아니면 일어나다와 앉다에 새로운 의미가 부여됐을지도 모를 일이었다. 아닌 게 아니라 나는 신조어나 줄임말 같은 것을 잘 모르는 편이기 때문이다. 하지만 아무리 생각해도 저 내용을 이해할 수 없던 나는 결국 웃고 말았다. SNS에 퍼가서 약간의 유희를 즐기는 게 내가 할 수 있는 최선이었다.

공정하기 위해 첨언하지만, 저 안내문은 특정 극장의 입장일 뿐이고 (아마도) 많은 수의 극장에는 기본적으로 장애인을 위한 자리가 마련되어 있다. 아니, 정정하겠다. 휠체어를 이용하는 장애인에게, 자리가 마련돼 있다. 시각이나 청각에 장애가 있거나 자폐 스펙트럼에 해당되는 경우는 어떨까. 배리어프리(barrier-free) 영화라는 게 있기는 하다. 자막과 화면해설이 제공되는 영화인데, 짐작할 수 있듯이 일반 영화와는 구분되어 상영되며 그 횟수나 시간에 아쉬움이 따를 수밖에 없다. 그리고 자폐 스펙트럼의 경우에는……

이만 포커스를 좁혀 휠체어를 이용하는 나의 경우에 대한 이야기를 해보겠다.

나는 취미가 영화 감상이라고 하기에는 영화 자체에 대한 관심이 그리 많지 않다(사실 무언가에 관심을 그렇게 쏟아붓는 스타일이 아니지만 어쨌든). 그래도 영화를 꽤 보기는 한 것 같다. 영화 추천 및 평가 서비스 중 하나인 '왓챠피디아'에 내가 별점을 매긴 영화의 수는 7백여 편이고 통계에 따르면 영화를 감상하는 데 1,322시간을 들인 셈인데 내가 깜빡 잊고 별점을 매기지 않았거나 중

복해서 본 영화의 시간까지 고려하면 하루에 네 시간씩 영화를 봐도 거의 1년이 걸리는 분량이다. 왓챠피디아는 나를 이렇게 평가한다.

이제 당신에게 영화는 문화 그 이상.

내가 매긴 별점 분포를 보면 평균 별점이 3.8점에 가장 많이 준 별점이 4점인 '편식 없이 골고루 보는 균형파'인데, 이는 달리 말하면 별 생각 없이 보는 거라고도 할 수 있다. 나에게 있어 영화란 식당에서 먹는 요리라기보단 편의점 도시락에 가깝달까. 이것은 내가 영화를 보는 환경과도 관련이 있을 텐데, 나는 주로 저녁을 먹고 침대에 누워 조금은 나른한 기분으로 태블릿을 통해 영화를 본다. 화면은 작고 소리는 째진다.(최근에는 아이패드를 사용하게 되면서 상황이 조금 개선됐지만, 정작 영상물과는 거리가 멀어졌다. 왜냐하면 아이패드의 접근성 기능을 이용하게 되면서 더는 수동적으로 영상을 볼 필요가 없어졌기 때문이다.) SNS에서 한창 핫한 영화를 1, 2년쯤 지나서야(마케팅의 일환으로 동시에 상영되는 경우가 아니라면 빨라야 극장에서 내린 뒤에 OTT에 올라온다) 흥 없이 보거나 아예 잊어버리기도 한다(그러고 보니 〈듄〉을 아직도 안 봤네). 거기에 내가 원체 감각적으로 둔한 타입이라 호와 약간의 불호만 있을 뿐이다.

이런 나도 꿈틀거리게 만드는 영화가 없진 않은데, 숨겨 왔던 나의 최애 영화 중 하나는 놀랍게도, 〈헝거 게임〉 시리즈다. 소설만큼은 아니지만 어쨌든 〈헝거 게임〉 시리즈는 내게 특별한 의미를 지닌다. 나는 아직도 루의 죽음과 그 구역 사람들이 캣니스를 향해 손을 들어 경의를 표하는 장면을 떠올리면 온몸에 소름이 돋고 눈시울이 붉어지는데, 나로서는 정말이지 경이로운 경험이 아닐 수 없다.

이런 〈헝거 게임〉의 더 파이널을 왠지 제대로 즐기고 싶었다. 개봉한 지 수개월에서 1년 뒤에야 21인치 LCD 모니터와 번들 스피커를 통해 보는 것말고, 영화만을 위해 존재하는 극장의 시설을 통해(그리고 뭔진 모르겠지만 제대로 된 마스킹도) 관람을 하고 싶었던 것이다. 그래서 나는 중학교 1학년 때 친구들과 〈옹박〉을 보러 간 이래 처음으로 극장에 갔다.

일단은 가는 것 자체가 문제였다. 당시에는 아빠가 회사 일로 바쁠 때였고 엄마 혼자 날 데리고 이동하는 일은 고등학교 시절 이후로 거의 없었던 터라 엄두가 나지 않았다. 일단은 장애인 택시를 알아봤지만 안양시에는 지원되지 않았다. 내가 살던 집에서 걸어서 10분이면 서울이라 서울 택시를 부를 수 있을까 했지만 시 경계를 넘으면 자동으로 차가 폭파되는 장치가 설치되기라도 했는지 거절당했다. 그때는 몰랐지만 예약한 시간에 제때 오라는 보장도 없는 장애인 콜택시를 타고는 어차피 영화를 볼 수 없었을 것이다.

다행히 비슷한 서비스를 제공하는 사기업이 있어서 그곳의 도움을 받아 극장에 갈 수 있었다. 이때에도 나의 '기준'에서 한참은 먼 몸 때문에 어려움이 있기는 했지만 일단 도착했다는 데 의

의를 두기로 했다. 오전 10시쯤의 안양역 롯데시네마는 한적했다. 보기에 따라서는 스산하게 느껴질 수도 있었다. 불 꺼진 로비에서 전광판 광고 소리가 끊임없이 반복되는 소리를 듣다 보면 나는 스티븐 킹의 《조이랜드》가 떠오른다. 《조이랜드》는 배경이 외딴 놀이동산이고 당연하게도 시체와 관련이 있는 내용인데, 그것을 읽다 보면 느껴지는 전원적이면서도 신경이 곤두서는 감각을 오전 10시의 빈 극장에서는 느낄 수 있다. 그래서 영화에 대한 기대보다도 그 감각을 음미하며 나는 엄마와 함께 극장의 출구 쪽을 거슬러 안으로 들어갔다. 그리고 나의 전용석인 장애인 좌석에 자리를 잡았다. 장애인 좌석이라고 특별한 무언가를 떠올릴 필요는 없다. 그냥 맨 앞줄의 끄트머리(드물지만 중앙)에 빈 곳이 있는데 그게 장애인 좌석이다. 그곳에 휠체어가 놓인다면 말이다.

〈헝거 게임〉 시리즈는 미국에서 크리스토퍼 놀런의 〈인터스텔라〉를 꺾는 파란을 일으켰으나 우리나라에서는 그리 인기를 끌지 못했다. 마지막 4편도 마찬가지였는데, 심지어 영 어덜트 장르인 〈헝거 게임〉을 평일 오전 시간대에 보는 사람은 많지 않았다. 내 또래의 여성 몇 명과 노부부, 그리고 왠지 회사에서 중간에 나온 듯한 중년 남성 등 소수의 사람들이 극장을 전세 낸 것처럼 〈헝거 게임: 더 파이널〉을 관람했다.

나는 그때의 경험이 그리 좋지 않았다. 영화를 보고 나와서도 아무 말도 하지 않았다. 아니, 할 수 없었다. 도대체 이게 뭐지 싶었다. 완전히 기울어진 사다리꼴 모양의 스크린 속 왜곡된 영화가 문제였을까? 아니면 고막을 찢기로 작정이라도 한 것처럼 쾅쾅 울려대던 소리 때문에? 그것도 아니면 느닷없이 전화 통화를 한 중년 남성?("여보세요? 어, 잘 안 들려!") 생각이 짧았던 게, 정말 큰맘 먹고 날 데리고 온 엄마는 뿌듯함을 느낄 새도 없이 내가 왜 그러는지를 고민해야 했다.

그 후로 나는 극장에서 영화 보는 일을 번지점프와 같은 선상에 놓고 내 인생에서 지워버렸다. 포기하면 편하니까. 그렇게 다시는 극장에 가지 않을 줄 알았다. 그리고 한 배우의 팬이 되었다. 어쩐지 잔인한 면이 없잖은 전개다.

드라마에 주로 출연하는 배우한테 빠졌으면 좀 나았을까. 내가 좋아하는 배우(이하 배우님)는 주로 영화에 참여하는 스타일이고, 심지어는 연극에도 종종 오른다. '무인'이 무슨 말인지도 몰랐던 나는 팬카페에 공유되는 '무인' 스케줄에 정신이 지구 한 바퀴를 돌아버렸다.

"저기요, 무인이 뭐예요?"

"무대 인사의 줄임말이에요!"

"무대 인사는 뭔데요?"

"……."

나의 팬 활동은 대체로 이런 식이었다. 혹시 가이드 같은 게 있을까 싶어 서점 사이트를 뒤졌지만 허사였다.

내가 팬카페에 가입하고 얼마 안 돼서였다. 배우님이 출연한 영화의 재개봉 소식이 올라왔다. 당시 〈여고괴담 두 번째 이야기〉가 19년 만에 재개봉을 했는데 그와 비슷한 테마의 영화들도 함께 재개봉을 하는 거였다. 그리고 GV였다. 짐작하겠지만 나는 그게 정확히 뭔지 몰랐다.(새로운 마블 악당과 관련이 있는 줄 알고 있었다고 하면 좀 과하려나?) Guest Visit의 약자인 GV는 상영이 끝나고 감독이나 배우 등 영화 관계자에게 직접 영화에 대한 비하인드 스토리를 들을 수 있는 행사다. 관객이 질문을 할 수도 있는데, 굳이 자신의 전공을 밝히고는 온갖 전문 용어를 써 가며 결국은 영화를 까는 GV 빌런은 그 자체로 밈이 되어 온라인상에서 살아가고 있다(그래서 나도 그 실체를 직접 확인할 수 있었다). 나로서는 다행히도 배우님은 GV 행사에 참여하지 않았다. 그래서 나는 '썸머 프라이드 시네마 2018' 기획전이 열리는 서울의 인디스페이스 극장으로 갔다.

〈헝거 게임〉의 악몽 때문에 고민을 많이 하기는 했지만, 그렇다고 포기하기엔 너무 귀중한 기회였다. 당시 배우님은 조만간 당신을 세계적인 스타로 만들 영화를 촬영 중이었는데 그때까지 약 1년 정도를 연극 활동 이외에는 쉬고 있었기 때문에 내가 팬카페에 가입한 이후로 극장에서 볼 수 있는 영화가 없었다. 그것도 그거지만 '썸머 프라이드 시네마 2018' 기획전에 오르는 영화 〈경성학교: 사라진 소녀들〉은 개봉한 지 3년이나 된 데다 그분의 영화 중 내가 가장 좋아하는 것이었다. 이때가 아니면 아마도 다시없을 기회였다. 설사 또 후회를 하게 될지언정 이 영화만큼은 꼭 극장에서 보고 싶었다.

2015년 여름에 개봉한 〈경성학교: 사라진 소녀들〉은 이해영 감독 연출과 박보영 주연, 엄지원 특별출연(상당한 비중임에도 주연이 아니다. 이해영 감독의 친구인 변영주 감독의 말을 빌리자면 마지못해 출연한 것이라고 하는데 자세한 내막이 궁금하다면 영화의 코멘터리를 참조하기 바란다.)으로 사람들의 관심을 모았다. 〈여고괴담〉의 뒤를 잇는 새로운 공포 시리즈를 사람들은 기대했고, 영화의 배급사도 이 영화를 공포 영화로 홍보했다. 그리고 뚜껑이 열리자 그 안에는 초능력과 퀴어 서사가 복도 끝 귀신처럼 기다리고 있었다. 이에 대해 제작사 대표인 김조광수 감독은 개봉한 지 3년이 지난 여름날 GV에서 이렇게 말했다.

"처음부터 퀴어 영화였어요. 하지만 배급사 쪽에서는 그게 마케팅에 도움이 되지 않을 거라고 보고 공포물로만 홍보를 했는데 그게 사람들의 기대에 어긋난 거죠."

그러고는 예산에 대한 아쉬움을 토로했는데 가뜩이나 적은 예산을 이해영 감독과 미술 감독이 보이지도 않는 속바지의 자수 같은 데 썼다며 뒷담화를 깠다. 그들의 관계가 좀 친한 것이 아니라는 것을 모두가 알 수 있었고 그래서 무척 유쾌한 시간이었다. 김조광수 감독은 이런 말도 했다.

"아시는 분은 아시겠지만 이해영 감독이 개인 사정으로 이 자리에 나올 수 없었습니다. 본인도 많이 아쉬워했고 저도 그래요.

기회가 된다면 이해영 감독이 직접 진행하는 GV를 꼭 다시 열게 되기를 바랍니다."

나도 바란다.

질문 시간이 되자 엄마가 나한테 할 거냐고 물었다. 나는 조용히 대답했다.

"그런 거 하는 거 아니야."

엄마는 곧 그 말의 의미를 깨달았다.

거의 세 시간이 지나고야 우리는 극장에서 나왔다. 김조광수 감독과 인사를 하고 나오는 길에 세워진 '썸머 프라이드 시네마 2018' 기획전 안내문을 발견하고 나는 잠시 부모님을 멈춰 세웠다. 〈여고괴담 두 번째 이야기〉에도 관심이 있었던 터라(이해영 감독은 〈경성학교: 사라진 소녀들〉의 코멘터리에서 〈여고괴담 두 번째 이야기〉에서 많은 영감을 얻었다며 친한 사이이기도 한 감독의 이름을 엔딩 크레디트에 올렸다고 했지만 나는 그 이름을 찾을 수 없었다. 역시 친구 사이란 눈물 나게 아름다운 것이다.) 여기에는 누가 왔나 확인해보니 이영진 배우와 '민규동 감독'이었다. 이때로부터 3년 후를 연결 지어본다면 좀 억지일까?

아무튼, 이때의 경험은 놀랍게도 너무 좋았다. 개인적으로는 〈헝거 게임〉 때와 무엇이 어떻게 다른지 궁금했다. 영화를 보다 큰 소리로 전화 통화를 한 중년 남성? 너무 사소하다. 내가 좋아하는 배우가 출연한 영화라서? 물론 그 영향이 크겠지만 그게 전부는 아니었다. 나는 그때 이미 〈경성학교〉에 대해 완전히 꿰고 있었다. 영화를 수도 없이 본 것도 본 거지만, 블루레이를 통해 영화의 비하인드까지 알게 되면서 이 영화는 내게 더는 단순히 '영화'일 수 없게 됐다. 마치 내가 그 영화에 참여한 듯한 착각을 할 정도로 이 영화는 나한테 특별하다. 지금도 나는 어떤 이유로든 평정을 잃으면 〈경성학교〉를 튼다. 문학상 수상 소식을 들은 날 밤에도 이 영화를 보며 내 스스로를 진정시켰다. 정말이지 내게 〈경성학교: 사라진 소녀들〉은 문화 그 이상이다.

그렇게 나는 다시 극장에 다니기 시작했다. 같은 해 가을에는 〈군산〉을 보러 영등포로 가고, 이듬해 봄에는 〈언더독〉을 보러 롯데타워에 갔다. 그리고 마침내 봉준호 감독의 〈기생충〉이 개봉되었다.

무대 인사 스케줄 표를 보며 나는 커다란 고민에 빠졌다. 일단 갈지 말지를 두고 고민했는데 아무래도 내가 편한 날짜와 시간을 선택할 수 없고 부모님이 하필 그날 선약이 잡혀 있기라도 하면 서로가 불편한 상황이 펼쳐질 수밖에 없었다. 그리고 배우님을 직접 볼 수 있다는 사실이 나로서는 가장 걸렸다. 경찰서 취조실 같은 특수한 상황을 제외하면 내가 상대를 본다는 건 상대도 날 볼 수 있다는 걸 뜻한다. 더군다나 난 어딜 가도 '눈에 확 띄잖아'. 배우님이 날 본다고? 생각만으로도 끔찍했다.

이런 마음에 나의 정상성에서 벗어난 몸과 나의 장애에 대한 혐오가 깔려 있음을 부정하지는 않겠다. 아닌 게 아니라 나는 이

십 대를 줄곧 집에서만 지내면서 나에 대해 알고 있는 사람이 아니면 만나기를 꺼려했다. 동생이 친구라도 데리고 오는 날에는 아무도 신경 안 쓰는데 나 혼자 죄인이 된 기분으로 있어야 했다. 《슈뢰딩거의 아이들》을 쓰고 문학상을 수상하며 얼떨결에 나의 장애를 거의 과시라도 하는 듯한 시간이 이어지면서 나의 장애에 대한 인식은 정말 많이 바뀌었다(그 정점이 휠체어 바꿨다고 SNS에 사진을 찍어 올린 일이라고 본다). 이제는 길을 가다 누군가 날 시대착오적인 시선으로 바라보는 것도 즐길 수 있다. 하지만 배우님은 안 돼!

그래도 결국 가게 됐다. 이런 걸 위안 삼는다는 게 좀 우습지만, 그날 배우님은 날 볼 수 없었을 테니까. 몽골인의 시력을 가지지 않고서야 관람석 맨 뒷줄의 뒤쪽에 있는 사람이 보일 리 없다.

장애인 좌석은 맨 앞줄에 있다고 툴툴거렸으면서 갑자기 왜 맨 뒷줄이냐고? 내가 하고 싶은 말이다! 그때 처음 알았다. 장애인 좌석이 뒷줄에도 있을 수 있다는 것을.

그때 무대 인사가 예정된 상영관은 그리 많지 않았다(그 영화가 다름 아닌 〈기생충〉이라는 점을 생각하면 좀 의아한 일이다). 그리고 그 많지 않은 상영관 중에 장애인 좌석이 있는 관은 딱 두 곳이었다. 두 곳 다 장애인 좌석이 맨 뒷줄 끄트머리에 있었다. 앞줄만 찾아보다가 뒷줄 구석에 작게 표시돼 있는 장애인 픽토그램을 발견했을 때 나는 육성으로 빵 터져서 한참 웃고 말았다. 그 소리를 듣고 무슨 일이라도 났는 줄 안 엄마가 놀라서 달려오더니 별 거 아니었음에 화를 내며 돌아갔다.

그동안 나는 차라리 뒷줄에서 왜곡 없이 영화를 보고 싶어서 상영관을 고르느라 적지 않은 시간을 들였고, 그 결과 장애인 좌석은 앞에만 있다는 나만의 결론을 내렸었다.(당연히 사실이 아니다. '영화진흥위원회'에서 제공하는 2021년 전국 영화관 장애인 관람석 배치 현황에 따르면 "3대 영화관 3,004개 상영관의 장애인석은 10석 중 7석이 맨 앞줄에 마련돼 있다."[11]) 그런데 이렇게 갑자기 나타난다고? 하필이면 무대 인사 때?

생각은 느닷없이 2018년 초로 거슬러 올라갔다. 나를 좌절시켰던 배우님의 연극 무대. 그때도 장애인 좌석이 맨 뒤에 있었다. 배우들이 직접 무대 위에서 연기를 하는 연극과 영화 무대 인사의 공통점은? 앞줄일수록 배우를 가까이에서 볼 수 있다는 점 때문에 프리미엄이 붙는다는 것. 그래서 유독 무대 인사 스케줄은 장애인 좌석이 없거나 맨 뒤에 있는 관에서 진행되는 거라고 결론 내리면 너무 성급한 걸까? 이런 제목의 기사를 어렵지 않게 찾을 수 있는 걸 보면 딱히 그런 것 같진 않다. "영화관은 맨 앞, 공연장은 맨 뒤… 찬밥자리는 '장애인석'"[12]

영화 산업에 투입되는 자본의 규모와 그곳이 내가 좋아하는 사람이 일하는 판이라는 점을 감안하면 이 정도는 그러려니 하고 이해할 수 있는 일이다. 뭐, 그 덕분에 처음으로 영화를 왜곡 없이 볼 수 있었고 배우님이 날 볼 수 없었다는 확신도 얻었으니 말이다. 그리고 진짜 문제는 따로 있었다.

극장에 들어가 보니 내가 예약한 자리에 일반 좌석이 놓여 있었다. 우리를 안내한 극장 직원에게는 장애인석에 놓인 의자를 옮길 권한조차 없는 건지 우왕좌왕하다 사라져버렸다. 복도에서 초조한 마음으로 기다리고 있는데 사람들이 환호하는 소리가 들렸다. 결국 나는 내가 예약한 맨 뒷줄 좌석의 뒤에 자리를 잡았다. 그러는 동안 봉준호 감독의 목소리가 극장 안을 메웠다. 가뜩이나 소위 마이너스 시력으로 주변 사람들을 놀라게 하는 나로서는 그의 헤어스타일과 부채밖에 알아볼 수 없었다.

나는 그날 태어나서 두 번째로 연예인을 봤다(처음은 척추 수술을 받고 입원 중인 병원에서 촬영을 한 배우였다). 이건 팩트다. 그러나 솔직히 무슨 의미가 있나 싶다. 내가 정말로 보았던 것, 보았다고 느꼈던 것은 헤어스타일 정도가 구별되는 인영에 불과했다. 물론 약 1미터 앞의 내가 예매한 자리에서 본다고 그들의 얼굴이 보이지는 않았을 것이다. 하지만 극장의 복도에서 사람들이 무대 인사를 즐기고 있는 것을 지켜보며 나는 완전히 배제된 느낌에 숨을 편하게 쉴 수 없었다. 그럼에도 어떻게든 그 순간과 해상도가 낮은 위성 사진 속 모습 같은 배우님을 뇌리에 각인시키기 위해 죽을 힘을 다했다. 그렇게 시간은 훌쩍 흘렀다. 영화 속 기정이가 꼬챙이에 꿰인 채 헛웃음을 웃으며 내뱉는 대사를 들으며 나도 헛웃음을 흘리지 않을 수 없었다. 저거 왠지 애드리브 같은데. 사실이었다.

영화를 보고 나온 옥상 주차장은 해가 쨍했고 초록색 바닥에 반사된 열로 후끈했다. 나는 늘 그렇듯 아무 말도 하지 않았다. 그때까지는 영화의 여운을 즐기기 위해 그랬다는 것을 아는 부모님은 특별히 이상하게 생각하지는 않는 것 같았다. 그랬길 바란다.

코로나19가 확산되던 2020년도 초 겨울에는 천안에 있었다. 외할머니가 절에서 내려오다가 넘어져 골반이 부러졌는데 수술은 잘됐지만 원래 치매 증상이 있는 할머니가 수술한 것을 잊고 움직이기라도 하면 큰일이었다. 누군가 24시간 곁에 있어야 했다. 당장 그것이 가능한 사람은 엄마뿐이었다. 나는 말할 것도 없고 치매에 걸린 친할머니를 집에서 수년간 돌보다 얼마 전에야 장례를 치렀던 터라 외가 식구들이 모두 엄마를 만류했다. 하지만 엄마는 내게 물었다.

"(할머니 집) 갈래?"

"맘대로 해. 나야 어차피 휠체어랑 컴퓨터만 있으면 되는데."

그렇게 천안에 내려가 있는 동안 코로나19가 국내에 퍼지기 시작했고 영화 〈기생충〉이 미국 아카데미 시상식을 휩쓸었다. 그리고 나는 마치 속세를 떠나 혼자만의 시간을 보내는 듯한 기분을 느꼈는데 엄마는 할머니한테 신경을 쓰느라 내게 평소보다 신경을 못 썼다면서 미안해했지만 오히려 나로서는 전에 없이 특별한 시간이었다. 두 번 다시 느끼기 힘들 그 기분을 나는 최대한으로 만끽했다. 그렇게 고독을 씹으며 핵겨울이 배경인 장편소설의 초고를 썼다(이 소설로 나는 데뷔할 뻔했다). 그러다 눈이 아주 많이 오는 날에는 〈경성학교〉 다음으로 좋아하는 〈설행: 눈길을 걷다〉를 보았다. 수녀원에서 평생을 살아온 문주가 눈 내리는 창밖을 애절한 눈으로 내다보는 장면에서 나는 내 모습을 보았다. 물론 배우님도 보았고.

음, 확실히 나한테 영화는 문화 그 이상인 것 같다. 그럴 수 있었던 건 물론 배우님을 좋아하게 되면서였다. 인생을 살면서 하나쯤은 진심이어야 하는 게 아닐까, 그래야 죽을 때 후회를 덜할 수 있지 않을까 하는 생각을 최근 들어 한다. 나는 비로소 그런 대상이 생겼고, 그래서 그에게 늘 감사한 마음을 가지고 있다.

나의
덕질일지

내가 글쓰기 이외에 유일하게 진심인 그분, 배우님에 대해 알게 된 것은 2016년 1월의 어느 밤이었다(일과 시 분까지 특정할 수 있지만 좀 이상해 보일 테니 자제하겠다). 저녁마다 누워서 수동적으로 TV를 보던 나는 예능 프로그램을 챙겨보는 것이 일종의 루틴이었는데, 그중 '라디오스타'라는 예능에 나온 그분은 이제 막 떠오르는 신예 배우였다. 〈검은 사제들〉이라는 영화에서 귀신에 빙의된 연기로 관객들을 사로잡았던 배우님은 당연하지만 영화 속 인물 영신과는 몹시도 거리가 멀어 보였다. 처음에는 그가 영신인지도 몰랐다. 배우님은 분명 신인임에도 당찼고 당당했다. 할 말은 하고 가부가 명확했다. 멋있었다. 그런 그분이 나와 동갑인 91년생이라는 것을 알자 나는 또 약간 가라앉았다. 그 시절의 나는 TV에 나오는 91년생을 볼 때마다 스스로를 한심해하는 인간이었다. 어쩌면 친구와 연락을 끊은 것 또한 같은 이유였을 것이다.

그분, 배우님은 처음에는 내게 또 한 명의 동갑내기 스타일 뿐이었다. 그런 줄로만 알았다. 그런데 아니었다.

시간이 흐르고, 배우님을 다시 TV에서 마주했다. 〈뷰티풀 마인드〉라는 드라마에서였다. 앞서 말했듯, 사이코패스와 같은 유형에 관심이 많았던 나는, 의사인 주인공을 사이코패스인 듯 연출하는 드라마의 예고편만으로도 볼 이유가 충분했다. 그런데 SNS에서 듀나 작가님이 리트윗한 영상 속에 사이코패스일지도 모를 의사 역할을 맡은 배우 장혁과 함께 그분이 있었다(이후로도 나는 배우님의 소식을 듀나 작가님을 통해 접할 수 있었는데 이 기회를 빌려 깊은 감사를 표한다).

드라마는 조기 종영을 했다. 듀나 작가님이 아쉬움을 토로했듯이, 보통의 의학 드라마와는 차별점이 분명한, 단순히 시청률로 판단하기엔 아까운 드라마였다. 개인적으로는 사이코패스인 듯 아닌 듯한 주인공에게 포커스가 다소 몰리는 바람에, 그분이 맡은 상대역이 조연처럼 되어버린 것은 분명 실책이었다고 생각한다.

이 드라마를 보면서 나는 인정하지 않을 수 없었다. 나는 저 사람을 좋아한다. 하지만 영 꺼림칙했다. 연예인을 좋아하는 일을 내가? 믿을 수가 없었다. 믿고 싶지 않았다.

또 시간이 흘렀다. 역시나 듀나 작가님의 리트윗을 통해 배우님의 새로운 작품 소식을 접했다. 피아노 앞에 앉아 있는 모습이었다. 영화일까? 아니면 드라마? 나는 작품의 제목을 검색해보고 한참을 멍하니 있었다.

연극이었다. 배우님은 한결같이 무대에 대한 애정을 표현하는 사람이다. 동기 중에서 연극에 대해 변심한 얘기를 하는 사람에게 세게 한 소리 해줄 만큼 무대를 아끼는 사람이다. 그런 그분이 드라마를 통해 피할 수 없었던 여러 아픔을 딛고 세 번째로 오르는 무대였다. 무대 위의 배우님을 보고 싶었다. 나는 연극이 예정된 극장의 환경을 찾아보았다. 장애인석이 있긴 했지만, 그 정도로는 부족했다. 비장애인에게 '가능하다'는 장애인의 입장에서 '가능할 수도 있다'일 뿐이다.

결국 나는 내가 연락처를 알고 있는 유일한 장애인 친구에게 다짜고짜 연극을 본 경험이 있는지 물었다. 복지관에서 함께 수치료를 받던 어렸을 때에도 그 친구는 나와는 달리 물속에서 몸을 자유자재로 움직였고 수영장 바닥까지 잠수할 수 있는 아이였다. 대학까지 간 그 친구는 현재 활동 보조인의 도움을 받아 자립적으로 사회 활동을 하고 있다. 그런 그 친구의 경험을 그대로 나한테 적용할 수는 물론 없었다. 그리고 고백건대, 나는 그 친구에게도 91년생 연예인을 향해 느끼는 것과 유사한 감정을 느끼고 있었다. 그래서 그 친구가 별거 아니란 듯 연극을 본 적은 있지만 좋아하지는 않는다며 극장의 시설에 대해 이러쿵저러쿵 이야기를 하는 것을 보며 나는 그 어느 때보다 내 스스로를 죽이고 싶었다. 흔히 말하는 관용적 표현이면서 동시에 아니기도 했다.

대화를 마친 나는 일기를 쓰기 시작했다. 위에 쓴 이야기를 간략하게 정리하고는 메모 프로그램 속 나한테 따져 물었다.

"너 연극 좋아해?"

'아니.'

"평소에 살면서 관심을 가져보기는 했어?"

'아니.'

"근데 대체 지금 왜 이러고 있는 건데?"

'알면 이러고 있겠냐.'

할 말이 없었다. 그리고 할 일도 없었다. 나는 그냥 또 글을 썼다. 그러다 충동적으로 배우님의 팬카페에 가입해버렸다. 아무래도 단단히 미친 것 같았다. 하지만 그게 원래 내가 아니던가?

그렇게 나의 첫 덕질이 시작되었다. 2018년 3월, 겨울의 끝자락이었다.

매우 혼란스러운 나날이었다. 눈을 떠 컴퓨터를 켜면 문안 인사를 드리듯 팬카페에 접속하고 배우님이 출연한 것이라면 역할이 '여고생 3'이든 독립영화든 성인영화든 단편영화든 아니면 15초짜리 광고 영상이든 가리지 않고 찾아보면서 나는 생각했다. 미쳤나? 어쩌면 미쳤는지도. 하지만 팬카페에는 나보다 더 '미친' 사람들이 많고도 많았다. 배우님이 자신의 SNS에 올리는 사진을 팬카페에 퍼 오고, 인터뷰나 기사를 스크랩해 오고, 그분이 연기한 인물을 등장시켜 팬픽을 쓰기도 했다. 나는 '미친' 사람들을 관찰하며 거기까지는 미쳐도 되는가 보다 하며 하나둘 따라해봤다(팬픽은 해보려고 했으나 도저히 할 수가 없었다). 그리고 내가 따라할 수 없는 '미친' 행동도 있었다.

연극 관람. 그것도 N차로. 그리고 커튼콜 촬영. 사람들이 매일같이 팬카페에 올리는 커튼콜 영상 속에서 배우님은 감정에 북받치는 듯 눈물을 글썽였다. 그러면서도 거기 있는 사람들을 향해 또랑또랑한 목소리로 외쳤다.

"와주셔서 감사합니다!"

나는 연극의 내용이나마 알아야겠다는 오기로 관련 후기를 찾아보고 각색 과정에서 흘러나온 대본의 일부를 찾아 읽었다. 그리고 원작이라 할 수 있는 영화를 시청했다. 이런 내용이구나. 영화 자체는 그렇게 내 취향은 아니었는데, 왜인지 눈물이 나왔다. 미친 게 틀림없었다.

무엇보다 내가 견딜 수 없었던 것은 내가 느끼는 낯설기 그지없는 감정이 드라마나 소설에서 묘사될 때였다. 어, 저거 지금 내 마음인데. 근데 저 사람들은 사랑하잖아. 그럼 나도 그런 걸 하는 거야? 얼굴 한 번 보지 못한 연예인을 대상으로? 나는 내 자신이 끔찍하게 느껴졌다. 머릿속에서 사이렌이 왕왕 울렸다. 비상! 비상! 이 미친놈이 기어코 넘지 말아야 할 선을 넘어버렸다. 신이시여, 이 미친놈을 구원하소서.

절박한 심정으로 서점 사이트의 카테고리를 훑어보았다. 덕질에 대한 매뉴얼이 필요했다. 무엇이 괜찮고 무엇은 괜찮지 않은지 답안이 필요했다. 인문? 심리? 사회? 과학? 문화? 1세대 아이돌 팬덤 문화를 분석한 책이 있기는 했지만 전자책으로 출간되지는 않았고 목차를 봐도 내가 찾는 내용은 아니지 싶었다. 어디에도 내가 찾는 것은 없었다. 그렇게 방황하던 내게 신의 계시처럼 한 영상이 나타났다.

SNS에서 돌고 있던 유튜브 영상이었다. 작사가 김이나, 래퍼 딘딘, 데이브레이크 이원석, 그리고 가수 정세운 넷이서 나누는 이야기 중 김이나 작사가가 말했다.

"(세 뮤지션을 가리키며) 본인들은 모르겠지만, 팬들은 처음 입덕하면 마음 고생하는 시기가 있어. 입덕이라는 것도 사랑에 빠질 때랑 크게 다르지 않아."

나는 할 수만 있으면 무릎을 탁 내리치고 싶었다. 소리쳐 외치고 싶었다. 나는 미치지 않았어! 아니, 미친 건 맞지만, 그래도 걱정하는 것처럼 위험한 상태는 아니었다. 나는 김이나 작사가가 쓴 에세이를 읽으며 그 밖에도 다양한 답안을 얻었다.

그 후로는 내가 연예인을 좋아한다는 사실을 굳이 외면하지 않았다. 할 수 있는 일을 했고 즐길 수 있는 건 즐겼다. 정말이지 운이 좋게도 내가 가장 좋아하는 〈경성학교〉를 재상영한다는 정보를 입수하고 다시 극장에 갔다. 여전히 장애인석은 앞쪽 구석이었지만 개의치 않았다. 그렇게 성인이 되고 두 번째로 본 영화는 사뭇 다른 느낌을 줬다. 극장이라는 공간과 사운드가 주는 효과가 지금 여기 장애인석에 있는 나를 지워내주었다. 영화가 끝나고 제작사 대표인 김조광수 감독이 한 말을 팬카페에 공유하면서 나는 좀 기뻤다. 그리고 많이 놀랐다. 내가 내가 아닌 것 같았다. 실제로 나는 좀 달라져버렸다. '볼빨간사춘기'의 〈나의 사춘기에게〉를 듣고 오열할 만큼.

사실 덕질을 하게 되면서 달라진 것을 열거하다 보면 영락없이 청춘 로맨스 드라마의 등장인물을 설정하는 것처럼 느껴져서 굉장히 난처하다. 나는 아직도 입 밖으로 배우님의 이름을 소리내 말하는 것을 《해리포터》 시리즈 속 사람들이 볼드모트의 이름을 입 밖으로 꺼내는 것과 같은 수준으로 어려워하는데, 그래서 엄마한테 극장에 가야 한다는 이야기를 할 때마다 이런 식으로 말한다.

"저기, 새로 개봉한대."

원래도 내 비언어적 표현에 능통한 엄마는 귀신같이 알아듣기 때문에 불편함이 있지는 않았다. 얼마 전까지는 말이다.

자꾸 문윤성SF문학상 얘기가 나와서 지겨울 수 있는데, 수상 이후 출판사에서 새로 선보이는 SF 전문 계간지 《어션 테일즈》 창간호에 실리게 된 인터뷰에 대한 이야기를 조금 해야 한다.

사실 그때까지만 해도 나는 낯선 사람들을 만나고 그들에게 내 몸을 보이는 데 굉장한 거부감을 느꼈다. 그래서 처음 했던 〈전자신문〉과의 인터뷰를 제외하고는 이런저런 핑계를 대고 서면으로만 인터뷰를 진행했다.(다행히 핑곗거리는 내 몸이 제공해줬다. 어쩜 그렇게 맞춰서 컨디션이 나빠질 수 있는지. 인터뷰를 못 할 정도로 아팠던 건 아니지만 핑계로는 부족하지 않은 정도였다.) 그런데 편집장님이 《어션 테일즈》에 실을 단편소설 이야기를 하며 인터뷰에 대해 말했을 때 나는 갈등하지 않을 수 없었다.

"서면으로 하면 안 되려나요?"

"서면은 아무래도 느낌이 다르니까요. 그리고 새롭게 사진도 찍었으면 하고요."

〈전자신문〉 인터뷰 때 함께 왔던 사진작가님이 찍어준 작품이 인터넷에 다소 많이 뿌려져 있기는 했는데 그렇지 않아도 출판사에서 다른 사진이 없는지 물었던 적이 있지만 그런 게 있을 리 없었다. 하지만 그보다는 다른 데도 아니고 날 데뷔시켜준 곳인데 할 수 있는 한 최선을 다해야겠다는 생각뿐이었다. 결국 나는 대면 인터뷰에 동의했고, 그렇게 약 반년 만에 다시 낯선 사람들이 우리 집에 찾아왔다. 다행히 사진작가님이 구면이라 마음이 조금 놓였다. 그리고 에이전시의 매니저님도 함께 왔는데 대면은 처음이었지만 처음 그곳에 들어갈 때 했던 화상 미팅을 통해 얼굴을 익힌 이후였고, 수차례 메일로 소통하면서 친근하게 느낄 수 있었다. 뭐 이런 일로 바쁜 시간을 내시나 했지만 어쨌든 나는 좋았다.

인터뷰이는 《붉은 마스크》의 저자 설재인 작가님이었다. 설재인 작가님의 《붉은 마스크》는 수학 교사였던 본인의 경험과 고

뇌가 도마 위의 활어처럼 펄떡거리는 미친 작품이다. 나는 그 책을 보면서 정유정 작가님의 《28》과 스티븐 킹의 여러 소설들을 떠올릴 수 있었는데 아니나 다를까 설재인 작가님도 스티븐 킹 팬이었다. 아니, 그야말로 진짜 덕후였다. 내가 첫 인터뷰 때 그 두 작가를 언급했던 것을 이야기하며 설재인 작가님은 스티븐 킹의 《유혹하는 글쓰기》에 대한 질문을 하기도 했다. 사실상 덕메이트들의 수다였다.

문제는 마지막 질문에 있었다. 설재인 작가님은 물었다. 하랑이에게 첼리스트 노아 성이 있다면 내게는 무엇이 있느냐고. 그러면서 옆에 앉은 매니저님과 농담을 주고받았다.

"이것만 있으면 (행사 같은 것) 무조건 낚는다."

인생 최대의 고비였다. 말해야 하나? 할까? 하고 싶은 마음이 없었던 것은 아니지만 입이 좀처럼 떨어지지 않았다. 그렇다고 그런 거 없다고 거짓말할 수는 없었고 이렇게 계속 어버버하고만 있어서도 안 되었다. 나는 말을 꺼내기 시작했다.

"있어요. 배우를 좋아해요."

오, 어떤 배우? 하는 질문에 나는 한심하게도 이렇게 답했다.

"영화 〈기생충〉에서 기정이로 나오는……."

아, 저것이 나의 한계였다. 내가 얼결에 던진 수수께끼에 설재인 작가님은 당황했다.

"아, 누구였지?"

나는 스스로를 어딘가에 묻고 싶었다. 다행히 사진작가님이 그분의 이름을 말했고 그렇게 고비는 넘길 수 있었다. 이름을 말하지 못한 것에 비하면 퍽 당돌하게 "시상식이랑 무대 인사가 겹치면 무대 인사에 가겠다"고 했는데, 그건 그냥 있는 그대로 말한 것뿐이었다. 사진작가님의 초이스로 벽에 걸어 두었던 영화 〈언더독〉 굿즈를 배경 삼아 사진을 찍으며 나는 생각했다.

돌이킬 수 없는 강을 건넜구나.

하지만 마음만큼은 더없이 개운했다. 이것을 계기로 나는 마치 기다렸다는 듯이 SNS를 통해 나의 덕심을 전시하기 시작했는데, 뭐랄까 이제야 조금 숨이 트인다고 할까. 따지고 보면 전혀 그럴 일이 아닌 걸로 나는 너무 경계심을 가지고 살았던 것 같다. 그리고 그 이면에는 나의 장애가, 나의 장애에 대한 시대착오적인 인식의 영향이 분명 있었을 것이다. 사실 지금도 있기는 하다.

엄마가 언젠가 이런 걸 물었던 적이 있다. 팬미팅 같은 건 안 하냐고. 나는 말했다.

"하면 가겠어?"

아직은, 나도 어쩔 수 없다. 왜냐하면 "입덕이라는 것도 사랑에 빠질 때랑 크게 다르지 않"기 때문에.

그래서인지, 내가 가장 힘들 때 힘이 되어준 그분으로 인해, 나는 아프기도 참 많이 아팠다.

우울의
시간

    원체 무감각하고 무덤덤한 나는 우울증이 극도로 심했던 지난 몇 년을 거의 좀비처럼 지냈다. 오직 관성에 의지해 글을 쓰거나 책을 읽으며 하루하루를 보냈다. 저녁을 먹고 누워서는 TV로 영화나 드라마를 봤고, 한숨 자고 일어나면 모두가 잠든 시간에 홀로 천장을 보며 내일 쓸 장면을 그려보았다. 그러다가 죽음에 대해 생각했다. 이런 얘기가 누군가에겐 충격적이거나 신을 모독하는 것으로 받아들여질 수도 있지만, 사실 그렇게 암담하기만 한 행동은 아니었다.

    우울증에 걸린 사람은 그러지 않을 때보다 이성적이고 현실적인 사고를 한다는 말이 있다. 물론 우울증이 심각해지면 다 소용없는 일이긴 하지만. 아무튼, 내가 죽음에 대해 생각한 건 그저 나 같은 처지에 놓인 사람이 죽을 수 있는 가능성에 대한 고찰이었다. 나 같은 사람이 죽을 때에는 어떤 경우가 가능할까. 자다가 숨이 막혔는데 주변에 사람이 없다든가, 오래된 전동 휠체어가 급발진을 한다든가, 아니면 안 좋은 배변 습관 때문에 대장에 암이 생긴다든가 등등. 생각하면 한도 끝도 없다. 이러한 생각을 글을 쓰지 않을 때, 일종의 놀이처럼 했다.

지금도 가끔은 그 놀이를 할 때가 있는데, 우울해져서 냉혹한 리얼리스트가 되면 그렇게 된다. 나한테는 나의 마지막이 꽤나 현실적인 무게를 가지고 있기 때문에 어떤 면에서는 생각으로나마 그것을 대비하는 게 의무 같기도 하다.

그런 연유로 나는 한때 내가 사이코패스는 아닐까 생각하기도 했다. 아니면 편도체에 이상이 있다든가. 나중에 소설을 쓰는 데 참고하기 위해 정신질환에 대해 살펴보다가 알게 됐다. 사이코패스는 당연히 아니고, 편도체에 이상이 있는 것도 아니었다. 나는 여전히 거미나 귀신을 무섭게 느꼈다. 그저 우울증이 너무 심했던 것이다. 물론 정확한 진단은 의사가 내려야 하지만, 책에 쓰여 있기를, 우울증이 심하면 감정적으로 무뎌진다 했다. 그 정도면 납득이 됐다. 나는 다시 글을 쓰며 생각했다. 그냥 우울증이네. 시시하네.

개구리를 넣은 물의 온도를 서서히 올리면 개구리는 자신이 삶아지고 있다는 것을 모른다 한다. 내가 딱 그 꼴이었다.

나의 상태가 퍽 심각하다는 것을 깨닫게 된 계기는 다름 아닌 노래였다.

음악 듣기를 참으로 좋아했던 내 동생 덕분에 힙해질 수밖에 없었던 사연은 소개했다. 힙합 열풍이 한바탕 휩쓸고 지나간 대한민국은, 동생의 선곡을 근거로 보자면 인디 열풍에 휩싸이는 듯했다. 그래서 또 한동안은 온 집안에 제이레빗이나 10CM 같은 인디 가수의 노래가 가득했다. 그러다 언젠가부터 메인 가수가 바뀌었다. 목소리가 아주 특이하고 영어 발음이 매우 독특한 신인 그룹이었다. 나는 그 가수의 이름을 한 번에 알아듣지 못했다. 뭐? 뭐가 빨갛다고?

그 그룹이 새로 발매한 음반의 타이틀곡을 듣고 나는 어처구니가 없게도 울어버리고 말았다. 그것도 꺽꺽거리면서 아주 오열을 했다. 살면서 노래를 듣고 울게 될 거라고는 생각도 안 해봤는데. 그걸 하고 있었다. 내가 우는 동안 온 가족이 당황했고, 노래는 계속되었다.

나는 한때 내가 이 세상에 사라지길 바랬어

온 세상이 너무나 캄캄해 매일 밤을 울던 날

차라리 내가 사라지면 마음이 편할까

모두가 날 바라보는 시선이 너무나 두려워

아름답게 아름답던 그 시절을 난 아파서

사랑받을 수 없었던 내가 너무나 싫어서

엄마는 아빠는 다 나만 바라보는데

내 마음은 그런 게 아닌데 자꾸만 멀어만 가

어떡해 어떡해 어떡해 어떡해

그래도 난 어쩌면 내가
이 세상에 밝은 빛이라도 될까 봐
어쩌면 그 모든 아픔을 내딛고서라도 짧게 빛을 내볼까 봐
포기할 수가 없어
하루도 맘 편히 잠들 수가 없던 내가
이렇게라도 일어서 보려고 하면 내가
날 찾아줄까 봐
얼마나 얼마나 아팠을까
얼마나 얼마나 아팠을까
얼마나 얼마나 얼마나 바랐을까

감정이 수습된 다음 날 나는 왜 노래를 들으며 눈물을 쏟았는지 생각해보았다. 그 결과 내가 정신적으로 문제가 심각하다는 결론을 내렸다. 그리고 그 원인은 필시 배우님 때문이라는 오판 또한 했다. 정확히 말하면 '사랑에 빠질 때랑 크게 다르지 않'은 덕질을 하게 되면서 감정적으로 다시 활성화가 됐는데, 그래서 우울증을 더 강렬하게 느끼게 되었던 것이다. 아이러니란 이런 게 아닐까.

우울한데도 우울한지 몰랐던 내가 배우님으로 인해 나의 상태를 인지할 수 있게 됐다. 그래서 더 많이 고통스러웠지만, 고통은

경보 시스템이다. 나의 경보 시스템이 드디어 복구된 것이었다. 덕질이 계속되면서 마치 데드크로스를 뒤집어 놓은 듯 나의 인간성이 점차 회복되었다.

죽음을 생각하는 횟수가 줄었다. 그 대신 나는 전과는 다른 이야기를 상상하게 됐다. 엄마와 산책을 하던 나는 집으로 돌아오는 골목에서 낙엽에 파묻혀 방치된 우체통을 보며 평소 같으면 결코 하지 않았을 생각을 하게 됐다. 상대에게 닿지 않을 편지를 쓰는 사람의 마음을 생각했던 것이다. 나는 그 즉시 대강의 얼개를 떠올렸고 집에 돌아와 책상 앞에 자리를 잡자마자 짧은 소설을 썼다. 〈편지를 쓴다는 것은, 어쩌면〉은 제21회 민들레문학상에서 대상을 받았는데, 이 상은 '한국민들레장애인문학협회'가 주최하는, 장애인 및 가족 대상의 공모전이다. 심사를 맡은 장정옥 작가님은 이 소설에 대해 이렇게 평했다.

"이 작품의 장점은 문장이 인물의 나이에 어울리게 아주 신선하다는 것이다. 소설은 문장, 서술, 구성 어디 한 곳 나무랄 데 없이 완벽하다. 대화도 꼭 필요한 말로 짜여 있어서 작품 전체가 소설의 모범답안 같다는 생각이 든다. 이런 소설을 만나면 궁금해진다. 이것이 몇 번째 소설인지, 작가가 어떤 사람인지 궁금하다."

그리고 같은 해 겨울, '한국예술문화단체총연합회'의 예술세계 신인상 공모전에 좀비를 소재로 한 단편소설 〈저의 아내는 좀비입니다〉가 당선되었다. 사실 민들레문학상으로 신인이 아니게 되었지만 그 상을 주최하는 협회가 문인 단체에 정식으로 등록된 기관이 아니라며 공식적으로 인정받지는 못하고 있는데, 물론 나는 문윤성SF문학상을 수상하며 "화려하게 데뷔"한 걸로 되어 있기 때문에 그런 걸 따지자면 꽤 복잡해진다. 중요한 건 이 소설이 좀비를 소재로 하는 것치고는 내가 그때까지 썼던 스타일과는 완전히 다른 감성 로맨스라는 것이다.

아닌 게 아니라 내가 본격적으로 공모전에 도전해보고자 단편 소설을 쓰기 시작한 즈음, 읽고 문자 그대로 비명을 내지르며 찬미한 소설이 다름 아닌 인공지능 로봇이 주인을 죽이는 다크 로맨스 〈안녕, 내 사랑〉이었다. 뭔가 새로운 시도를 해보고 싶어서 공부차 집어 들었던(비유다) SF 소설집이 정보라 작가님의《저주토끼》(분류가 그렇게 되어 있기는 하지만 사실 수록작 중 SF는 〈안녕, 내 사랑〉뿐이다)와 배명훈 작가님의《첫숨》인데, 물론 소설집이니만큼 수록작의 색깔은 다채롭지만 그래도 내가 보기엔 두 책 모두 매우 감성적인 느낌이 인상적이었다. 나는 비명을 이어 가며 나도 이런 걸 써야겠다고 마음먹었다. 그리고 메모장을 뒤적였다. 쓸 만한 게 하나 있었다.

인공지능 기술을 다룬 다큐멘터리를 보고 메모해 둔 것이었다. 배우 김명민이 영화 〈아이, 로봇〉 속 로봇의 모습으로 나와 화제가 된 바 있는 그 프로그램에서 소피아라는 인공지능 흉상 로봇이 연구소를 홀로 지키는 것을 보며 나는 왠지 마음이 쓰였다. 어느 날 갑자기 연구소 사람들이 더는 나타나지 않게 되면 저 로봇은 어떻게 될까. 그것은 두말할 것도 없이 나에 대한 의문이기도 했는데 엄마도 나를 두고 밖에 나갈 일이 생기면 거의 강박적으로 그런 생각을 한다고 한다. 이렇게 강박적이기까지 한 생각은 글로 풀어내는 게 여러모로 좋다. 스스로를 사이코패스가 아닐까 했던 과거에는 어림도 없는 일이었다. 하지만 더는 아니었고, 나는 인공지능 흥상 로봇 윌(《미 비포 유》의 남자 주인공 이름도 윌이다)과 타국에서 외롭게 지내는 대학원생 아라가 어쩌다 보니 한 공간에서 살게 되면서 나 아닌 또 다른 존재와의 관계가 지니는 역학에 압박을 받는 이야기 〈나무의 손〉을 썼다.

나는 전과는 다른 스타일로 글을 쓰기 시작했다. 그 과정에서 나의 장애에 대한 인식도 변화하며 그 어느 때보다 직접적으로 내 얘기를 썼다. 그렇게 쓴 소설들은 어쩐지 전보다는 조금 더 많은 사람이 보고 좋다고 해주었다. 공모전 예심 심사평에 내 작품의 제목이 언급됐다. 그다음 작품은 본심에 올랐다. '브릿G' 편집부의 눈에 들어 메인에도 걸렸다. 조금만 더 하면 될 것 같은데. 그렇게 1년 동안 여덟 편의 단편을 썼고, 그중 다섯 편을 한국과학문학상에 응모했다. '브릿G' 쪽지를 통해 모과 프로필 사진을 쓰는 누군가가 나에게 응원의 메시지를 보내며 함께 과학문학상 시상식에서 보자고 했지만 내 작품은 모조리 떨어졌다. 언급조차 되지 않았다. 키가 무척 크고 에너지가 화면을 뚫고 나올 것 같은 대상 수상자의 인터뷰를 보며 또 생각했다. 그럼 그렇지. 내가 되겠어?

고관절 수술을 받은 외할머니가 있는 천안으로 엄마와 내려간 나는 영화 〈기생충〉이 아카데미 시상식에서 상을 휩쓰는 것을 라이브로 보며 숨을 돌렸다. 그리고 핵겨울을 배경으로 하는 포스트 아포칼립스 장편소설을 썼다. 출판사에 투고해 놓고 잊어버릴 즈음 답변이 왔다. 잘 읽었지만 이러저러한 부분이 개선되면 좋을 것 같다는 메일에 답장을 보냈다.

"말씀 감사합니다. 그런데 결론이, 하자는 건가요? 죄송합니다. 제가 이런 게 처음이라서요."

그렇다는 답장이 돌아왔다. 나는 편집자가 말한 부분을 수정해서 다시 보냈다. 계약서가 왔다. 사인을 해서 돌려보낸 나는 생각했다. 이제는… 되는 건가?

다들 알겠지만 나의 정식 데뷔작은 문윤성SF문학상 수상작인 《슈뢰딩거의 아이들》이다.

되지 않았다. 출판사 사정을 이유로 일이 진행되지 않았다. 계약서에 명시된 선급금도 받지 못했지만, 그런 걸 따질 수 있는 입장이 아니었다. 피가 마르는 심정이라는 게 이런 걸까? 나는 그냥 또 썼다. 덕질로 연명하면서.

공모전을 준비하며 또 다른 이야기를 구상하기 시작했다. 그런데 의도치 않게 판이 커져 또 장편소설이 되어버렸다. 애초 계획했던 단편소설 공모전에는 낼 수 없게 됐다. 나는 한숨지었다. 이건 또 어쩐담. 연재나 해볼까. 그러다가 새로 생긴 공모전 소식을 접했다. 과학문학상처럼 응모 자격이 신인 한정이 아닌 기성 작가 포함이라 기대는 더더욱 할 수 없었고, 그저 써놓은 원고를 어떻게든 하고 싶었다. 그래서 응모를 했다.

30년을 수도권에서 살다가 천안으로 이사를 했다. 그렇게 장거리 이사를 한 것은 처음이라 온 가족이 정신이 없었다. 30년 만에 처음 생긴 내 방에 뒤늦게 컴퓨터가 설치됐지만, 딱히 눈에 들어오는 것은 없었다. 팬카페를 들여다보고 있는데 밖에서 엄마가 왠지 귀에 익은 말을 했다.

"출판사요?"

출판사? 출판사가 엄마를 왜? 뒤이어 들려온 출판사명에 한참을 생각하다 어, 했다. 엄마가 좀 벙찐 얼굴로 내 방으로 들어와 핸드폰을 내 귀에 대주었다. 인사가 오가고, 상대방이 말했다.

"문윤성SF문학상 수상하셨어요."

"…정말요?"

"(웃음) 예, 정말요."

"왜… 아니……. 정말요?"

"예. 축하드립니다."

"(반사적으로) 감사합니다. 어, 근데 진짜요? 아니, 그러니까…제가 확인할 수가 없잖아요."

"공식 메일로 곧 연락이 갈 거예요."

나는 공식 메일을 받고, 본인 확인 절차상 응모작의 원본 파일을 보내 달라는 안내에 따라 문서 파일을 첨부하고 메일을 써 보냈다. 그러는 동안 거실에서는 이사 때문에 모여 있던 외가 식구들이 환호성을 지르고 난리도 아니었다. 나는 다만 뭐지 싶었다.

뭐지.

진짜 된 건가.

그렇게 얼떨떨한 상태로 가족들의 축하를 받은 나는 그날 저녁 혼자서 〈경성학교〉를 보았다. 영화 속 연덕이를 보며 나는 물었다.

정말 된 거야?

연덕이는 피식 웃으며 말했다.

"하여튼. 가끔 이상한 소릴 한다니깐."

모르도르를
지워내며

매년 개최되는 한국SF어워드는 SF와 관계된, 관계하는 모두에게 축제나 다름없다. 습작 시절부터 내게 한국SF어워드는 일종의 모르도르였다. 저곳의 용암처럼 뜨거운 열기에 몸을 던지면 더 바랄 것이 무엇이랴. 죽어도 여한이 없을 거라 생각했다.

'슈뢰딩거의 아이들'이 또 한 번 사고를 치는 바람에 나는 이제 죽어도 여한이 없다. 이것은 흔히들 말하는 것처럼 관용적인 표현이 아니다. 문자 그대로의 의미가 담긴 말이다.

실은 문학상을 받았을 때부터 줄곧 품어 온 생각이다. 누군가는 이제 시작이라며 내게 파이팅을 외쳐주는데 감사한 말이지만 나는 정말 이대로 만족한다.

아주 오래전부터 나의 시간은 덤이나 마찬가지였다. 중증의 근육병을 앓는 나 같은 사람들(단순히 장애인이라는 정체성만으로는 우리의 악화되어만 가는 신체와 그에 따른 다종다양한 통증과 불편감을 설명할 길이 없다)은 단명이라는 적으로부터 한시도 긴장을 늦추지 않는 싸움꾼과 같다. 따라서 당신이 '운이 좋아서' 스티븐 호킹을 연상시키는 삐뚜름한 사람을 목격한다면 그는 그 순간 승리하고 있는 사람이라고 생각해도 크게 다르지 않을 것이다.(그렇다고 그 사람한테 뜬금없이 격려를 한다거나 연민의 시선을 보낼 필요는 없다. 진짜로 그러지 좀 말자.) 거의 반 평생을 이런 마음으로 살아왔고 앞으로도 그럴 것이다.

그렇다고 이제 늘어져서 살겠다는 것은 아니다. 보통 허무주의라고 하면 매사에 의욕을 느끼지 못하는 우울증 같은 것을 떠올리기 쉽다. 하지만 스스로를 허무주의자라고 지칭하는 사람들의 생각은 전혀 다르다. 소위 능동적 허무주의를 실천하는 사람은 인생의 절대적인 목표, 이를테면 모르도르를 마음속에서 지워낸다. 그들에겐 특별히 추구해야 할 지향점이 없다. 내일을 위해 오늘을 소진하진 않는다는 뜻이다.

나는 하루하루 글을 쓰는 것에 만족하면서 살고 있다. 앞서 꿈에 대해 이야기하긴 했지만 그건 어디까지나 미래에 대한 이미지 메이킹이다. 막말로 내가 15년쯤 뒤의 안락한 마지막을 실현하기 위해 글을 쓸 수 있는 현재를 소진하지는 않지 않나.

축제 얘기를 하다가 잠깐 심연에 발을 담글 뻔했지만 당황해하지 말자. 이츠 쇼타임!

《슈뢰딩거의 아이들》이 어워드 후보작 리스트에서 살아남았다는 소식을 들었을 때 나는 다른 소식 때문에 이미 축제를 즐기고 있었다. 어느 날 저녁, 인스타그램 메시지를 통해 나의 동기(라고 우기는) 이하진 작가님이 그 소식을 전해주었다.

"작가님 SF어워드 본심에 작품 두 개나 올라가신 거 아시나요?!?!"

나는 한창 들떠 있었던 나머지 추태를 부리고 말았다.

"으악, 조금 전에 소식 전해 듣고 헐 했어요. 말씀 주셔서 정말 감사합니다. 그런데 작가님 제가 올린 스토리 봐주세요. 죽어도 여한이 없다! (웃음)"

내 스토리를 보고 온 이하진 작가님이 말했다.

"(웃음) 축하드립니다! 많이 두근대고 설레시겠어요!"

그러면서 그는 무슨 생각을 했을까. 아마 뭐지 싶었을 것이다. 미안해요, 그땐 좀 제정신이 아니었어요.

그때 내가 즐기고 있던 축제는 대학로에서 예정된 개막식 행사 소식이었는데 그곳 진행을 맡은 것이 다름 아닌 그분, 배우님이었기 때문이었다.

잠깐. 아직 돌을 던지기에는 이르다. 나에게 해명할 시간을 허락하기를 간청한다.

이때로부터 얼마 전이었다. 전년도에 단편소설로 참여한 적 있는 '무장애예술주간 노리미츠인서울(No Limits in Seoul)'에서 또 한 번 함께 작업할 수 있는 영광을 주었다. 이번에는 전시였다.

글이 전시에 오르는 경우를 다른 작가님들의 SNS를 통해 본 적은 있었지만 내게도 그런 기회가 오다니 신기했다. 그때 소개받은 전시의 테마는 이렇다. 노리미츠인서울을 주최하는 한국장애인문화예술원이 혜화역 앞에 있는데 다양한 신체적 정신적 조건을 가진 사람들이 혜화역에서 센터까지의 길을 직접 체험해 글로 써보고 그것들을 전시할 예정이라는 것이다.

오, 재밌겠는데. 근데 잠깐, 직접?

나의 사정과 상황을 설명하고 양해와 배려를 구해야 하는 상황이 닥쳤다는 생각에 나는 나의 버튼이 위협받는 것을 느꼈고, 그래서 나의 비브라늄 방패, 에이전시에 도움을 요청했다. 그랬더니 너무나 간단하고 별거 아니라는 듯 회신이 돌아왔다.

"그럼 영상을 보내드릴게요."

나는 좀 민망했다. 그리고 죄송했다.(그러나 이것이 마지막은 아니었다. 매니저님에게는 늘 죄송한 마음을 가지고 있다.)

그쪽에서 보내준 영상을 보면서 나는 잠시나마 늦은 여름을 마로니에 공원의 그늘 아래에서 보낼 수 있었다. 그곳 벤치에 앉아 (있다고 생각하며) 나는 글을 썼다.

혜화역이요? 몇 번 출구요? 아, 2번이요. 예, 맞아요. 그 바로 앞이 이음 센터예요. 정확히는 한국장애인문화예술원이고요. 좌측으로 보일 거예요. 붉은색 벽돌 건물, 5층짜리요. 오세요.

네, 깔끔하죠. 건물만 그런 게 아니에요. 시선을 아래로 옮겨 보세요. 당신 발 쪽으로. 센터 건물과 비슷한 색감의 큼지막한 벽돌이 지그재그로 깔려 있는 보도블록은 정말 관리가 잘되어 있죠. 아시는지 모르겠지만 서울 명소 중 적지 않은 곳이 오랜 명성을 증명하기라도 하듯 노후화된 시설과 도로를 자랑해요. 혜화역 지하철 출구를 걸어 올라온 당신이라면 몰랐을 수도 있지만. 아신다고요? 아, 유아차요. 죄송해요. 그 생각은 또 못 했네요. 사람 생각이라는 게 참 그래요. 그죠?

그래도 공감대가 형성된 것 같아서 저는 좋네요. 당신은요?

비슷한 경험이 있다니까 하는 말이지만, 지금 당신이 내려다 보고 있는 길은 관리가 잘되어 있기는 하지만, 그렇다고 아주 흡족한 상태는 아니에요. 적어도 우리 같은 사람한테는요. 지 금 유아차를 민다고 상상해보세요. 바닥의 저 큼지막한 벽돌 하나하나가 유아차의 작고 딱딱한 플라스틱 바퀴를 통해 프레 임을 거쳐서 손잡이를 잡은 당신 손에 와닿는 것 같지 않아요? 생각만으로도 손과 팔이 저릿하지 않아요? 유아차를 탄 아이 는 어떻고요? 아마 금방 피로감을 느끼고 칭얼거릴 거예요. 그 리고 사람들은 쳐다보겠죠.

다행히 그런 길은 그리 오래 이어지지 않아요. 버스 정류장 쪽으로 나 있는 입구 쪽으로 가보면 약간의 오르막이 나와요. 뭐, 설마 그럴 일은 없겠지만 코너 바닥 조심하시고요. 광고판 서 있는 화단 가에 꼭 해자처럼 파여 있는 거요. 가끔은 취객이 거기 발이 빠져서 넘어지기도 한다고는 하더라고요. 아무튼, 미세한 오르막을 올라가면 거기가 출입구예요.

예, 오른쪽, 왼쪽 다 이용할 수 있어요. 하지만 계단을 오를 수 있으면 굳이 엘리베이터를 기다릴 필요는 없겠죠. 오른쪽의 계단이요.

예? 카페요? 네, 있어요. 아, 메뉴 현수막 보셨구나. 싸죠? 거기 사장님이 미쳤어요. 죄송해요. 재미있을 줄 알았어요. 카페는 안에서도 들어갈 수 있는데, 건물 우측에 자리하고 있거든요. 보이지 않나요? 아, 아직 안 들어가셨어요? 그럼 다시 나와서 건물 끼고 돌아보세요. 다시 말씀드리지만 화단 가 홈 조심하시고요. 대체 그런 건 왜 만든 걸까요? 제가 그 취객은 아니니까 오해는 마시고요. 아뇨, 아는 사람도 아니에요. 직접 본 것도 아니에요.

센터 옆으로 펼쳐지는 공원은 그 유명한 마로니에 공원이에요. 회색 빛 포장재는 가서 마냥 구르고 싶어지죠. 아마 유아차 탄 아이도 좋아할 거예요. 절로 미소가 지어지지 않나요?

하지만 오늘 당신의 목적지는 그곳이 아니에요. 이음 센터 건물에 딸린 카페죠. 아니, 카페가 아니라 2층 이음 갤러리가 진짜 당신의 목적지 아니었나요? 알았어요. 약속 시간은 아직 멀었고, 커피 한 잔의 여유를 갖는 것도 나쁘지는 않죠. 카페는 바로 왼쪽이에요. 예, 계단이나 경사로 올라가시면 돼요. 테라스가 아주 넓죠? 카페 우측의 길로 가도 센터 입구로 이어지니까 참고하시고요.

네? 생일카페요? 그게 뭐죠? 거긴 그냥 카펜데요. 지우가 누군데요? 어, 그건 모르겠어요. 아무튼, 들어가시면 돼요. 온통 지우뿐이요? 커피는 파는 거죠? 다행이네요. 아, 저는 가본 적 없어요. 아니요, 제 거까지 사실 필요는 없어요. 커피 싫어하는 거 아니고, 다른 거 사지도 마세요. 정말이에요.

그 뒤쪽에 길이 있어요. 이음으로 이어져요. 네, 방문자를 위한 휠체어예요. 수전동이 다 있죠.

아, 안내하시는 분께 인사하신 거죠? 네, 그대로 로비를 가로지르면 좌측에 엘리베이터가 나와요. 한 대는 아까 입구에 있는 것과 이어지는 거고, 맞은편에 있는 건 카페 반대쪽 입구하고 연결돼 있고요. 뭐, 건물의 특성상 이동하는 데에는 불편함이 거의 없죠. 그 화단 가의 홈은 제외하고요. 엘리베이터 맞은편에는 화장실과 계단이 있고요, 카페와 일직선으로 이어지는 방향의 문을 열고 밖으로 나가도 계단이 나와요. 안내 데스크 옆은 또 다른 출입구고요. 이번에는 엘리베이터를 타보실래요? 아무거나 상관없어요. 똑같아요.

타셨어요? 예, 층수에 비해 버튼이 많죠. 써 있겠지만 앞문과 뒷문을 각각 제어할 수 있어요. 편의상 뒷문이 바깥으로 통하는 문이고요, 앞문 쪽 2층 버튼을 누르면 돼요. 아, 문이 두개인 이유는, 그게 편하잖아요. 휠체어, 특히 전동 휠체어 같은 경우에는 크기가 크고 제자리에서 회전하는 데 한계가 있어요.

그냥 앞으로 들어가서, 그냥 앞으로 나가면 편하잖아요. 그리고 빠른 속도로 움직이기 어려운 경우를 위해 문을 멈춰 놓을 수도 있어요. 따지고 보면 별거 아닌 걸로도 많은 도움을 얻을 수 있는 사람들이 우리 주변에는 많아요. 물론 일부 사람들은 그마저도 '특혜'라며 억울해합니다만.

네, 나오시면, 기본적으로 구조는 같아요. 엘리베이터 맞은편에 화장실과 계단, 좌측으로 나가면 비상구, 카페가 있던 방향으로 쭉 가면은… 정면에 보이시죠? '이음 갤러리'. 좌측 문이에요.

저요? 저는 거기 없어요. 아니요, 외근이 아니라. 제가 말씀드리지 않았던가요? 저는 그곳에 가본 적 없습니다. 저는 움직일 수 없는 몸이거든요.

그럼, 즐거운 시간 보내시길.

내가 쓴 글이 전시되는 이음 갤러리, 한국장애인문화예술원은 혜화역 2번 출구, 다시 말해 대학로에 있다. 그런데 바로 그 앞에서 배우님과 펭수가 개막식을 진행하는 것이다! 축제로구나.

심심한 사과의 말을 전한다.

물론 《슈뢰딩거의 아이들》이 본심에 오른 것도 기쁘기 그지없었다. 그뿐만이 아니었다. 문학상을 받고 처음 쓴 단편소설 〈보육교사 죽이기〉가 본심에 오른 것은 정말 신기했다. 《슈뢰딩거의 아이들》의 하랑이를 세상에 내보낸 뒤로 나는 장애와 자폐에 대한 관심을 한껏 높이고 관련 공부를 시작했다. 그러면서 하랑이와는 경우가 다른 또 한 명의 자폐인 영이를 알게 되었다. 그 애는 말 그대로 자폐증이었다. 나처럼 누군가의 돌봄이 없으면 당장 오늘이 불투명한. 의도한 것은 아니었지만 자폐의 다른 측면을 보여주는 소설이기도 한 〈보육교사 죽이기〉가 《슈뢰딩거의 아이들》과 나란히 본심에 오른 것은 내게 더할 수 없이 감사한 일이었다.

그로부터 며칠 뒤, 에이전시 실장님이 전화 통화가 가능한지를 물었다. 전에도 한두 번 통화를 한 적이 있었기 때문에 나는 헛물을 켰다. 오, 또 대형 건이 잡힌 건가? 얼마 전 진짜 커다란 건을 소개받았다가 일이 엎어진 적이 있었던 것이다. 나는 통화 가능하다고 답했다. 30분 뒤에 통화를 하기로 해서 나는 엄마를 불러일어날 준비를 했다(나의 궁뎅이께서는 존귀함이 하늘을 찌르시기 때문에 휠체어 등받이를 자주 눕혀드려야 한다). 그런데 채팅창의 숫자 1이 없어지자마자 통화가 걸려 왔다.

"지금요?"

"앗, 30분 뒤에 하기로 해놓고. (웃음) 빨리 말하고 싶어서."

나는 잠시 양해를 구하고 휠체어 등받이를 올려 자리를 잡았다. 보통 이 과정이 1분 정도 걸리는데 생각을 하기에는 결코 적지 않은 시간임에도 나는 SF어워드 생각은 하지 못했다.

"네, 됐어요."

"SF어워드 수상하셨어요!"

나는 할 말을 잃었다. 그때는 아직 무슨 작품이 어떤 상을 받는지도 알 수 없었지만, 그게 무슨 상관인가. 수상을 했다는데. 나는 주문을 외우듯 연신 "감사합니다" 하고 말했다.

며칠 뒤 시상식 참석을 위한 서류 작성을 하면서 나는 과천과학관에 대해 알아보기 시작했다. 나 같은 사람들에겐 수상의 기쁨보다 더 시급한 문제가 있으니 그것은 다름 아닌 휠체어 접근성이었다. 내 머릿속에는 얼마 전 읽은 책의 한 대목이 타르처럼 엉겨 붙어 있었다. 《장애의 역사》를 보면 다음과 같은 내용이 나온다.

1957년 드와이트 아이젠하워 대통령은 후고 데프너Hugo Deffner가 고향인 오클라호마시티의 건물 접근성을 개선하려 했던 놀라운 활동을 인정해, 올해의 장애인상을 데프너에게 수여했다. 데프너는 상을 받기 위해 휠체어를 밀어 앞으로 나갔는데, 해병대 군인 두 명이 그를 무대 위로 들어 올려야 했다. 휠체어로는 무대에 올라갈 수 없었기 때문이다.[13]

상상만으로도 끔찍했다. 과천과학관은 지어진 지 얼마 안 된 신식 건물이지만 세상은 휠체어 사용자를 깜짝 놀라게 할 비장의 카드를 늘 숨기고 있는 조커와 같다. 나는 지난 회차 SF어워드를 다시 찾아봤다. 전삼혜 작가님이 듀나벨을 머리에 이고 무대에 오르는 명장면을 난 제대로 즐길 수 없었다. 아니, 도대체 단상 높이가 저게 얼마야? 못해도 1미터는 족히 넘을 것 같은 저길 무슨 수로 올라간단 말인가.

나는 또 한 번 버튼에 위협을 느꼈다. 머릿속에서 여러 가지 상충되는 생각이 치고받고 싸워댔다.

내가 뭐 유명인은 아니지만 그래도 내가 휠체어를 탄다는 것은 알려지지 않았나. 그러니 상을 수여하게 된 상황에서 어련히 알아서 준비를 해주지 않을까? 괜히 말 꺼내서 마치 그들을 믿지 못한다는 인상을 남기면 어쩌지? 그럼 기껏 준비해주고도 기분이 좋진 않을 거야.

하지만 그랬다가 아무 준비 안 돼 있으면? 야, 네 가족조차 가끔은 턱의 높이를 놓칠 때가 있어. 이런 걸 확인하는 건 순전히 네 몫이야. 그리고 그게 저 사람들을 위한 일이기도 하다고. 최소한 폭탄을 대비할 시간은 줘야 할 것 아냐?

한편으로는 준비가 안 된 무대 아래에서 이런 말을 하는 내 자신을 떠올려보기도 했다.

"저는 지금 이동 약자로서 투쟁을 하기 위해 이 아래에 있는 것은 아닙니다."

상상 속에서나 가능한 일이었다. 나는 매니저님에게 이 같은 내용을 전했다. 잠시 뒤 매니저님이 과학관 측 답변을 전달해주었다. 다행히 내가 본 무대는 아니었다. 그러나 현장 직원분들이 휠체어를 옮겨줄 수 있다는 이야기에는 더는 버튼을 사수할 수가 없었다.

"제가 균형을 잡을 수가 없어요. 그래서 들어서 옮기는 건 안 되는 것은 아니지만 좀 불안해요. 너무 쉽게 생각을 했나봐요. 죄송합니다."

나는 불참까지 고려했다. 이것은 내가 어떻게 할 수 있는 문제가 아니었다. 최소한 그때의 정신 상태로는 도저히 불가능한 일이었다. 그해 여름 서울국제도서전에서 한 출판사가 부스를 인테리어하기 위해 높이 10센티미터 정도의 단상을 깔았다가 사람들이 발이 걸리는 일이 있었는데, 몇몇 작가들은 이에 대해 소신 있는 발언을 했다. 내가 만약 그곳에 갔다가 그 단상을 마주했다면 나는 그런 이야기를 할 수 있었을까?

이런 내 소극적인 태도에 매니저님은 당황했던 것 같다. 어떻게든 일이 잘 풀릴 거라고 말해주는 매니저님에게 너무 죄스러웠다. 이건 절대 작가 매니지먼트가 될 수 없었다.

다행히 경사로를 설치하는 것으로 상황은 정리되었다. 여전히 경사로가 실제로 휠체어를 밀고 올라갈 수 있는지 등 확인이 필요했지만, 이 와중에 그런 것까지 확인할 엄두가 나지 않았다. 그건 그냥 마음을 비우기로 했다. 나는 생각했다. 어휴, 이런 것도 작가라고. 슈뢰딩거의 아이들 보기 부끄럽지도 않냐?

부끄러웠다. 내가 의도하고 그 애들을 데려다가 장애니 권리니 주장한 것은 아니었지만, 어찌 됐든 《슈뢰딩거의 아이들》은 그러한 이야기로 세상에 나왔고 그 이야기를 쓴 나에게도 책임이 있다. 지하철역에 나가 시위는 못할망정 그깟 단상 앞에서 좌절하다니?

이런 부끄러운 이야기를 굳이 하는 이유는 나 스스로 각오를 다지기 위해서다. 30년을 부모님의 보호막과 세상과 유리된 차단막 안에서 살았기에 나는 쉽게 흔들리고 쉽게 무너진다. 그러나 그것이 앞으로의 행동에도 변명이 되어주는 것은 아니다. 이것이 야말로 내가 극복해야 할 과제다. 다시 혼자만의 세계에 스스로를 가둘 생각이 아니라면 나는 달라져야 한다.

시상식 당일 일찌감치 집을 나섰다. 늘 그렇지만 나는 별 생각하지 않고 창밖으로 보이는 가을을 감상했다. 차로 가득한 경마장의 맞은편 주차장으로 들어가니 과천과학관이 눈에 들어왔다.

여유 있게 도착했던 터라 간이 무대가 설치된 전시관은 한적했다. 현장 직원분들과 운영위원회분들이 있었는데, 나는 구한나리 작가님을 발견하고 소리쳤다.

"스톱!"

수동 휠체어를 타면 이게 치명적이다. 특히 나 같은 경우에는 목을 가눌 수 없기 때문에 시야각이 매우 제한된다. 게다가 거의 제로에 가까운 폐활량 때문에 실외나 조금이라도 시끄러운 장소에서는 내 의견을 전달하기가 중노동 수준이다. 본의 아니게 버럭버럭 소리를 지르며 나는 구한나리 작가님에게 인사할 수 있었다. 하지만 거기까지였다. 잘 들리지도 않는 목소리로 무언가 길게 얘기해서 괜한 오해를 살 것을 우려해 나는 최대한 말을 아꼈다.

　안쪽에서 이지용 교수님이 나왔다. 역시나 "안녕하세요!" 하고 소리친 뒤 무대로 가 보았다. 엄마와 난 같은 반응을 할 수밖에 없었다. 무대의 오른쪽 끝 계단 옆에 설치된 경사로는 한눈에 봐도 꽤 가파르게 보였다. 생각보다 많은 사람들이 계단의 모서리와 모서리를 메우기만 하면 경사로가 되는 줄 아는 것 같다. 이 글을 쓰면서 좀 더 구체적인 수치를 적기 위해 검색을 하다가 경사로를 설치하는 데에도 법적 규정이 있다는 것을 알게 되었는데, '장애인·노인·임산부 등의 편의증진보장에 관한 법률 시행규칙(보건복지부, 2010)'에 따르면 경사로의 기울기는 1:12 이하로 하는 것을 원칙으로 한다고 한다. 즉, 무대의 높이가 1미터라면 밑변이 12미터에 가깝게 설치해야 하는 것이다. 사실 12미터는 결코 짧은 길이는 아니다. 하지만 2미터는 확실히 짧기는 하다.

　엄마도 나만큼이나, 아니 그보다 더 버튼 관리에 취약한 사람이라 경호원을 연상시키는 직원분들의 도움을 마다하고 날 밀고 경사로를 올라가봤다. 직원분 두어 명이 만약의 사태를 대비해 함께 올라가는 것을 보고 나는 이런 생각을 했다. 경사로 하중 때문에 전동 휠체어는 안 된다고 했는데, 이미 그 정도는 초과한 거 아닌가. 다행히 경사로는 튼튼했다. 하지만 어차피 전동 휠체어로는 오를 수 없는 경사로였다. 엄마는 자신보다 무거운 나(내 몸무게 31킬로그램 + 휠체어 무게 25킬로그램)를 밀고 무대 위로 올라가는 데 성공했다. 약간 상기된 얼굴로 엄마는 직원분들에게 말했다.

"할 수 있어요. 제가 할게요."

누군가는 엄마와 내 태도를 두고 뭐라 할 수도 있을 것이다. 우리라고 처음부터 이랬을 리는 없다. 도움을 주겠다는데 마다할 이유가 어디 있겠는가. 그러나 세상에는 자기보다 못하다고 여기는 사람에게 도움을 베풀며 허기를 달래는 사람들이 있다. 그리고 심지어는 그럼으로써 자신과 우리 같은 사람들의 '위치'가 다르다는 것을 과시하는 사람들도 없지 않다. 우리는 우리를 지키려는 것뿐이다. 다른 의도는 없다.

무대 점검까지 마쳤으니 이제는 즐길 수 있었다. 나는 무대 옆에 비치된 대상 트로피를 보며 생각했다. 와, 진짜 크다. 부럽다. 그러고는 밖으로 나갔다. 오전에 빵 하나와 커피를 마신 나는 밤 늦게까지 아무것도 먹지 못할 것을 대비해 바닐라라테를 사서 마셨다. 공룡을 보고 싶었지만 찾을 수 없었다. 그리고 돌아와 보니 꽤 많은 사람들이 로비에 있었다.

그들 한 명 한 명이 그야말로 별이었다. 나는 한 분 한 분의 눈을 보며 탄성을 자아냈다. 그때는 이미 사람들이 웅성이는 소리 때문에 제대로 목소리를 전할 수 없었다. 듀나벨을 안고 있는 김보영 작가님이 나를 보고는 말했다.

"늘 고양이 사진에 마음 찍어줘서 내적 친밀감을 느끼고 있었어요."

SNS에 늘 고양이 사진이 올라오는 계정이 있는데 김보영 작가님의 부계정이라고 생각은 했지만 그날에서야 나는 확신할 수 있었다.(나는 왜 그 순간에 이런 생각을 했을까. 그리고 그걸 에세이에 쓸까. 진짜 이상하다.)

"듀나 작가님이랑 사진 찍을래요?"

듀나 작가님의 분신인 듀나벨이 이번에는 내 다리 위 쿠션에 자리 잡았다. 나는 말했다.

"듀나 작가님 의중은……."

김보영 작가님이 웃었다(뭐지, 싶으셨을 거다). 나는 한쪽 벽면에 설치된 포토월 앞에 세워진 채 플래시 세례를 받기 시작했다. 대포 카메라를 든 직원분까지 가세해서 나와 듀나벨을 찍는 동안 나는 눈만 내리깔고 내 앞에 있는 듀나벨을 봤다. 나는 다한증 못지않게 손에서 땀이 많이 나는데 내 손이 듀나벨의 몸에 닿을락 말락 하는 게 좀 신경 쓰였다.

사람들이 준비된 좌석에 자리를 잡았다. 나는 시작하기 전까지 내 자리에서 완전히(40도) 누운 채 천장을 보며 대기했다. 그나저나 수상 소감을 어쩜담. 사전에 적어 보낸 것이 있어서 그대로 하면 될 것 같았지만 좀 더 임팩트 있으면서 슈뢰딩거의 아이들을 향한 나의 복잡다단한 마음을 자연스럽게 이야기하려면 어떤 구조가 좋을지 고민이 되었다. 게다가 무대를 올라가본 뒤로 또 하나의 고민이 추가되었다.

내가 공식적으로 경사로에 대해 감사를 표하는 것이 과연 적절할까?

아닌 게 아니라 경사로는 애초에 계획에 없던 것으로 순전히 나 하나 때문에 추가된 것이다. 내가 없었다면 혹은 내가 미리 말하지 않았다면 그 경사로는 존재하지 않았을 것이고 무대 예산과 노동력은 감축되었을 것이다. 꼭 그런 것을 따지지 않더라도 예외를 수용한다는 것은 분명 쉽지 않은 일이라는 것을 나는 잘 안다. 나는 주최측에 감사함을 느낀다.

그러나 그것을 무대 위에서 공개적으로 언급하는 것이 과연 적절한 일일까?

그때 매니저님이 옆 테이블에서 건너왔다.

"수상 소감 준비하셨어요?"

"어……."

"혹시 대상이 될 수도 있으니까요. 준비하시면 좋을 것 같아요."

"예……."

나는 살면서 너무나도 실망할 일이 많았다. 그래서 웬만하면 기대 자체를 하지 않으려 애쓰는 편이다. 아니, 거의 습관으로 굳어져 있다. 나는 최대한 슈뢰딩거의 아이들에게 집중하며 경사로에 대한 고민은 내려놓았다. 그건 누군가 계단을 설치해줘서 고맙다고 말하면 다시 생각해보기로 했다. 그러는 동안 행사는 시작되었다. 이정모 관장님이 축제의 서막을 유쾌하게 열었고 구한나리 작가님이 SF어워드의 의미를 되짚었다. 그리고 심완선 평론가님이 장편소설 부문을 시상하기 위해 무대 위에 올랐다. 한차례 재밌는 해프닝이 지나가고(유아차는 반납하자), 심사평을 이야기한 다음 심완선 평론가님이 말했다.

"장편소설 부문 심사위원단은 최의택의 《슈뢰딩거의 아이들》을 2022년 SF어워드 장편소설 부문 대상으로 선정합니다."

그리고 터지는 무대 효과 소리에 옆에서 엄마가 움찔했다. 그러고는 날 보는 엄마의 눈은 이렇게 말하고 있었다. 뭐라고?

나는 무대 위로 올려졌다. 엄마는 최대한 나를 주체적으로 보이게 하기를 원했던 터라 당신은 도로 내려가버렸다. 졸지에 대상 트로피를 넘겨 받은 심완선 평론가님이 내게 물었다.

"(휠체어가 앞으로 향하게) 돌려드릴까요?"

"예? 어……."

나는 좀 넋이 나가 있었다.

나는 헛웃음을 웃으며 수상 소감을 말했다. 그리고 내려와 다른 분들의 소감을 들으며 깨달았다. 슈뢰딩거의 이이들에게만 집중하느라 딱 그 얘기만 하고 내려온 거였다. 진정성 넘치는 박애진 작가님의 소감과 전년도에 이어 센스 있는 소감을 밝혔던 이서영 작가님에 비하니 내 소감이 너무 밋밋하게 느껴졌다. 하지만 상황이 상황이었다 보니 그나마도 최선이라고 생각했다.

다시 한번 모두가 무대에 올라 단체 사진을 찍었다. 상을 받고 가도 좋다는 이야기를 들었지만 나는 웬만하면 단체 사진을 남기고 싶었다. 초등학교, 중학교 졸업 앨범에는 내 독사진 외에 제대로 된 단체 사진이 거의 없는데 그걸 보며 아쉬움을 감추지 못했던 엄마의 모습이 꽤 강렬하게 남아 있던 터라 나는 각오를 다졌다. 다행히 장비빨(?) 덕을 보아서 끝까지 있을 수 있었다. 마지막으로 고래고래 소리를 지르며 인사를 하고는 뒤풀이 자리에서 빠져나왔다.

까만 밤이었다. 한 줄도 몰랐던 긴장이 풀린 탓인지 아니면 그냥 체력이 다했는지 기운이 쭉 빠지는 게 느껴졌다. 주차장으로 향하는 동안 전시관에서는 음악 소리와 사람들의 웃음소리가 끊이지 않았다.

여행을 마치고 다시 집으로

나는 에세이를 좋아한다. 확실하게 좋아한다는 것을 이번 작업을 통해 알게 되었다. 비단 내가 속한 직업군의 사람들이 쓴 에세이뿐만이 아니라 그보다 더욱 다양한 목소리를 듣는 것이 퍽 재밌는 일이라는 것을 나는 깨달았다. 이제야 말이다. 물론 여전히 내가 좋아하지 않는, 특히나 특정 정치인이 대필 작가를 통해 쏟아내는 말들을 견딜 수 있을지는 미지수지만.

이 에세이를 쓰면서 시간이 나는 틈틈이 에세이들을 찾아 읽었다. 이것도 약간 덕질에 대한 매뉴얼을 찾던 심정과 비슷한 이유에서였다. 아마 겉으로도 드러나겠지만, 나는 좀 심각할 만큼 고지식한 편이다. 무언가 최소한의 가이드가 없으면 거의 깡통이 되어버리곤 한다. 게임을 할 때조차 선택의 자유가 높으면 집중력이 떨어진다. 그래서 '문명' 같은 게임을 그리 좋아하지는 않는다. 사실 소설 청탁을 받을 때에도 작가에 대한 신뢰와 배려가 너무 넘쳐 뭐든 좋으니 써주기만 해 달라는 쪽보다는 확실하게 이런 것 좀 써 달라고 하는 쪽이 나한테는 좀 더 편하게 느껴진다.

다행히, 주로 나의 과거나 내가 현재 생각하고 있는 것에 대해 이야기한 이번 작업은 가이드에 대한 부담이 적었다. 그럼에도 조심스러운 지점은 있을 수밖에 없었는데, 다름 아닌 '장애'다. 우스운 일이 아닐 수 없다. 사람들이 나에 대해 장애라는 따옴표를 씌우고 본다고 아쉬워하는 나조차도 장애라는 따옴표를 어쩌지 못해 고민하는 현실이라니.

이러한 고민은 소설을 쓸 때에도 피할 수가 없다. 내가 장애를 '소재'로 쓴 소설이 장애를 소재화, 대상화, 타자화하는 데 어떤 식으로든 일조하는 결과를 낳는다면? 나부터가 장애를 그런 식으로 이용하는 거면 어쩌지? 만약 공식적인 자리에서 그러한 질문을 받는다면 나는 무슨 말을 할 수 있을까?

내 안의 또라이는 대번에 이런 말을 할 것이다. 그렇다면 왜 장애는 소재가 되면 안 되는데요? 그것도 결국은 배제이고 차별이 아닌지요? 장애는 빌어먹을 성역 같은 게 아닙니다.

하지만 모든 것이 그렇듯 그게 그렇게 간단하기만 한 것은 아니다. 내 생각에는 이렇다 할 정답이 있는 문제도 아닌 것 같다. 그저 고민을 멈추지 않을 수밖에. 그리고 적어도 지금 우리가 살고 있는 대한민국이라는 나라에서는 그러한 고민보다 더 시급한 것이 있는 것 같다. 바로 드러내는 것이다. 있는 그대로의 나를,

우리를 자꾸만 드러내는 것.

앞서도 말한 것처럼 나는 최근에야 불순한 의도로 나처럼 휠체어를 이용하는 사람들의 에세이를 찾아 읽었는데, 그래 봐야 많진 않다. 장애 경험과 문화권의 상관관계를 고찰하기 위해 범위를 국내로 한정하면 더더욱 희귀하다.

《실격당한 자들을 위한 변론》을 쓴 김원영 변호사와 《하고 싶은 말이 많고요, 구릅니다》를 쓴 김지우(구르님) 유튜버는 나까지 포함해서 태어난 시간도, 성별도 제각각이다. 결정적으로 장애 유형이 다르다. 직업마저 다른 것을 고려하면 이 세 사람이 하는 이야기가 같을 거라고 생각하기는 어렵다. 실제로 각자의 개인적인 경험은 같지 않다. 어떤 이야기는 다소 충격적일 만큼 달랐다. 그런데 읽다 보면 '이런 것까지 똑같다고?' 하고 놀라는 지점들이 자꾸만 튀어나왔다.

사람으로서라기보단 '장애인'으로서 겪는 불편함, 배제, 차별, 소외. 그런 장애인을 낳은 부모, 특히 엄마가 겪지 않으면 안 되는 시행착오들. 장애인의 형제자매가 느끼는 또 다른 외로움. 그리고 이런 우리를 마주함으로써 새로운 세상을 발견한 양 어쩔 줄 몰라 하는 사람들. 이러한 사회적 경험은 '진부하고' '고루할' 만큼 똑같았다. 어떻게 이런 일이 가능할까?

사람은 여행을 떠나 그동안 살면서 경험해보지 못한 문화를 마주한다. 누군가는 그것이야말로 여행의 묘미란 듯 즐기지만 그러지 못하는 사람도 있다. 후자의 경우 타지에서 우연히 만난 동향 사람과 어울리며 비로소 안정감을 느낀다. 같은 나라 출신이라는 것말고는 공통점이 없는 사람과의 관계에서 새삼 문화라는 것을 감각한다.

결국 문화라는 것도 환경이며 구조에 의한 사회적 부산물이 아닌가? 장애인을 '장애인'으로 만든다는 그것 말이다. 내가 다른 장애인의 경험에서 동일한 부분을 발견할 수 있는 이유는 그와 내가 같은 '문화권'에 속하기 때문이다. 또는 같은 구조적 환경에서 같은 사회적 존재로서 살고 있기 때문이다.

이러한 얘기가 당연히 새로운 것은 아니다. 그럼에도 생각보다 많은 사람들이 우리가 만든 사회에 구조적인 문제가 있다는 것을, 그래서 이것을 개개인이 아닌 사회에서 다뤄야 할 문제라는 것을 좀처럼 인정하지 않는다. 그리고 그러한 요구를 '테러'로 받아들이고 만다. 진짜 테러가 어떤 건지를 그들은 정말 모르는 걸까.

이런 상황에서는 장애의 '소재화' 같은 걸 고민하는 게 사치처럼 느껴진다. 물론 그렇다고 '감동 포르노'를 마구마구 생산해야 한다는 얘기는 아니라는 것을 부연할 필요는 없기를 바란다. 그저 '장애인'으로 분류되고 마는 사람들이 더 많이 자기 얘기를 하는 것이 순서라는 생각이 든다. 소설이나 다른 창작물도 마찬가지다. 가끔 인터넷을 발칵 뒤집는 외국 창작물 속 동양인 캐릭터를 보면 우습지 않은가? 중국에서 태어난 배우가 한국 인물을 연기하면서 사무라이 복장을 하고 있는 게? 비슷한 상황이 우리나라의 소위 '천만' 영화에서도 꽤 있다.

한편, 장애 당사자인 내 입장에서도 나와 비슷한 경험을 할 수밖에 없었던 사람들의 이야기를 듣는 것은 매우 소중하고 특별한 일이었다. 그들의 경험과 나의 경험을 비교해보며 내가 어쩌지 못하는 일이 있었다는 것을 깨닫고 조금이지만 안도할 수 있었다. 내가 살면서 순전히 내 문제라고 생각하고 물러나야 했던 순간들에 대해 나 스스로에게 어떤 부채감 같은 것이 있다. 내가 좀 더 용감했다면 피하지 않고 맞서지 않았을까, 그래서 지금의 나보다는 조금이라도 떳떳한 사람이 될 수 있지는 않았을까 하는 생각.

하지만 나 아닌 다른 장애인들도 그와 같은 경험을 하고 비슷한 고민을 한다는 것을 알게 되자 더는 그것이 나의 책임, 우리의 책임만은 아니라는 확신을 가질 수 있었다. 물론 그 반대의 경우도 있었던 터라 반성 또한 했다. 가령, 동시통역사의 꿈을 포기한 것이나 성인이 되고 처음 극장에 갔다가 실망한 나머지 두 번은 안 가려고 마음먹은 일은 어느 정도 나의 문제다. 그것이 장애와 장애 경험과 완전히 별개의 문제라고 주장하기란 어려움이 있음에도 확실히 나는 다른 사람에 비해 매사에 극단적인 편이다. 아무튼 이러한 시시비비를 통해 마음을 내려놓을 건 내려놓고, 조금 더 매달려야 할 일은 매달려서 앞으로의 삶을 전보다는 더 주체적으로, 따옴표 없는 진짜 장애인으로 살아갈 수 있을 거라 기대한다.

그리고 욕심을 조금 부려보자면, 내가 쓰는 글이 다른 사람에게 비슷한 작용을 하기를 바란다. 선천성 근이영양증(CMD)을 앓고 있고, 초등학교 시절은 비교적 평탄했으나, 사춘기를 겪으며 달라진 세계에서 겉돌고, 수술 이후 떨어진 체력 때문에 결국 집에서만 지내면서, 꾸준히 글을 써 온 끝에 이제 막 다시 사회 생활을 하게 된, 엉뚱하고 허튼소리를 잘 하는 또라이인 나의 이야기를 통해, 그저 분류로서만 존재하는 당신이 당신의 이름을 찾을 수 있기를, 진짜 당신을 찾을 수 있기를, 따옴표를 벗어던지는 데 조금이나마 도움이 되었으면 나는 좋겠다. 그 정도면 나는 나의 인생을 잘 살았다 할 수 있을 것 같다. 물론 철저히 이기적인 바람일 뿐이다. 하지만 결국 이 세상에서 가장 중요한 건 나, 그리고 바로 당신이다. 그렇지 않은가?

자, 그럼 이쯤에서 여행을 마치고 집으로 돌아가자. 딱히 달라진 것은 없는 것 같다. 그래야 할 이유도 없지 싶다. 나는 나였고, 나이고, 나일 것이다. 여러분 또한 마찬가지다. 장애를 외면하지 않고 정면으로 마주한다는 것은 그냥 있는 그대로 받아들인다는 것이다. 달라지는 게 아니라. 그 어떠한 의미 부여도 없이, 담백하게, 헤어지자.

안녕. 즐거웠어요. 당신도 그저 즐거웠기를.

1 "근육장애정보 > 선천성 근이영양증(CMD) > 선천성 근이영양증(CMD) 유형 목록", 한국근육장애인협회 홈페이지. (최종검색일: 2023.9.18)

2 김원영, 《실격당한 자들을 위한 변론》, 5장, "장애를 수용한다는 것", 사계절, 2018, EPUB 전자책.

3 김금희, 《경애의 마음》, 창비, 2018, EPUB 전자책.

4 김금희, 《사랑 밖의 모든 말들》, 서문, 문학동네, 2020, EPUB 전자책.

5 같은 책, 서문, EPUB 전자책.

6 일라이 클레어, 《망명과 자긍심》, 2부, "프릭과 퀴어", 전혜은·제이 옮김, 현실문화, 2020, EPUB 전자책.

7 최의택, 〈녹아웃〉, 26화, 브레드(Bread), 2023. (링크: www.b-read.kr/piece/W20230321000009)

8 최의택 외 6명, 《림: 쿠쉬룩》, "멀리서 인어의 반향은", 열림원, 2023, EPUB 전자책.

9 최의택, "'비인간' 외친 도서전, 나는 왜 멈춰 섰나", 〈시사인〉 824호, 2023.

10 최의택, 《슈뢰딩거의 아이들》, 2부, "시동이라고 불러주세요", 아작, 2021, EPUB 전자책.

11 "영화관은 맨 앞, 공연장은 맨 뒤… 찬밥자리는 '장애인석'", 〈이데일리〉, 2022년 6월 29일.

12 같은 곳.

13 킴 닐슨, 《장애의 역사》, 8장, 김승섭 옮김, 동아시아, 2020, EPUB 전자책.

어쩌면 가장 보통의 인간

2023년 10월 10일 초판 1쇄 발행

- 지은이 ──────── 최의택
- 펴낸이 ──────── 한예원
- 편집 ────────── 이승희, 윤슬기, 양경아, 김지희, 유가람
- 펴낸곳 교양인
  우 04015 서울 마포구 망원로6길 57 3층
  전화 : 02)2266-2776 팩스 : 02)2266-2771
  e-mail : gyoyangin@naver.com
  출판등록 : 2003년 10월 13일 제2003-0060